愛呦文創

SOMEONE I MET THAT SUMMER

某某 ep.2

木蘇里 著

目錄

CONTENT

PART 3

青梅

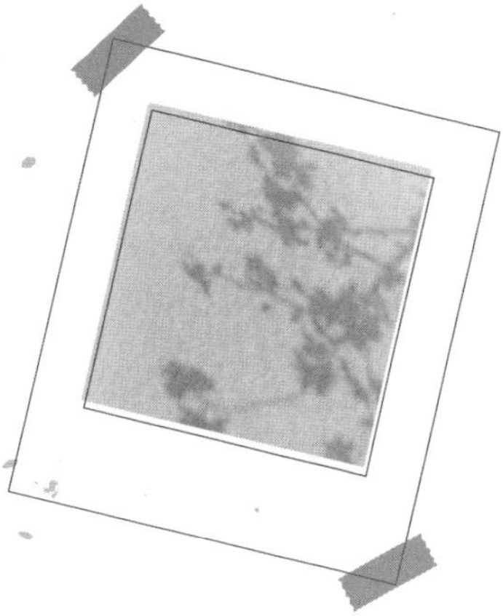

PART 4 — 櫻桃

Someone

PART 3

青梅

少年心動是仲夏夜的荒原，

割不完燒不盡，長風一吹，野草就連了天

〔Chapter 1〕

他倆啥關係？兄弟？

盛望悶頭睡到天光大亮，才循著鬧鐘聲在被褥旮旯處摸到了手機。他稍作遲疑，最終還是戳開了微信。

慣來囉嗦的盛明陽一夜沒說話，直到今早起床的點才發來一個「好」。

他說：「這次聽你的。」

他們住宿申請遞交得晚，學校回饋說高一正在軍訓，拉過來兩車教官，目前暫住在男生宿舍，把空餘的位置填滿了。等這波軍訓結束宿舍空出來，晚申請的學生才能住進去，於是兩人在白馬弄堂多住了一陣。

盛明陽忙完一部分事情，終於能回來歇幾天。父子倆默契地揭過了那次深夜語音，各自祭出一半臺階，相處倒是和諧。

江鷗和江添也有了一些微妙變化，維持住了另一種平衡。

由於兩個小的打定主意要住宿，江鷗便不用每日守在家裡了。她再次提出自己可以幫忙，這回盛明陽退了一步，兩人商量著排妥了時間。附中住宿生按月放假，他們只要保證那幾天在家就行。這樣一來歉疚少了，反倒顯得陪伴相處的時間多了不少。

這個拼湊起來的家庭似乎找到了最適合的模式，甚至在某個偶爾的瞬間，有了一絲其樂融融的味道。

這段時間盛望心情很好，當然不僅僅是因為家裡關係好轉的緣故，更多是因為江添。

自從那天說要一起住校，他和江添的關係更近了一步。

當然，江同學凍慣了，並不會把「我很高興」四個字掛在臉上，嘴巴該毒的時候依然很毒，口是心非也毫無收斂，但他會在一些細節上透出幾分縱容，並不顯山露水，像是一種隱祕的親近。

盛望不知道江添對丁老頭，對當初那隻叫團長的貓，是不是也這樣，好像有些差別。不管怎麼說，反正他很享受。

少年人一旦心情好了，眉梢唇角都會透出光來。

高天揚每天跟他混跡在一塊，想不注意都難。

他有一次跑完操，勾著盛望開玩笑說：「就你最近這個狀態，放在古代那得是四大喜事級別的：久旱逢甘霖、他鄉遇故知、洞房花燭夜、金榜題名時。盛哥你是哪樣？」

盛望被問得一頭霧水。他跑了一腦門汗，正要去搶江添的冰水，聞言納悶地說：「什麼狀態？哪個狀態？你大早上的喝酒了？怎麼還說胡話。」

高天揚這位二百五配合極了，當場甩著頭髮表演了一場撒酒瘋。

那天盛望沒明白這話的意思，別說他了，高天揚自己都只是隨口一說而已。

夏末的暑氣拉得很長，潮熱熾悶，直到九月下旬一場秋雨落地，天氣才倏然轉了涼。

高一軍訓到了尾巴，一整個上午都占據著操場進行彙報表演，口號喊得震天響。高二、高三的大課間跑操因此取消一天，許多學生啜著飲料在鐵絲網外看熱鬧。

盛望去喜樂買水，返回的路上被高天揚和宋思銳他們逮住，愣是拽進了圍觀大軍裡。他對表演沒什麼興趣，掃了兩眼吆喝了一聲，便悶頭跟江添發起了微信。

江添：宿舍排下來了

貼紙：真假？你怎麼知道？

江添：老何把鑰匙給我了

貼紙：哪間房間？

江添：二棟601

貼紙：長什麼樣？

江添發來一張圖片，拍的一個裝鑰匙的信封，信封上寫著「二棟601」。

貼紙：……

貼紙：我是不知道這幾個字長這樣嗎？

貼紙：我問宿舍什麼樣

江添：不知道

江添：你可以翹了下節物理去看一眼

貼紙：……

貼紙：我不要命了麼翹物理

貼紙：鑰匙都到手了，什麼時候可以搬進去？

江添：今天晚自習

盛望連發了三個搖滾甩頭表情包。

他在聊天的間隙抬了一下眼，剛巧對上宋思銳好奇的目光，宋思銳不僅好奇，還帶著一股八卦的意味。

盛望衝他挑了一下眉，又掃向操場，然後拇指飛快打字。

貼紙：我被高天揚和老宋綁架了，非逼著我看軍訓彙報表演

江添：什麼表演？

江添：黑人踢正步？

他難得開一次玩笑，盛望抓著手機笑了半天，正要回覆，突然被人拱了一手肘。

「幹麼？」盛望抬起頭，就見高天揚捂著頭說：「晚了。」

下一秒，一隻手從刁鑽的角度伸過來，以迅雷不及掩耳之勢抽走了盛望的手機。盛望下意識反抗了一下，沒成功，只按到側鍵鎖了螢幕。

——我靠。徐大嘴！

政教處主任不知從哪兒冒的頭，正拿著盛望的手機。

「膽子肥得很嘛！」徐大嘴冷笑一聲，「大馬路上就這麼招搖，生怕我看不見是吧？」

人贓並獲，找藉口是沒用的。盛望摸著鼻尖訕笑了一下，準備低頭認錯。

誰知徐大嘴往人群外走了幾步，衝他招手說：「你過來一下。」

盛望乖乖跟過去，一直走到林蔭道對面某個沒人的角落，徐大嘴才停下步子。他兩手背在身後，微仰著頭，用一種審視的目光盯著盛望，看得盛望有點毛。

「老師怎麼了？」

「你是不是早戀了？」徐大嘴神情嚴肅。

盛望：「啊？」

徐大嘴狐疑地看著他，似乎想從他臉上看出幾分破綻。

半晌過後，他又正了神色，緩和了語氣說：「你們現在正處在什麼都新鮮、什麼都想嘗試的年紀，比較懵懂，你呢長相不用說了，愛美之心人皆有之，本來就比較容易受關注，有些女生呢本身膽子也比較大，又處於叛逆期，可能會表現出一些好感，這裡面也不乏優秀的。」

盛望聽得滿頭問號。

徐大嘴還在說：「……老師們也是這個年紀過來的，其實可以理解。但是……」

「不是，老師您等等。」盛望攔住了他，有點哭笑不得，「誰給您告瞎狀了麼，為什麼會覺得我在談戀愛啊？」

徐大嘴瞇著眼睛問：「你剛剛跟誰發信息呢？」

盛望下意識哽了一下，「沒誰。」

徐大嘴表情更微妙了。

盛望這才道：「江添。」

「不可能，我抓的早戀多了去了。」徐大嘴信誓旦旦地說：「不要跟老師耍滑頭。」

盛望愣了一下。所以徐大嘴是看到他聊信息的狀態，誤以為他在早戀？

反應過來的那個瞬間，盛望覺得有點荒謬，但幾秒過後他又回過味來，心裡倏地一跳。就像走臺階不小心踩了個空，又像是被人在手心裡輕輕撓了一下。

「你把手機解鎖了我看看。」徐大嘴把手機伸到他面前。

盛望垂在身側的手指蜷了一下。

「快點啊！」徐大嘴催促。

盛望抬手按了一下，螢幕緊跟著亮起來，微信的聊天框還沒切換，頂上清清楚楚地顯示著對方的名字。

「行吧，還真是江添。」徐大嘴鬆了一口氣，「那是我錯怪你了，但我剛剛說的話還是可以作為提醒的，學生始終要以學習為主。你很優秀，我希望你能順利並且完滿地過完高中最後兩年，不要被別的事情干擾。」

他出發點是好的，語重心長講了許多道理，然後帶著手機離開了。

可盛望沒動。

風從枝頭林梢撇掃下來，帶著初秋的涼意。

高天揚從操場邊小跑過來，拍了一下盛望的肩，「發什麼呆呢盛哥，大嘴走了？」

「嗯？」盛望剛回神，似乎被他驚了一跳。不過很快又放鬆下來，說：「嗯，走了。」

「手機呢，被收啦？」高天揚看向他空空如也的手。

「嗯。」

「大嘴簡直全民公敵！」高天揚替他哀嘆一聲，心有餘悸地捂住了自己的口袋，「對了。你剛剛在跟誰聊微信？」

盛望愣了一下沒回，反問：「怎麼了？」

「大嘴看見聊天框沒？你要是跟校外的人聊天就沒什麼，要是校內的，比如添哥什麼的，那大嘴可能就要去收另一部手機了。」高天揚說。

盛望：「……」他罵了句「靠」，轉頭就朝教室奔去。

三號路上往來學生不緊不慢，女生挽著胳膊有說有笑。盛望差點兒撞到人，側身說了句「借過」，腳步卻沒停。他拐進花壇去抄近道，校服外套被風掀得翻起一片，轉眼消失在了小路盡頭。

高天揚慢了一步，沒叫住人。他衝操場那邊大力揮了一下手喊道：「老宋！走了！」然後拔腿便追。

高天揚作為體委在年級裡赫赫有名，他高一的時候參加運動會，所有參報項目有一個算一個，全是第一，以一己之力帶飛全班積分。

就這樣，他追起盛望來都賊費勁，一直跑到明理樓底下，才看見盛望轉向二樓的衣角。

「真被大嘴看到啦？」高天揚一步三個臺階，緊跟過去，「誰啊？」

「江添。」盛望說。

「還真是！那不行……」一條長路跑下來，高天揚都喘氣，「我添哥……錢都自己掙，手機……可不能被收！」

教室裡，江添又看了一眼微信介面。聊天內容停留在「黑人踢正步」，那之後盛望一直沒動靜，不知是看彙報表演入了神還是別的什麼。

他按熄螢幕，把手機連同信封一起扔進書包裡，餘光就瞥見一個身影閃進教室。

他愣了一下抬起頭，看見盛望直奔過來，一巴掌撐在他桌子上才剎住腳步，動作掀起的風帶著體溫和室外殘存的暑氣。

「大嘴來過沒？」盛望兩手撐著桌子喘著氣，鬢角滲出汗來。

「沒來。」江添不解，「幹麼跑這麼急？」

話音剛落，高天揚緊隨其後衝過來說：「添哥，大嘴收你手機了？」

「沒有。」江添瞬間明白了，看向盛望，「你的被收了？」

盛望點了點頭，表情卻鬆了一口氣。

「跑死我了，比三千公尺還累。」他一副如釋重負的模樣，歪歪扭扭地低頭緩著勁。脖頸的線條在呼吸中收緊，嘴唇卻乾得泛白。

江添從桌肚裡抽出一瓶水，擰開遞給他，「你從操場跑回來的？」

「嗯。」盛望也不客氣，接過去就要喝。

他平時沒少拿江添的水，男生之間沒什麼講究，想起來了，瓶口會注意隔空，想不起來，直接灌也是常有的事。

「我悶頭打著字呢，大嘴就突然冒出來了。」盛望說著便仰起下巴，嘴唇已經觸到瓶口了，又忽然頓了一下。

他漆色的眸光從眼尾瞥下來，從江添臉上一掃而過又收斂回去。他有一瞬間的遲疑，遲疑著要不要抬一點瓶口。

「怎麼了？」江添問道。

盛望倏然回神，搖頭道：「沒事。」他手指動了一下，最終什麼都沒改，爽快地就著瓶子喝了幾大口。

歸根結柢，徐大嘴不過是為了嚇唬學生隨口一說，他也就是隨便一聽，沒有什麼深究的必要。就像操場邊的那綹風一樣，過去就過去了。頂多……會在極偶爾的瞬間，浮光掠影似的冒一下頭。

高天揚癱倒在座位上，咕噥說：「居然放了添哥一馬，大嘴轉性了？」

說話間，預備鈴聲響起來，走廊裡的人紛紛進了教室，盛望也坐到了椅子上。

盛望正準備掏物理考卷，宋思銳踩著鈴聲衝進來，一進門就叫道：「大事不好！徐大嘴帶著倆老師殺上來收手機了！」

「我也看到了！」另一個跟他前後腳進教室的同學叫道：「上三樓了，已經收了一大堆，拿塑膠袋裝著。」

「我操！」全班整整齊齊爆了一句粗。

大家第一反應是把手機往書包深處推，第二反應就是想笑。

「真拿塑膠袋裝的？那得收了多少啊，太慘了吧？」

「第一次這麼慶幸我們在頂樓。」

「頂樓好啊，來得及通風報信。」

「感謝樓下友軍。咱們班除了老高，好像還真沒幾個人被收過吧？」

「別，盛哥剛剛就貢獻出去一個。」宋思銳說：「要不我們這麼飛奔回來呢，大家把手機往裡塞一塞啊，敵不動我不動，只要我們不心虛，就……」

話沒說完，有一個同學從樓梯方向風風火火衝進來，「日了狗了！大嘴帶了金屬探測器！」

眾人：「噫？」

收手機的老師多了去了，帶金屬探測儀的還踏馬頭一回見！

盛望驚呆了，「附中政教處這麼騷的嗎？」

剛剛還很淡定的A班人瞬間變成熱鍋螞蟻，在座位上抓耳撓腮團團轉。

「怎麼辦？」

「拿著手機溜！」

「溜哪兒去？上課鈴都響了。」

「廁所，就說尿急！」

「全班一起上廁所？你當老師傻逼啊？」

「快！大嘴到B班了！」後門那位同學溜出去瞄了一眼又溜回來。

「快哪兒去啊快！」

盛望長了一張乖學生的臉，卻最擅長在這種時刻急中生智。他從桌肚裡一把抓出書包，敞著袋口對江添說：「手機扔進來。」

江添一愣，「幹麼？」

盛望朝窗戶努了努嘴。

其他人還沒反應過來，江添就明白了。他抬了一下手說：「等下。」

他兩下把校服外套脫下來，捲了塞進盛望書包裡，摁到最底，然後把手機扔了進去。

盛望拎著書包說：「還有誰帶了，都扔進來，快！」

雖然沒搞明白，但高天揚積極回應，二話不說就交出了手機，接著又有十二、三個人溜過來，手忙腳亂地往盛望包裡塞「贓物」。

「快！來了，上樓了！」後門邊的學生又道。

還有一部分同學遲疑不定，盛望也沒時間等了。他衝到教室裡側窗邊，拉開窗戶就把書包扔了出去。

大家驚呆了。

窗邊的同學紛紛趴著看出去。明理樓的這一側是大片大片的綠化帶，用的全是軟泥。就算有人從四樓跳下去，掉在軟泥上也摔不出性命問題。

此刻盛望的書包就躺在軟泥中的花叢裡，被寬大的枝葉擋著。大家這才明白他的辦法，當即又拖出來一個書包，把剩餘同學的手機也扔進去。

他們剛拉開窗送包下樓，徐大嘴就咳了一聲，帶著探測儀從後門踏進教室，全班正襟危坐，瞬間鴉雀無聲。

「我跟你們說，A班是個重災區。」大嘴說。

他身後跟著另外兩位老師，一人手裡拎一個塑膠袋，起碼裝了三、四十部戰利品。

大嘴從口袋裡又掏出一團塑膠袋，抖開的時候朝江添這邊看了一眼，說：「我們班有些同學啊，仗著自己成績好就無法無天，我今天特地留了一個袋子沒用，就留給你們呢！我估計你們一個班就能把它裝滿，來，我看看啊……」他說著，帶著探測儀開始在教室裡走。

整個A班都靜默著，裝乖裝得跟真的似的，目送他走完了第一組、第二組、第三組……然後臉越來越綠。

五組走完，徐大嘴顆粒無收。

他很認真地看了一眼探測儀，懷疑這玩意兒是不是壞了，他又尤其認真地在江添旁邊轉了三圈，還是沒動靜。

大嘴終於意識到，自己被這幫兔崽子玩兒了。

他氣得伸著手指在A班指著一圈，最後落在江添和盛望之間，點了點說：「手機沒帶是鬼發的微信是吧？倆臭小子給我等著，下回再見我……」

「您幹什麼呢？」何進抱著一疊物理考卷姍姍來遲，一進門就上下打量了一番大嘴的裝扮，「挺隆重啊，主任。」

這幫名牌教師出了名的不怕校領導，大嘴沒好氣地說：「我心絞痛！」

何進側身讓出後門，說：「那還是回去歇歇吧。」

主任臉更綠了。他嘩地收了袋子，帶著倆老師氣哼哼地走了。剛走，何進把後門一關，掃視一眼全班說：「憋得累麼？」

話音剛落，全班噗地一聲，終於憋不住哄堂大笑起來。

「手機怎麼藏的？」何進又問。

「那可不能說。」宋思銳帶頭咕噥了一句：「就指著這辦法活呢。」

何進翻了個白眼，說：「行，反正集體都幹了壞事是吧？都給我站起來，這節課我不坐，你們也別坐。」

李譽清了清嗓子，乖巧地說：「全體起立。」

全班嘩地站直了說：「謝謝老師！」

何進沒好氣地說：「無法無天不要臉，說的就是你們，好好反省一下。」

全班嘿嘿嘿地笑起來，笑完又覺得聲音過於滑稽，再次哄堂大笑。

盛望就在大笑聲中回頭衝江添揚了揚下巴說：「我聰明麼？」

「聽得不行。」江添隨口道。

盛望「嘖」了一聲，轉回頭去。

過了片刻，他把手背到身後，衝江添攤開手掌。

「幹麼？」江添微微前傾。

盛望朝後仰了一點，目視著講臺從唇縫裡說：「好歹我保住了你的手機，謝禮呢，自覺點。」

他背在身後的爪子在那兒招得來勁，扇子似的，本意是想逗人玩兒。

誰知沒招幾下就被人捏住了手指。

江添的位置剛好背對著空調，算是全班溫度最低的地方，他又一直待在教室沒出去過，所以指腹溫度有點涼。

他捏得很輕，皮膚相碰的觸覺便格外清晰。

盛望眼皮輕抬又半垂下去，動作小到彷彿只是眼睫顫了一下。他感覺手心被塞了一樣金屬製的東西，接著，江添捏著他的手指撤了開來。

「謝禮沒有，只有宿舍鑰匙。」江添說。

「噢。」盛望收回手，把鑰匙塞進褲子口袋，說：「行吧。」

何進在上面滔滔不絕講著題，直到聽見要做筆記的部分，盛望才把手從口袋裡抽出來，抓著筆寫起來。

物理課一結束，倆同學就飛奔下樓把扔出去的書包拎了上來，眾人把手機分了，最終誰也沒有損失，除了盛望。

他自己對於手機被收這件事沒那麼在意，江添和高天揚都比他上心。

高天揚一下課就纏著徐小嘴，江添更好，這人仗著自己成績一騎絕塵不會被打，直接去辦公室問老何「手機被收怎麼拿回來」。

老何也乾脆，說：「要麼寫檢查，寫到讓徐主任滿意。要麼，請家長去政教處拿。」

盛望心說基本要完，他最近氣了大嘴好幾次，讓他滿意估計不大可能。至於請家長……那就更不可能了。

盛明陽哪來那個國際時間？比起花幾個小時接受談話和教育，他可能更傾向於往盛望卡裡轉一筆錢，讓他兒子重買一部手機。

盛望自己掂量了一下，準備趁著晚飯時間拽江添去西門看看。梧桐外地鐵口附近有條商業街，開著很多手機牌子的門市，他可以先買一個用著。

誰知剛出校門，他們就接到了小陳叔叔的電話，說他車已經到校門外了。他本以為來送住宿行李的只有小陳，結果車門一開，最先下來的居然是「沒有那個國際時間」的盛明陽，江鷗緊隨其後。上一次盛明陽來學校找他是什麼時候，盛望都快記不清了。

他愣了好一會兒才走過去，問道：「你們不是中午的航班飛深圳麼？」

江鷗溫聲說：「你爸打了一上午電話，把事情都推到了明天早上，我們航班改簽到了今天晚上十一點半。」

盛明陽以前應酬多，總喝酒，有陣子身體不是特別好，所以很少熬夜，也不大會買這種時間點的航班。

盛望有點適應不過來，站在原地半天沒吭聲。盛明陽拉著行李箱，走過他的時候拍了一下他的頭，「我跟你江阿姨聊了幾回，我倆最近都在反省。要不領導驗收一下成果？」

盛望沒說話，過了一會兒才跟江添一起往學校裡面走，不遠不近地跟在兩位家長後面。他看著盛明陽的背影，半天後衝江添咕噥說：「多大年紀了還反省。」

江添給何進打了通電話，請了晚自習的假。一家子人帶著行李往男生宿舍二幢走。一路下來，回頭率奇高。

眾所周知，盛望和江添關係好，他倆走在一起並不稀奇，可再加上兩位長輩，這個畫面就很具有衝擊性了。

朋友？親戚？還是什麼世交？路過的只要是個人，眼裡都冒著八卦的欲望。

盛明陽很久沒進過學校了，第一次感受到這種來自少年人不加掩飾的關注。他進了宿舍院子，在舍管那做登記的時候忍不住問：「我看今天登記住宿的人也不少啊，路上拖行李的也不止一兩個，怎麼那麼多小孩看咱們？」

盛望：「因為帥。」

盛明陽：「……」要不是他兒子，他就要問對方要不要臉了，但他同時又覺得挺有意思的。

被這個話題打了個岔，他們登記的時候沒細看，一度以為二棟 601 就住了江添和盛望兩個人。結果一家子拎著行李上了六樓才發現，601 的門是開著的，已經有人先於他們在裡面收拾行李了。

「走錯了？」盛望咕噥了一聲，剛要退出去看門牌，就聽見江添敲了敲門說：「沒走錯，這裡貼著名字。」

盛望抬眼一看，果然，大門上貼了一張表格，標注了姓名和班級。宿舍是六人間，三張上下鋪，601 沒住滿，表格上只有四個人的名字。另外兩個一個叫史雨，B班的，一個叫邱文斌，十一班的。

他們兩個到得早，已經占了兩個下鋪。

盛明陽客客氣氣地跟他們打了聲招呼，然後站在唯一全空的雙層床前打量了一番，轉頭說：「小添個頭高一點住下鋪比較好，望仔你住上鋪，怎麼樣？」

「我無所謂。」江添說。

盛望「噢」了一聲，咕噥說：「我個子還長著呢，萬一過一陣子就是我高呢？」

江添看了他一眼說：「算了，我鋸腿比較快。」

「靠。」盛望想就地幫他鋸了。

江鷗抽了兩張濕紙巾，在那裡邊擦櫃子邊笑，笑完問道：「你們行李怎麼放？」

盛望下意識看向江添，然後回道：「我們自己弄，你倆趕緊回去吧，不是還趕飛機麼。」

江鷗有點遲疑，盛明陽去陽臺接了通電話，跟她小聲說了幾句話，然後又對盛望說：「剛跟你們徐主任說了幾句，他說你手機在他那兒？我們一會兒去一趟政教處。」

「走吧、走吧。」盛望揮著手說：「記得幫我要手機就行。」

這個年紀的男生總不大好意思讓家長久留，好像誰爸媽幫得多，誰就輸了似的，所以大多家長都是匆匆而來，又匆匆被推走。盛明陽和江鷗在其中並不突兀，只是他們臨走時留了一句話，讓另外兩個住宿的學生大跌眼鏡。

盛明陽說：「那你們兄弟倆相互照應一點。」

他是無心一說。那個叫史雨的男生往上鋪堆書，聽著差點兒從梯子上掉下來。他跟邱文斌對視片刻，眼睛瞪得溜圓。

邱文斌用誇張的口型問：他說他倆啥關係？兄弟？

附中宿舍面積大，史雨和邱文斌的床鋪在同一邊，盛望、江添的床鋪和一排衣櫃在另一邊，兩者之間夾著一張足夠六人用的長桌，活像從圖書館搬來的。

盛明陽、江鷗剛走，史雨就一骨碌從床鋪上翻下來，趴在桌上問：「你倆居然是一家的啊？」

盛望點了一下頭，「嗯。」

「真兄弟？」史雨好奇極了。

「你這個真是指哪種真？」盛望反問。

「親生兄弟？」

「不是。」盛望搖頭。

「我就說，你倆長得也不像。那就是表的、堂的？」

「不是。」盛望朝江添看了一眼，見他並不在意，便說：「我倆都是單親，這樣懂麼？」

既然住在一間宿舍，遲早要知道。

再加上盛明陽和江鷗都來學校遛過一圈了，瞞也沒什麼必要。

盛望這麼一解釋，史雨立刻就明白了。他還算會說話，終止了這個話題，說道：「我今天看到門口那張名單就覺得我這手氣絕了，我B班的史雨，上上週體育活動，咱們兩個班還湊過一場籃球，記得麼？」

「記得，我知道你。」

盛望雖然臉盲，但對面前這位新舍友真的有印象，因為他是整個籃球場最黑的人，路子又野，打起球來橫衝直撞。盛望當時就問了高天揚這貨是誰，並且記住了他的名字。

「你居然知道我？」史雨一臉詫異，「我在B班挺低調啊。」

「你在班上低不低調我不知道，反正球場上挺炸的，我打了半場，一共被你踩過六腳。」盛望抬起右腿拍了一下說：「都是這隻，想不記住都難，你哪怕換一隻踩踩呢？」

史雨：「……」

江添見識過盛望有多臉盲，剛剛聽到他說記得史雨還有點意外，現在一聽理由就偏開了臉。

盛望立刻看向他：「你還笑？」

史雨緊跟著看過去，不知道盛望是多長了一雙眼睛還是怎麼，居然能從後腦杓看出江添笑？

「我第二天穿鞋右邊緊了一圈。視覺上還行，但感覺像長了個豬腳。」盛望又說。

這下連史雨都能從後側面看出江添在笑了，因為喉結動了兩下。

「靠！你居然會笑啊？」史雨真心實意在驚訝。

江添聞言擰著眉轉回頭，一副「你在說什麼屁話」的表情。史雨訕訕閉上嘴，盛望卻笑噴了。

他一直覺得逗江添變臉很好玩，不過其他人好像並不苟同。

趁著他笑，史雨立刻拱手道歉說：「對不住啊，踩你六腳。下次打球一定注意。」

盛望說：「沒事，一間宿舍呢。我下了球場就能給你都踩回來。」

史雨哈哈笑起來。宿舍裡氛圍頓時熟絡不少，邱文斌這才找到插話機會，說：「那個，我叫邱文斌，十一班的。」

相比史雨而言，他就木訥靦腆許多。剛剛聽幾位室友說話，他也跟著在笑，卻並不好意思開口。他訥訥地說：「你們都是大神，應該不認識我。」

誰知江添居然開了口說：「見過。」

這次輪到盛望詫異了。

其實江添認識的人挺多的，他跟盛望完全相反，哪怕路邊掃過一眼的人，再次見到都能認出來，他只是不說。對他而言，沒熟到一定份上，認不認識都沒區別。

像這種主動開口說「見過」的情況簡直少之又少，盛望略帶意外地看向江添。

「他跟丁修同考場。」江添微微低頭解釋了一句。

聽到這句話，邱文斌脹紅了臉。他剛想補一句「我成績特別差」，就聽見盛望茫然地問：「丁修？誰啊？」

江添：「……」他無語片刻，又問盛望：「請問你還記得翟濤是誰麼？」

這話就很有嘲諷意味了，盛望乾笑兩聲，終於想起來上回英語聽力被坑的事，「哦，對對對，我想起來了，丁修是那個騙我去找菁姐的。」

江添食指點了點太陽穴說：「想不起來我就建議你去醫院看看了。」

「滾。」盛望說。他轉而又納悶道：「丁修你知道正常，他同考場的人你都知道？」

江添看著他，表情癱得很微妙，卡在想說又不想說之間。

盛望又「哦哦」兩聲，表示想起來了，「你找徐主任調過監控。」

話一說完，他發現江添表情更微妙了，於是哄道：「不對、不對，不是你找的，是徐主任主動找上你，吵著鬧著非要給你看監控。」

江添：「……」

「你閉嘴吧。」他動了動嘴唇，扔出一句話。

盛望搭著他的肩笑了半天說：「好了，我錯了，這事揭過不提。所以你是監控裡看到他的？」他指了指邱文斌。

「嗯，後來徐是不是找過你？」江添說。

「啊？」邱文斌愣了一下才反應過來江添在跟他說話，「對對對，徐主任有找過我，其實不止我，還有其他兩個同學，問我們丁修什麼時候出的考場，又是什麼時候進來的。就確認了一下。」

雖然徐大嘴只是在後來的某次升旗儀式上，簡單通報了對翟濤、丁修和齊嘉豪的處分，沒說具體事情，但年級裡有不少人像邱文斌一樣被叫去問過話。流言七拼八湊，就能還原個大半。

盛望對邱文斌點了點頭說：「謝了啊。」

邱文斌嚇一跳，「謝什麼？」

「大嘴不是找你們問過話麼，要沒你們確認，那事也定不了性，我就白被坑了。」盛望笑著說：「謝一下不是應該的麼。」

這話其實有點誇大，畢竟那事能弄清楚，關鍵在江添。監控就足夠把事情釘死了，邱文斌他們頂多是輔助，沒問他，也會問別人，但盛望這麼一說，邱文斌莫名有種自己幹了件好事的感覺。

他皮膚白又有點胖，侷促的樣子顯得很敦厚，「沒有、沒有，一間宿舍的嘛。」

大概就因為這句謝，他整理完自己的行李又去幫盛望和江添，忙得一頭汗，還跑出去找管理員多要了兩張住宿指南回來。

「這個是一間宿舍一張，貼在門後的。」邱文斌說：「我們搬得晚，那張指南好像弄丟了。」

盛望接過來。指南上面寫著宿舍維修、管理、服務中心各處電話，還畫了指示圖，標明了熱水房和洗衣房。

他一看洗衣房，當即對邱文斌說：「你簡直是活菩薩。」

「怎麼了？」邱文斌被誇得很茫然。

盛望拎起一直放在角落的書包，給他展示了一下包底的泥，「就在找洗衣房呢。」

附中的宿舍服務還不錯，洗衣房不僅有一排洗衣機可以掃碼用，還有阿姨提供代洗服務。一些不大方便用洗衣機，手洗又麻煩的東西，都可以在阿姨那邊登記。

盛望把書包送了過去。

宿舍裡只剩江添一個人。史雨和邱文斌去裝熱水了，他正把最後一點書本放進櫃子。當他理好那些東西抬起頭，就發現盛望已經從洗衣房回來了。他正扶著一扇衣櫃門朝裡張望。

「怎麼了？」江添直起身問道。

「沒事，隨便看看。」盛望朝他看過來，心情似乎很好。

江添有些納悶，抬腳走過去。

是他剛剛沒關的那個衣櫃，裡面整整齊齊地掛著一排衣服，櫃子底部則是他還沒來得及合上的行李箱。

長久以來，他的行李箱始終被填得滿滿當當，所有東西分門別類放在裡面，隨時拿，隨時走。方便省事，幾乎已經是一個不錯的習慣，以至於他自己都快忘了這個習慣是因為什麼而養成的了。

直到這一刻，箱子空空如也地攤開在眼前，他生出一種瞬間的陌生感，這才短暫地意識到，他已經很久很久沒有在一個地方真正落腳了。他自己都沒注意的東西，竟然有人幫他注意到了。

「箱子不關上嗎？」盛望嘀咕了一句。

江添頓了一下，彎腰把拿空的行李箱合起來，拉好拉鍊，扣好鎖，推進衣櫃的角落裡。然後再抬眼，就見盛望靠在櫃門邊，眉梢唇角藏著笑。他眼睛很長卻並不狹細，眼睫在末尾落下影子，燈光就間雜在影子裡，像彎長的淺泊，又清又亮。

江添有一瞬的怔愣。

語文老師招財曾經在某堂作文課上讀過一位同學的範文，她說，十六、七歲的少年總是發著光的。他當時在算一道數學題，計算的間隙裡只聽到這麼一句。

句子沒頭沒尾，他聽得漫不經心，卻在很久之後的這一天忽然又想起來。

宿舍在某一刻變得很安靜，盛望看見江添薄薄的嘴唇動了一下，似乎想說什麼。然而走廊外已傳來人聲，史雨變聲期粗啞的嗓音很好認。

「哎，讓一讓啊，熱水賊滿。」他跟史雨拎著水壺回來，盛望側身讓他們進門，再回頭時，江添已經從衣櫃裡拿了一根充電線出來，走到桌邊拍開電源給手機充電。

晚自習請了假，不用再去教室。盛望摸了摸鼻尖，也從櫃子裡翻出兩本書走過去，拉開椅子坐下來。

邱文斌對著的那邊已經放了一排書，盛望掃了一眼，七八個習題本還有一堆不知什麼科目的考卷，書邊是一盞充電檯燈。

他給自己泡了一杯茶，不大好意思地衝盛望和江添笑了一下，這才坐下去。

「你居然看書？」史雨一臉詫異地看向江添。

江添摘下一只耳機，更詫異地回看他，蹙著眉尖問：「我不看書，看什麼？」

「不不不，我不是這個意思。」史雨說：「之前不是有傳聞麼，說A班幾個變……不是，大神牛逼壞了，上課不聽也照樣滿分。」

江添本來就不愛搭理人，聽到這話更是覺得無聊，最後扔了一句：「那是挺變態的。」說完他把耳機塞上，轉著筆低頭看起了題。

盛望在旁邊笑了一會兒，衝史雨說：「你如果說的是語文課不聽，寫數學，數學課不聽，寫物理這種，那我們班挺多的。」

史雨說：「那A班比我想像的用功不少。我們班有不少真不聽課的，其實包括我也是，上課時間太長就有點撐不住，會偷偷在桌肚裡玩一下遊戲什麼的，成績也馬馬虎虎能看。」

他要說馬馬虎虎能看，那就實在有點謙虛，畢竟B班是除A班外最好的。

當初初中升高中的時候，附中有一場提前招生，算是變相的保送考試，通過考試的學生不用參加中考，提前一個學期直接開始上高中的課。

就是這群人組成了A、B兩個班，A班是前四十五名，B班是後四十五名。

「啊。」盛望點了點頭，衝他豎了個拇指開玩笑說：「牛逼。」

在三個看書的人面前，史雨有點格格不入，他百無聊賴地轉了一會兒，拿著校卡進了衛生間說：「那我先洗澡啦，免得一會兒還得擠。」

附中的宿舍帶淋浴，校卡往卡槽裡一插就能出熱水，自動扣費。

史雨平時都洗戰鬥澡，今天卻不緊不慢起來，反正其他幾個人暫時也不急。剛剛江添和盛望的話讓他突然定了心，他一直覺得A班頂頭的幾個人是妖怪，隨隨便便學一學就讓其他人望塵莫及，現在看來好像……也就這樣。

他成績一直還算不錯，年級排名一直在六十到七十之間徘徊，和A班幾個大起大落的人相比，他要穩得多，而他甚至還沒怎麼用功發力。

盛望是轉學來的，用用功都能一個月內從年級後位翻到前一百，他起碼起點比人高吧？如果他也稍微用點功呢？

史雨心想，別的不說，進A班應該綽綽有餘吧。

盛望今天沒怎麼刷題，他現在每門成績都躍進式地往上翻，錯題越來越少，做題速度越來越快，用不著再熬到一兩點了。

江添在旁邊看競賽題，屬於錦上添花。他也在錦上添花，他在練字。

他按照江添說的方法堅持了小半個月，彷彿打通了任督二脈，至少字已經從爬變成了直立行走。最近沒有什麼要上交批改的作業，所以招財和菁姐都還沒反應過來，不然肯定要誇他。

盛望琢磨著寫完一頁本子，一抬眼，就見邱文斌也在本子上大片大片地抄著什麼。他掃了一眼，問道：「你也在練字啊？」

邱文斌沉默片刻，說：「我在做錯題本。」

盛望：「……對不起。」

江添這個王八蛋，每天致力於看他笑話，塞著耳機頭也沒抬，還短促地笑了一聲。

邱文斌大臉盤子通紅地說：「錯得多，所以抄起來也多。」

盛望連忙擺手，「不是，我沒有說你什麼的意思。」

他如果跟丁修一個考場，那就是年級倒數，整天跟江添這個第一面對面坐著，真的挺扎心的，盛望都忍不住替他鬱悶。

他瞄了對面兩眼，實在沒忍住，問他：「你錯題都這麼抄麼？把題目完整抄下來？」

邱文斌茫然抬頭，「對啊，老師說要做錯題本，這樣比較清晰。」

「呃……」盛望正在斟酌怎麼說比較好。

可能斟酌的動靜比較大，或者江添後腦杓長了眼睛。他沒看下去，摘了耳機淡聲問邱文斌：「你這麼抄，當天的錯題抄得完？」

盛望：「……」你怎麼這麼會說話呢？

邱文斌臉當場就變成了豬肝色。

盛望連忙道：「他沒有別的意思，他就是想說，不是，其實我也想說，錯題這麼搞太費時間了。我剛來的時候錯得不比你少，根本抄不完。」

邱文斌愣了一下，「那怎麼抄？」

盛望哭笑不得，「不抄。」

「啊？」邱文斌更木了。

「我比較隨意，也不大愛惜書本、考卷，我都直接剪。」盛望說：「把錯題剪下來，找個本子分門別類貼上，就是錯題本了，」

盛望又指著江添說：「他是第一遍拿本子寫，錯題做標記，回頭直接二刷標記的題目。看你了，反正最好別抄，抄題目的時間省下來，夠做很多事情了。」

邱文斌愣了片刻，醍醐灌頂。

「你這什麼表情？」盛望看著他有點想笑。

邱文斌撓了撓頭說：「感覺掉進山洞撿到武功祕笈了。」

少年期總容易莫名其妙熱血沸騰，邱文斌現在就有點這種感覺，儘管他什麼都沒開始呢，但他感覺一扇神奇的大門正在徐徐打開。

他難得衝動了一下，問道：「如果……如果以後有難題，我能問你們麼？我現在成績太差了，爸媽都不想看到我，我想往上爬一點。」

江添想了想，問道：「你現在排名多少？」

「……」邱文斌又成了豬肝。

盛望直接伸手捂住了他的嘴，對邱文斌毫無起伏地說：「我哥不會說話，你別跟他一般見識，請把他當啞巴。」

他本意是開個玩笑，江添卻好像沒領悟。他把盛望的手扒下去一點，眸光從眼尾瞥掃過來，挑起一邊眉問：「你叫我什麼？」

「什麼我叫你什麼？」盛望裝傻充愣。

他倒不是故意不想回答，只是對著別人說得很溜的「我哥」，對著江添就怎麼都叫不出口。大概還是出於男生莫名其妙的勝負心吧，盛望心想。

江添依然半挑著眼看向這邊。

盛望想跟他對峙，卻不到半秒就敗下陣來。

他從江添指間抽回右手說：「我叫你弟弟。」

老實孩子邱文斌在對面聽得直笑，盛望像是終於占了上風的戰將，得意地揚了揚下巴，然後道：「行了，不鬧了，看書、看書。」他玩兒似的捏著右手指關節，低下頭認真看起書來。

餘光裡，江添又過了片刻才收回視線塞上耳機，水性筆在他手指間無聲轉著，偶爾會被抵停，在本子上落下沙沙的筆觸聲。

對面的邱文斌則愁眉苦臉地研究起了錯題本，他從筆筒裡抽了一把剪刀，對著紙頁比劃半天也沒下得去手。

十一班的班主任是個老古板，做不到睜一隻眼閉一隻眼，說不讓帶手機進教室，就不讓帶。邱文斌是個守規矩的學生，在班主任的緊逼之下，養成了不玩手機的好習慣，這點優於年級裡百分之九十的學生，但又稍稍有點過猶不及。

他兀自折騰了好久，才想起來手機其實也是個工具。他尷尬地朝兩個學霸瞄了一眼，發現那兩人眼都沒抬過，專注極了，於是匆忙翻出手機查了查高效率做錯題本的方法，然後臨時下了個掃描APP，對著錯題拍起照來。

這方法確實比抄來得省事，宿舍樓裡就有自助印表機，他只要定期把錯題列印出來訂一下就行。以往抄一整晚的錯題，他今天只花五分鐘就存了檔。天知道他有多久沒體會過這種提前完成任務的感覺了。這是他進附中以來，第一次在學習上感覺到爽。

邱文斌想對提醒他的盛望說句謝謝，但又有點不好意思。他瞄了對方幾眼，剛要開口，卻見這位大佬突然鬆開手指，抓起閒置半天的筆，在本子上寫起字來。

邱文斌愣了一下才想起來，對啊！大佬不是在練字麼？那他剛才認認真真看了半天的是什麼字帖？

邱文斌頭頂緩緩冒出一個問號。他懷疑大佬走神了，但他沒有證據，也不敢說。

史雨從衛生間出來，他頭髮只比平頭稍長一點，毛巾呼嚕兩下就乾了七八成。他掏著耳朵裡的水，衝其他幾人說：「我好了，你們誰去洗？」

盛望「唔」了一聲，寫完最後兩個字才抬頭問他：「附中幾點熄燈？」

「十一點二十吧。」史雨說。

「噢，那不急。」盛望練完今天的份，收起本子，卻又撈過了另一本書。

史雨在床邊坐下，回了幾條微信，又玩了一局小遊戲，感覺頭髮全乾了，這才站起身。他今晚被激了一下，久違地想試試用功的感覺。

可是白天發的考卷他都趕在晚自習前做完了，儘管語文是抄的，英語一半是抄的，他也不能掏出來全部重做一遍吧？

他得過且過太久了，除了這些，一時間竟然不知道自己還能做什麼。

史雨轉了一圈，在江添身邊停下拍了拍他問：「添哥。」

江添很輕地蹙了一下眉，然後摘掉一只耳機。他不喜歡思路被人打斷的感覺，本就不熱情的臉色愈發冷淡。

史雨有點訕訕的，但還是問道：「你這看的是什麼呀？」

江添撩起書皮示意他自己看。

「哦，這本啊。」史雨直起身說：「我們物理老師也推薦了，說你們班拿這個講競賽。好用麼？好用我也買一本去。」

江添：「不怎麼樣。」

史雨：「……」

隔著桌子都能感覺到他要被凍死了。

盛望一邊在心裡說「我可真是個天使」，一邊從做題的間隙裡補充道：「那本確實不怎麼樣，老何只從裡面挑了十幾道題，做完講完就該換了。」

「只做十幾道這本書就沒用啦？」史雨咋舌，「那你們還用哪些？」

「挺多的，但每本都只挑一部分。」盛望問：「你要做嗎？書都在那邊櫃子裡放著，你可以記一下名字。」

史雨又擺了擺手說：「我用不來那個功，我就問問。」

盛望笑笑。他本想說，A班的競賽課是可以旁聽的，B班最近陸陸續續有人搬凳子過來，你要真想搞競賽也可以來。但他看史雨的反應，又覺得沒有說的必要。

史雨原本一直站在江添旁邊，聊了幾句終於挪到了盛望後面。

「你這做的又是什麼啊？英語？」史雨跟他說話就隨意得多，大概是覺得他脾氣好，成績也沒好到嚇人的地步。

盛望：「對。」他也有點不耐煩了，一邊掃著題一邊應付道：「菁姐說競賽成績快出了，我先看看。」

「競賽？」史雨愣了一下才反應過來，「哦哦哦，你說之前那個英語競賽啊？」

「嗯。」

「那個我們班賀舒也去了。」史雨說著晃了晃手機說：「我剛還跟她聊著呢，我說她怎麼還怪緊張的。」

盛望的表情宛如失憶，他記得參加競賽的除了齊嘉豪和李譽，還有倆別班女生，但誰是誰他並沒有搞清楚過。

「賽都比完了你還看什麼？」史雨更不解了。

盛望隨口應道：「說不定有複賽。」

複賽？納悶間，史雨的手機又震了一下，賀舒回了他上一條逗樂的微信，興致並不大高的樣子。史雨趁機問道：你們那個英語競賽還有複賽？

這次賀舒回得比較快：有啊，幹麼突然問這個？

史雨又瞄了一眼盛望做的那本習題本，打字道：妳要準備準備麼？我看到一本還不錯的競賽書，送妳？

賀舒：……

賀舒發了個表情包：〔你他媽在逗我？〕

史雨：誰他媽逗妳了

史雨：真的，妳要麼？

賀舒：你要不去查查進複賽的條件？

史雨：懶得查，什麼條件？

賀舒：全省前四十

賀舒：你知道全省前四十什麼概念嗎？

賀舒：就是你不能理解的概念

史雨：……

史雨沒想到問個問題還能被嘲諷，哪怕這是他喜歡的女生，他也有點下不來臺。他重重地打字說：我就問問，不要拉倒

賀舒：你問得好扎心……

看她發了個哭臉，史雨又有點心軟，想了想回道：我沒要扎妳心，我看盛望在準備，就想給妳也弄一套。

賀舒：盛望在準備複賽？

賀舒：……

賀舒：他跨省轉來的，可能不大瞭解這制度吧。

她又發了幾個哭笑不得的表情。

史雨琢磨著問：前四十真的很難？

賀舒：廢話

賀舒：你沒發現咱們學校的都預設沒複賽麼，你看見還有別人準備這個麼？

史雨：沒有

賀舒：咱們學校幾年也出不了一個進四十的，英語是一中的主場。

賀舒：早知道當初去一中了，附中擅長的數理我都不行

那之後她再說什麼，史雨都回得心不在焉。他看著消息，有點猶豫要不要提醒盛望一句，畢竟要是白準備了也挺難受的。

盛望當然不知道他在聊些什麼，只聽見手機在那嗡嗡嗡地震個不停，而史雨則像個黑皮大猴子一樣抓耳撓腮。

「你是想說什麼嗎？」盛望忍不住了。

「啊。」史雨乾笑一聲，指著手機說：「沒，我跟賀舒聊天來著，我想給她也買本競賽書，她說她肯定進不了複賽，用不著。複賽很難進嗎？」

史雨像一隻長腿鷺鷥，開始伸腳試探。他比江添委婉一點，還知道營造語境。

盛望倒是坦然，「有點，菁姐說全省前四十能進。」

史雨：「……你知道啊？」

盛望：「啊？」

「沒事。」史雨指了指書說：「你繼續。」

說完他飛快在微信裡打字：盛望知道複賽什麼條件。

賀舒：啊？

史雨：他大概覺得自己能創造附中歷史吧

史雨：自信

史雨：牛逼

史雨：拭目以待

賀舒：……

其實史雨不討厭盛望，也不是針對盛望，只是不大習慣這種過於坦率的性格。他自己平日裡不會太用功，碰到考試、比賽都會謙虛一句：「我不行，我沒怎麼準備，就是來湊個分母。」

這樣的人見多了同類，冷不丁看到一個說「我還可以」的人，就會覺得對方有點狂。大概是叛逆期的心思作祟吧，他想看狂人翻車。

當初他們也是這樣看江添的，只不過江添太穩了，車一次沒翻過，還把他們碾服了。他那幾個日常開黑、喝酒、打球的哥們兒，背地裡都管江添叫「掛逼」。萬萬沒想到，老天又送來一個盛望。按照機率，這個肯定要翻車了，史雨心想。

掛逼哪可能買一送一！

〔Chapter 2〕

要不，再叫一聲哥？

這場聊天過去後的第三天，英語競賽成績出來了。

楊菁穿著金邊小黑裙走進教室，開門都帶著風。她把要評講的考卷往桌上一拍，單手撐著桌沿，居高臨下地掃視全班。

她繃著臉，下面的學生就開始緊張。

高天揚直挺挺地靠到後面，小聲問盛望：「菁姐怎麼一副送葬臉？競賽砸了？」

盛望嘴唇近乎沒動，哼哼說：「不知道，那群老師的嘴可緊了，至今沒聽到風聲。」

高天揚：「那菁姐就沒給你跟添哥放點話？你倆最有得獎的潛質吧？」

盛望想了想說：「放了。」

高天揚：「什麼？」

盛望說：「我倆提前交卷了，她上次放話說讓我們等著，成績出來找我倆算帳。」

高天揚：「……」

楊菁抿了一下嘴唇，本就板直的唇線甚至有點下拉。就在A班氛圍快變成固體的時候，這位女士紆尊降貴地開了金口：「競賽成績出來了，我來說一下啊。」

她說得輕飄飄的，同學們也不敢喘氣。

楊菁伸出細長的食指說：「我這裡一共拿到兩張證書，一個二等獎，一個一等獎。」

大多數同學鬆了一口氣，心說有獎就行，不然菁姐要跟他們同歸於盡。

高天揚更是直接垮下來，衝後面豎了根拇指說：「穩了，就看你倆誰是二等誰是一等了，其實也沒差，有獎就開心。」

盛望挑了一下眉，手悄悄摸進書包。

上次盛明陽去了一趟政教處，不知道怎麼接受的教育，反正徐大嘴第二天就把手機還回來了，並且警告說，不要讓他逮住第二回。於是盛望老實多了——老老實實把所有消息通知改成了靜音，螢幕會亮，但不會震動，還逼著江添也改了。

他戳進江添微信，飛速打字說：打賭麼？

江添：賭什麼？

貼紙：誰一等，誰二等。

江添：賭注

貼紙：我要吃串燒！

江添：好

貼紙：那你猜猜你幾等？

江添：反正不是二等

貼紙：……

貼紙：巧了，我也覺得我不是二等

他正用表情包單方面跟江添打架呢，楊菁又開口了。

「先恭喜一下課代表。」楊菁說：「齊嘉豪這次發揮中規中矩，拿了二等獎。」

班上安靜了一瞬，稀稀拉拉響起幾聲零星掌聲。

然後一小半人朝教室後排看過來，包括高天揚。

啥情況？高天揚用誇張的口型問道：你倆有一個沒有嗎？

盛望壓了壓手指，示意他淡定一點。

高天揚一轉回去，他就給江添發起了新微信：好了，現在可以猜是你藥丸還是我藥丸了。

江添：我不覺得我藥丸。

盛望又開始發表情包單方面撩架。

稀稀拉拉的掌聲停了，楊菁又說：「然後恭喜我們班長李譽同學，班長這次挺讓我驚喜的，但我不覺得這叫超常發揮，妳就是容易緊張，只要安排好時間，放輕鬆，什麼成績都是應得的。看，這次就超過課代表了，妳一等獎。」

李譽長得可愛，性格也好，班上同學都挺喜歡她的，要是平時早該拍桌起鬨了，今天卻沒有，包括李譽自己都沒顧得上激動，因為所有人都在那一刻看向了盛望和江添。

高天揚眼珠子都要瞪出來了，「不是吧？你倆……」

盛望有點無辜，同時也覺得挺意外的。他自認為考得還不錯，不然不會提前交卷。至於江添……他在考試上是有點傲，但絕不是亂來的人，他應該也考得不差。

就在這時，楊菁又發話了：「我剛剛說了，現在拿到的證書就兩張，一個一等獎，一個二等獎。現在公布完了，但咱們班考試的有四個人啊，另外兩個沒有拿到證書的是怎麼回事呢？」

是啊！四十多雙眼睛看向她，等她繼續說。

楊菁喘了口大氣，說：「因為他倆還要再參加下一輪考試。」

全班一陣懵圈，接著猛地反應過來，嗡嗡的議論聲彷彿熱水入滾油，轟地就炸了。

「對，全省前四十名進集訓，訓完參加複賽，如果還能拿到名次，就是國家級的獎項。如果沒有，那就定為省級一等獎。」楊菁點了點江添說：「你，全省十一。」

她又點了點盛望說：「你，全省第五，你倆就差兩分，中間那幫並列的小兔崽子全是一中的。但是沒關係……」

楊菁終於繃不住了，她咧嘴笑起來，抬著下巴說：「提前招生的門檻券一人一張，你們已經到手了。同一屆出兩個前四十名，這還是咱們學校第一次，簡直創造歷史，所以榮譽牆也上定了！」

她提高音調，笑著問說：「咱們班牛逼嗎？」

「牛——逼！」

整棟明理樓都能聽到A班的鬼叫，B班更是感覺天花板要塌了。其他各班被嚇了一跳，然後紛紛從自己老師口中得知了這個消息，緊接著整棟樓都沸了。

高天揚抓著盛望的肩膀猛力搖，開心壞了。

盛望在頭暈目眩中，身殘志堅地給後桌發了最後兩條消息——

貼紙：打平

貼紙：所以擼兩頓！

發完，他衝楊菁笑道：「菁姐，妳還要找我跟江添算帳嗎？」

楊菁笑罵：「算個屁！得便宜賣乖！」

一下課，幾乎全班人都圍了過來。

「一、二、三——」宋思銳跟樂隊指揮似的捏著手指一甩頭，所有人拉長了調子起鬨道：「請客！請客！請客！請客！請客！」

「還他媽數拍子？」盛望喝著水差點嗆死。

「是啊，整齊一點氣勢足。」宋思銳還在那兒按照節奏打手勢，高天揚在旁邊快笑瘋了。

「他們一直這麼二百五嗎？」盛望回頭問江添：「你以前拿獎也這樣？」

江添說：「看情況。」

「看什麼情況？」盛望問。

旁邊倆男生笑著叫道：「看老高怕不怕死。老高要是不怕死地喊請客，我們就跟著喊請客。老高要是怕死，我們就喊喊添哥。」

盛望滿頭問號瞪著他們，「那你們今天膽子這麼肥？」

「這不是有你嘛！」

「靠，柿子挑軟的捏啊？」盛望說。

宋思銳不管不顧開始喊號子：「盛哥——」

其他人約好了似的，跟著道：「英俊！」

宋思銳：「添哥——」

其他人：「瀟灑！」

宋思銳：「盛哥——」

「牛氣！」

「添哥——」

「掛逼！」

「……」草，神經病！

走廊裡樓下的人都上來圍觀了，盛望連忙抽了本書出來擋住臉，「請請請請，別喊了。」

「我靠，你真請啊？」高天揚笑斷了氣又詐屍過來，說：「沒發現他們號子喊得特別熟練麼？常規流程了，喊這麼多回就你理他們！」

「我認輸，我要臉。」盛望笑著抬起手說：「這週週考結束，校門口當年燒烤店，我買單，我們去吃垮老闆！」

一大群人跟著起鬨，叫道：「吃垮林哥！吃垮曦哥！吃垮全店！」

「撐不死你們！」小辣椒還是誰笑著罵了一句。

盛望第一次碰到這麼瘋的同學，但他真的越來越喜歡這個班了。不對，是喜歡這個班的大多數人。他說過，自己心眼小、氣性長，大度是不可能的，所以個別坑過他的人依然是傻逼。

其他人笑語不斷鬧作一團，全都擠在後排，唯獨齊嘉豪一人坐在人群之外。

當初他說自己視力不好，跟班主任磨了很久才磨到個第一排的位置，最近整組挪位，他挪到了第五組，盛望他們在第一組。他跟熱鬧隔了一個對角線，全教室最遠的距離。

他記得自己從五班殺進A班的那天，教室裡也這麼鬧，一大群半陌生半熟悉的同學也這麼圍著他，起鬨讓他請客。

在那之前，他只在走廊和操場上見過A班的人，沒說過兩句話，更談不上相識，但他都叫得出名字，因為他們每一個，都是他要超越的目標。

所以當初被起鬨的時候，他心裡半是自怯半是自傲，一邊惶恐又一邊得意。等他從情緒裡掙扎出來想要答應的時候，人群已經鬨鬧完笑著散開了。

那天之後，齊嘉豪就變成了A班的老齊。

他發現這個班的人都有點自來熟，好像只要他們樂意，想跟誰當朋友都是一句話的事。他有點羨慕，有時又嫉妒。

嫉妒他們那股子天生自信的勁，憑什麼呢？大概都是被捧著長大的吧。不像他，有個一事無成又好誇誇其談的爸，還有個自己沒上成好學校就把重壓全扔給他的媽。考到好成績，他媽連水果都會切成塊送到嘴邊；考砸了，什麼尖酸刻薄的嘲諷都能說出口。

家裡遠親近親都說他頭頂有兩個旋，聰明。但他自己知道，只有一個旋是真的，另一個是小學逃輔導課被抓，他媽氣急了拿晾衣杆抽他，不小心留下的疤。

他有時候覺得自己像條長蟲，僥倖混進了龍群裡。有時候又覺得自己像個單槍匹馬的屠龍騎士，等著天道酬勤。

他開始模仿A班的人，模仿他們自來熟呼朋引伴，好像他本性多熱情似的，其實有很多人他都不喜歡。

他不喜歡江添，隨隨便便就能拿滿分，輕描淡寫就能穩坐第一。他也不喜歡高天揚，明明成績在A班吊車尾，卻跟誰都能勾肩搭背。還有徐天舒，如果他爸不是附中政教處主任，就那平庸至極的胚子，哪能有今天的成績？

但他最不喜歡的，就是盛望。

明明是一個半路混進來的人、明明進來的成績跟所有人都差了十萬八千里，他甚至都沒有刻意表現過什麼熱情，這個班級就輕而易舉地接納了他。憑什麼呢？憑什麼他連努力都不用，就有著跟A班其他人如出一轍甚至更勝一籌的自信。

齊嘉豪自覺處處被人壓一頭，唯有英語例外。只有在楊菁的課上，他才是名副其實的A班人，他從不擔心被點名，甚至希望被點名，他的考卷幾乎可以當成標準答案，他的筆記會被其他人搶著抄，就連江添幾乎都要讓他一頭。

偏偏殺出一個盛望，把他所有「幾乎」變成「肯定」。

在A班，在英語這門課上，盛望就是標準答案，江添就是要讓他一頭。

這樣的人，齊嘉豪怎麼可能喜歡。

他悶頭坐在位置上，把新拿的證書壓平，小心翼翼地夾進大開本的練習冊裡，又把它放進書包，等著晚自習後讓他爸媽高興。自從上次丟了市三好，他媽至今沒有過好臉色。

其他同學還在圍著盛望和江添說話，如果沒有那件事，被圍的也會有他一份。他有點後悔，又有點酸溜溜的委屈，心想著A班的友情不過如此。

人誰無過，他只是犯了一次錯而已，從此熱鬧與他無關，歡呼與他無關，榮耀也與他無關。至於嗎？

他還在A班，又好像已經被淘汰了。

江添在週五早上給趙曦打了通電話。他怕班上這群餓狼真把燒烤店的存貨吃空，想事先讓老闆有個心理準備。

盛望反坐在椅子上，下巴尖抵著椅背有一搭沒一搭地聽著，高天揚他們那群嗷嗷待哺的一邊伸著耳朵一邊對答案，結果越聽越不對勁。

「不是曦哥啊？」江添剛掛斷，盛望就問道。

「不是。」江添把手機塞回書包說：「林哥接的電話，他們有事去北京了，曦哥手機這會兒他拿著。」

「北京？幹麼去了？」盛望好奇道。

「不知道，只說了有點事。」江添回憶了一番，手機那頭並不安靜，林北庭身處某個人聲嘈雜的公共場所，還有電腦音在叫號，「應該在銀行或者醫院。」

盛望：「醫院？」

江添想了想說：「趙叔以前開過刀，偶爾會去醫院檢查一下，估計帶他去北京了，昨天沒在喜樂看到他。」

「什麼病？」

「胃癌。」

盛望愣住。

他這才想起來，第一次看見趙老闆時感覺他像一隻大螳螂，眼珠微凸，確實有點過於瘦了。也許是有至親去世的緣故，盛望對於生老病死這類事有點兒敏感。

江添話音頓了一下，又補充道：「手術做了七八年了。」

盛望沒反應過來，「七八年怎麼了？」

「醫生說手術後五年不復發，就沒什麼大問題，例行檢查就可以。」江添說。

盛望又怔然片刻，想到趙老闆除了長相，哪哪都沒有病人樣，嬉笑怒罵比誰都有活力，才真正鬆了口氣。他剛回神，就對上了江添的目光。可能是低垂著的緣故，顯得有些溫和。

「看我幹什麼？」盛望摸了摸後脖頸，坐直身體。

江添眉尖飛快蹙了一下又鬆開，神色恢復如常。他拿過水瓶喝了一口水，說：「你臉是景點麼，買票才能看？」

盛望呵地冷笑一聲，朝桌底一瞥，江添今天穿的籃球鞋是白的，於是他二話不說，伸腿給對方蓋了個印。

江添：「……」

都是男生，知道糟踐什麼最心疼。

高天揚轉頭就把趙曦和林北庭不在的事廣而告之，引來一片哀嚎。

A班競賽課已經開了有一陣了，他倆都受邀來上過課。

剛來的時候，有幾個來A班旁聽的傻子震驚道：「這不是校門外那個燒烤店的老闆麼？哪個吃錯藥的，讓串燒兒的教我們物理？」

當時何進正拿著本子從後門進來聽課，繃著臉答道：「我請的。」

嚇得那幾個學生差點兒原路返回。

等到物理課代表把做好的**PPT**簡介投放出來，趙曦和林北庭漂亮至極的履歷呈現在眾人眼前，那幫傻子們一聲「臥槽」便閉嘴驚豔了。

趙曦上了講臺還開玩笑，說：「何老師跟我說這事的時候，我跟林子……哦不，林老師都在國外，還沒走上串燒兒的歪路。你們別看她現在虎著臉，心裡別提多後悔了。」

何進在後面笑罵道：「去你的。」

「看吧，這就帶上情緒了。」趙曦道。他說話的調門不高，但很清晰，話裡帶笑的模樣有點兒痞氣又一派從容。

他說：「放心，我跟林子只是來做個引子，告訴你們物理如果一直學下去會是什麼樣，本質是聊天，不會污染你們腦中構架的物理體系。」

林北庭比他肅正一些，但也在整節課的末尾開了個小玩笑。他指了指坐回教室後排的趙曦說：「另外澄清一點，學這些不一定會禿，只要別在英國。」

那之後全年級都知道了，A班的競賽課來了倆帥哥老師做指導，其中一位還是附中校友，四捨五入能叫一聲學長。

別的班尚且如此，A班的人就更甚了，大家都很喜歡他倆。請客說是吃串燒，其實就是想找趙曦和林北庭吃飯，他倆都不在，這飯也吃得不盡興。

林北庭說，他們要國慶之後才回來，於是盛望這頓飯跟著延期。

天氣轉涼只在忽然之間，九月的尾巴，附中校運會先一步來了。高天揚終於有了班委的氣勢，每節大課間都在教室裡流竄，到處搞動員。

A班的同學對於運動會興致缺缺，主要是那些項目太不是東西了。

「八乘二百公尺混合接力是個什麼玩意兒？」盛望問。

高天揚這個畜生仗著平時關係好，冒著生命危險，強行給盛望和江添報了好幾個項目，其中就有這個。

「男女生混合，四男四女，順序隨意，既考體力也考戰術。」高天揚說得高深莫測。

考你爸爸。盛望一臉絕望。

A班女生扒拉扒拉一共八個，這八個裡面，只有一個辣椒是能跑的，其他有一個算一個，八百公尺統統跑吐過，還有仨不及格。這是要逼死誰？

盛望看向江添說：「我今晚從上鋪跳下來把腿摔折還來得及麼？」

江添說：「不如我打折來得快。」

盛望：「……」

對於大多數學生來說，校運會的意義並不在於競逐青春展現活力，而是試卷山裡少有的放鬆和喘息。這兩天沒有安排課程，相當於一場月假，全校學生都很激動，準備得異常賣力。

相較而言，老師就淡定得多。

何進說，觀眾席的人數沒有要求，大家想看可以去，不想看也可以留在教室自習。

A班的大佬們向來以課業為重！

……傻子才留班自習。

何進去辦公室拿了個胸牌再回來，教室裡的人就全溜完了，一個沒剩。

「這幫小兔崽子。」她笑罵了一句，跟其他班主任一起往操場走。

雖說運動會本質圖個放鬆，友誼第一，比賽第二，但真進了場，被熱血沸騰的氛圍一帶動，這幫中青年的好勝心就都出來了。

老師們表面謙遜，嘴上說著「我們班不行」，心裡卻希望自己學生比誰都行。

何進跟著教師方陣入場，經過A班看臺就是眼前一黑。

他們班山頂上拉了一條大橫幅，紅底白字寫著班級口號。

人家都是什麼勇往直前、青春熱血、保二爭一、攻堅克難，他們班的長這樣：高二A班，輸贏看淡！人生苦短，比完就算！

一個方陣的老師都笑趴了。

何進掩著臉衝過來，就近逮住一個男生就問：「這口號誰出的主意？」

「高天揚啊。」男生毫不猶豫把兄弟給賣了。

那邊高天揚正給參賽的人發隊服呢，聽見自己名字，扭頭就送了個露齒大笑，「老師！看，咱們還搞了統一服裝！」

T恤是好T恤，兩邊的深藍豎條還修飾得挺有版型。衣服前胸是個霸道的A，背後寫著更霸道的——超A。

何進感覺自己撿到鬼了。她剛要遠離丟人，又被姍姍來遲的楊菁拉住了。

這天的楊菁風格完全不同，她穿著一件修身小白T，下面是運動短裙，紮著高高的馬尾，戴了個白色棒球帽，竟然顯出幾分活潑來。

A班同學看到她差點兒沒認出來，接著一個個緩緩張大嘴，下巴就合不上去了。

「幹麼呢你們，模仿政教處老徐啊？」楊菁挑起眉嫌棄道：「醜死了，閉上。」

她近處的一群學生老老實實把嘴合上了。

「來來來，跟橫幅合個影。」她招呼著生無可戀的何進，跨著長腿上到了山頂。

「太傻了，合了幹麼？」何進沒好氣地說。

「發朋友圈。」楊菁說：「炫炫我們這幫寶才學生。」

何進噗地笑了。

「臥槽這誰？」盛望剛剛在跟高天揚掰扯傻逼隊服，一抬頭就被楊菁嚇一跳。

他懵懵的樣子過於好笑，楊菁樂得不行。她低頭一看，發現還有個人支著長腿坐在盛望旁邊，他耳朵裡塞著白色耳機，正弓著肩悶頭刷手機。

「很猖狂嘛，大庭廣眾之下這麼囂張啊？」楊菁問。

盛望垂著的手指狂敲江添的肩，「醒醒，收手機了！」

江添抬眼瞥過他搗亂的手指，這才看向楊菁和何進說：「老師。」

A班同學都知道，只要不是上課用、只要不被大嘴抓，剩下幾位老師，誰看見手機都沒事。江添本來就有點冷懨懨的，老師來了頭髮絲都沒慌一下，打完招呼還又滑了兩下螢幕。

「誰惹他了？怎麼滿臉不高興。」楊菁問。

「自閉呢。」盛望忍著笑，「被高天揚這隊服雷的，打死不肯穿。」

江添塞著耳機裝聾。楊菁看他那樣笑得不行，然後舉著手機跟何進拍了幾張照就先走了。

盛望欣賞了一會兒江添冷漠的後腦杓，突然想逗一逗人。

他原本也一百二十個不願意，甚至想打高天揚一頓，但看到江添這樣，又忍不住改了主意……

他衝高天揚招了招手，說：「來，給我兩件。」

高天揚喜出望外，「怎麼？終於發現我審美的藝術性了？」

「屁的藝術性。」盛望毫不客氣地評價道。

「那你怎麼突然變卦了？」

「皮癢。」我可真是皮癢欠打啊，盛望心裡這麼說，手上卻拎著衣服去江添面前晃。

江添抬起頭，摘下耳機問：「幹麼？」

盛望說：「我突然覺得這衣服還行。」

江添一臉「你審美是不是死絕了」的表情看著他。

「你再仔細看看。」盛望說。

江添冷笑一聲，並不想看。

「運動會嘛，熱血為主。」盛望努力繃住嘴角，顯得很誠懇，「中二一點傻一點也正常，好歹老高費了一番心思。」

「所以？」江添癱著臉迸出兩個字。

盛望開始在找打邊緣探頭探腦，「所以我有一點想穿。」

「……」江添目光在他身上走了個來回，道：「那你穿。」

見他又要塞回耳機，盛望一把抓住他手腕，說：「我一個人穿多丟人。」

江添一臉「我他媽就知道」的模樣，麻木道：「我不穿。」

「眼一閉腿一蹬，往身上一套就完了。」盛望說。

「不。」

「就一天。」

「不。」

「哥。」

「……」江添也感覺自己撿到鬼了。

幾分鐘後，A班眾目睽睽之下，盛望推著江添的肩大步下了大臺階，他在後面忍著笑，還背手衝高天揚比了個「OK」。至於江添……他已經快凍成冰雕了，渾身每個細胞都是大寫的拒絕。

大家難得看他吃癟，登時吹口哨的、鬼叫的、瞎起鬨的鬧成一片。

盛望豎起食指比了個「噓」，笑道：「不准叫，別給我搗亂，我費了九牛二虎之力才騙下來的，一會兒氣得坐屋頂上去你們哄？」

江添腳步一剎，擰眉看向他。

盛望立刻道：「我錯了，我不說話了。」

原本大家是等著看熱鬧的，結果真等他倆換好衣服回來一看……臥槽，好帥？

高天揚像個上躥下跳的大猴子，指著這倆活招牌說：「看！是不是！我怎麼說的！是不是效果就很炸！又狂又野又帥氣，誰他媽敢再說我審美死了？誰！」

「沒誰了！」宋思銳一個箭步衝上去，從高天揚手裡抽了一件衣服就跑。

僅僅幾秒鐘的工夫，之前寧死不從的同學們集體倒戈，隊服被一搶而空，甚至還有個別不用比賽的渾水摸魚試圖騙一件，被高天揚當場捉拿，「靠，滾蛋！你再拿我就得裸體上陣了！」

搗亂的男生立刻狂笑著縮回手說：「那算了、算了，辣眼睛。」

事實證明，高天揚的審美真的還可以。衣服看上去中二，穿起來效果卓群。A班運動員集體往檢錄處一站，離得近的幾個高一班級全都炸了，女生湊著頭議論紛紛，每個班一本的運動員花名冊快被她們翻爛了，都在找盛望和江添會參加哪些項目，中間甚至還夾雜著幾聲「高天揚」。

高天揚被別班戲稱為A班一霸，因為這牲口跑完一千五百就能轉場去三千公尺繼續拿第一，到終點後氣都不喘兩聲就開始呼朋喚友上球場，體力簡直不是人。

附中運動會是積分制，高二十四個班，每個項目前六名有分拿。一二三名積分分別為十五、十、五分，四五六名則是三、二、一分遞減。

「老高去年三個十五，愣是把我們班帶到了第六名。」宋思銳說。

「第六很牛逼嗎？」盛望不大清楚別班實力。

宋思銳一句話就解釋明白了：「這麼說吧，咱們班如果沒有老高，去年總分大概一共十五，排名全年級倒數第一。」

盛望：「……」

他第一反應是看向江添，神情有點難以置信。

江添本來並不在意這些東西，沒參與談話，但看到盛望懷疑的目光，他忍不住補了一句：「別看我，去年不在。」

「啊對。」高天揚說：「他那陣子剛好出去參加集訓了，不在學校。」

盛望「哦」了一聲：「我就說嘛，你看上去也不像拿不到分的樣子。」

「我們班去年接力第幾？」盛望問：「我好有個底。」

高天揚乾笑一聲說：「去年墊了個底。」

「但是今年！我們保六爭三好嗎？大家給點力！」宋思銳叫道。

下午兩點三十分，八乘二百公尺混合接力正式開始點名。

臨上場前，各個班的接力順序都還在不斷變動。別的班都在相互套話，企圖知道對手的排兵布陣，唯獨A班例外。圍著他們的女生全是來喊帥的，沒有一個臥底，赤裸裸是一種實力上的藐視。

「不管了，我們就這麼來吧！」高天揚說：「我首棒，盡可能大地拉開差距，然後是老宋、小鯉魚，你倆盡力就行，盛哥你排中間，想辦法把這倆落下的部分補一點起來，小辣椒算能跑，第五棒，接著就是巧娜和戴小歡，呃……妳們別有負擔，不吐就是勝利，然後添哥最後一棒，能衝第幾衝第幾吧。」

很快，人員就位。操場一圈四百公尺，兩棒一輪。盛望和江添的接棒點剛好在一起，沒輪到他倆之前，他們都在跑道邊站著。

盛望手搭涼棚，瞇著眼朝起點看過去。

初秋的太陽不像盛夏那般刺眼，又高又遠，空氣裡是足球場清新的草皮味。他看見高天揚在起點彎下腰，老師在更遠一些的地方舉起了發令槍。

槍響的瞬間，身邊的江添突然開口說：「打賭麼？」

他難得主動，盛望有點意外，「咱倆這次一隊啊，你忘了？」

江添說：「所以賭一下。」

盛望問：「賭什麼？」

「賭能不能第一。」

「賭注？」

江添輕蹙著眉想了一會兒，說：「沒想好。」

盛望「嘖」一聲，說：「那還怎麼賭。」

高天揚在遠處一路飛奔，疾馳如風，盛望看著他把其他十一個班的運動員甩在身後，然後把棒子遞給了宋思銳。A班的加油聲越過操場傳來，喊得熱血沸騰。

高天揚甩著汗往這邊走來，盛望衝他揮了揮手。

就在盛望以為打賭的事就這麼不了了之的時候，江添忽然從遠處收回目光，看了他一眼說：

「要不，再叫一聲哥？」

陽光流淌到草尖上，青蔥欲滴，盛望被晃得瞇起眼，熱意從額前耳後泛上來。他懷疑是高天揚帶過來的熱風，拎著領口搧了兩下才對江添說：「這怎麼當賭注，賭來賭去都是我吃虧。」

江添挑了下眉，未置可否。

安靜了一會兒才半是無奈半納悶地說：「你坑我的時候怎麼不覺得虧？」

「那當然不一樣。」盛望笑起來，又覺得熱意沒那麼濃了，涼風掃過，還是一派秋高氣爽。他理直氣壯道：「你都說是坑你了。」

「什麼坑？」高天揚從負責後勤的同學那邊拿了瓶水，邊走邊灌。

「沒什麼，說你這個驚天巨坑呢。」盛望指了指江添身上的衣服，隨口答道。

三人目光又聚焦到了操場上。

在上賽場之前，盛望就做好了心理準備，看宋思銳的身高和腿就知道他跑不了多快，但他沒想到居然可以這麼慢……

「你最好告訴我老宋是在留力，後面有衝刺。」盛望指著逐漸被別班反超的人說。

高天揚乾笑一聲，「跑兩百公尺還用留力？」

說話間，八班一個女生超過了宋思銳，他邁著小短腿掙扎了一下，無濟於事。

「起跑就是最快速度了。」高天揚損起宋思銳向來不客氣：「最後五十公尺你會發現他腿掄得特別快，看過倉鼠球沒？就那個效果。視覺上是衝刺了，但實際沒有，非常夢幻。」

果然，宋思銳如他所說掄到了交接點，當他把棒子給李譽的時候，高天揚的優勢已經被敗完了。從遙遙領先到倒數第五，只要兩百公尺。

「穩住，別崩。想想咱們班口號。」高天揚指著顯眼的大紅橫幅說：「輸贏看淡，比完就算。壯哉我大A班。」

盛望：「……」

「我為什麼要答應他上來丟這個人？」盛望認真地問江添。

江添不鹹不淡地說：「我也在想這個問題。」

「敬偉大的友情。」高天揚舉了舉維他水瓶。

他們三個心態還行，接棒的李譽卻徹底崩了。她本來就不擅長這個，只因身為班長被拉來湊數，這數湊完，倒數第五飛速變成倒數第一。

這邊裁判舉了一下旗，負責跑第四棒的同學上了跑道，盛望就是其中之一。他之前熱過身，這會兒原地小跳了幾下，便做了準備動作在接棒點上等。

一個又一個同學衝過來，其他班的人紛紛接棒，李譽還有十多公尺。

菁姐常說她心態不穩，容易緊張、容易焦慮，這一點在腎上腺素飆升的體育場上被放大了好幾倍——她跑到最後眼淚都出來了。

模糊的視野裡，盛望在接棒點已經小跑起來，是一道乾淨又張揚的剪影。

她把接力棒遞出去的那一刻，聽見盛望說：「唉，別哭。」

下一秒，男生便像離弦箭一般出去了。

飛揚的少年最動人心，奔跑的時候像是穿過了光陰。

不過那一瞬間，沒人會想這些矯情的東西，只有最直接的反應——整個A班都沸起來了，衝著跑道聲嘶力竭。緊接著他們便發現，叫起來的不只是A班人，其他班比他們還瘋。

「我操！你們他媽買掛了吧！」B班體委沒參加接力，在座位上衝著A班喊。

「有本事你也買！」一個女生毫不客氣地喊了回去。

盛望超過了八班、六班、三班、九班……

每超過一個人，看臺就是一陣喧囂衝頂，哪個班都在叫。

然後是十二班、七班、二班、B班。

B班跑前幾棒的人都沒離開操場，站在草坪上即時跟進，其中就有和盛望、江添同宿舍的史雨。英語競賽成績出來後，他有很長一段時間都處於一種尷尬的狀態裡，儘管盛望並不知道他等著看笑話的心態，但他還是覺得自己臉被打腫了，羞於見人。

可能是因為賀舒誇了盛望好幾天，也可能只是男生的勝負欲作祟，史雨突然進入了「競爭狀態」，把盛望列為比較對象，開始了單方面悄咪咪的爭強好勝……

盛望做了一禮拜競賽題，物理、化學週考只比他高十分，不過如此；盛望古詩文都認真背了，平時的作業也是自己做的，週考語文也才一百二十六，不過如此；盛望英語……英語大概是天賦。人嘛，總會有那麼一兩樣天賦。盛望點在英語上，他點在體育上了。

史雨一直覺得自己在肢體上天賦過人，速度、爆發力、彈跳都很好，隨隨便便就比別人厲害。

他始終認為天生差距是追不上的，是命，這也是他抄作業、玩遊戲、不複習時常念叨的理由，但這一瞬間，他念叨了很多年的東西突然被動搖了。

他眼睜睜看著盛望連超十二人，離第二名越來越近，儼然是整個操場上最恣意耀眼的存在，忽然就覺得自己所謂的天賦也沒那麼突出了。

「草，太騷了吧！」B班幾個人都忍不住感嘆道，還有一個勾了史雨脖子說：「你他媽也是絕了，你室友這麼牛你知道麼？」

史雨乾笑一聲，終於沒再想「不過如此」，答道：「你說呢。」

盛望跑到接棒點的時候，跟第二名並肩，離第一名只差兩步。

他把接力棒遞給辣椒的時候都沒能刹住衝勢，又往前跑了七八公尺才漸漸停下，帶起的風撲了辣椒一臉。下一刻，辣椒滿臉通紅地衝了出去。

中間兩棒大多是男生，A班同學本以為優勢又要被敗下去了，萬萬沒想到女生瘋起來，簡直一切皆有可能！

「媽耶……」B班體委已經不知道說什麼了。

A班愣了一瞬又沸騰起來，好像他們嗓門大了能給辣椒掛檔似的。

「辣椒今天起正式更名為風火輪！」有男生叫道，其他人想了想還挺形象，跟著便笑死了。

這姑娘愣是又超過了一位，兩百公尺跑完，A班又到了第一。班上男生多，歡呼起來調門明顯不同，氣震山河。然後，心臟病之旅就開始了……

盛望拿著一瓶水站在場邊喝，看了幾秒他就決定不喝了，怕嗆死在這裡。

先是第六棒趙巧娜腳滑，接棒踉蹌了幾步，七八個班的同學就在她身邊呼嘯過去了。她一急，呼吸節奏又出了問題，跑了一百多公尺就喘得不行，她這棒跑完，A班掉到了十一。

接著第七棒被隔壁四班的人撞了一下，差點兒摔跟頭，兩手都撐地了，又直起身來追……把自己追到了最後一名。

雲霄飛車都沒這麼玩兒的。

盛望半途看情勢不對，橫跨半個操場跑到了江添那邊。

彼時老師已經舉過旗了，江添正站在接棒點上，高天揚趁著沒轟人，在他耳邊灌雞湯，灌了半天發現他添哥在走神，一句沒聽。他順著視線看過去，看到了場邊的盛望。

「得嘞，您老心態穩得一批，我還是退下吧！」高天揚拱了拱手。

盛望剛想越過跑道線，場務老師就開始轟雞了。

高天揚灰溜溜跑過來說：「不讓過去了，你要說啥直接喊吧。」

盛望一愣，忽然意識到自己並不知道要說什麼。那他穿過操場越過跑道幹麼呢？只是在場邊站著？只是……來看看？

「噢，我以為你急急忙忙跑過來是有什麼注意事項或者戰術。」高天揚大手一揮，道：「那咱倆老老實實加油吧！添哥——好好跑啊！」

江添正在活動腳踝，清淡的眸光越過跑道看過來。其他班的第七棒已經繞過彎道衝過來，A班落在最後。

盛望皺著眉，面露擔心，而當他從遠處收回目光的時候，他看見江添衝他抬了一下拇指，接著便側過身去，伸手穩穩等著後方衝過來的女生。

盛望忽然就放下心來。

這一天，A班同學猶如坐上了死亡雲霄飛車，心臟病好了犯，犯了又好。

最後看到江添一個個超人的時候，群情激動，乾脆跟著數了起來。

數到十三的時候，這場接力賽終於結束。江添第二個跑過終點，第一的是四班，差距小到幾乎難以辨別。

A班樂壞了，第二名夠讓他們鬼叫，畢竟以前接力賽都是墊底。

語文課代表連廣播稿都寫好了。

誰知裁判老師打了個手勢，把拐角幾個學生叫過去問了幾句話。

幾分鐘後，A班積分牌被人翻了個數字——直加十五分。

「什麼情況？」

A班人都以為加錯了，卻聽回來的高天揚叫道：「四班撞人違規，名次取消，其他班按順序往前進一位，咱班第一！」

江添對此並不知情，正從終點往回走，垂著的手裡拎著水。

他把一邊短袖翻捲到肩，正透著熱氣，突然聽見有人從後面跑過來，一把勾住他的脖子說：「我們第一！」

是盛望。除了他，沒人敢這麼糊到自己身上來。

江添順勢低了頭，弓著肩背踉蹌兩步，一臉淡定地擰開水喝。

「你聽見沒啊？我們第一、第一！」

有人得寸進尺，不僅敢勒他脖子，還敢呼擼他的頭。

「聽見了。」江添嘴唇抵著瓶口回了一句，又喝了幾口水才把瓶子放下，露出笑來。

他們要轉到看臺背面去檢錄處做個登記。

結果剛拐過牆角，江添忽然看著前方某處剎住了腳步。

盛望還勾著他的肩，眼看著他的笑意倏然消失，表情冷了下來。他愣了一下，順著江添的視線看過去。

西門通往操場要走三號路，中途有臺階延伸過來。一位衣冠楚楚的男人正從臺階上下來，見到江添後停在了臺階中段。

盛望第一反應是覺得對方有點眼熟。

他很少能記住人臉，但凡有印象的，一定有哪裡很特別。

他愣了一下，突然意識到，那人的特別在於他跟江添有幾分相像。接著他又想起來，這人他見過。就在梧桐外，丁老頭家附近的巷子裡。

「小添。」對方叫了一聲。

盛望知道了，這是江添那個一直沒出現過的爸，季寰宇。

他想起丁老頭對於江添童年的描述，覺得這人出眾的氣質變得令人反感起來。

江添沒應聲。

盛望看到季寰宇的目光朝自己掠過來。他還沒來得及做出什麼反應，就感覺江添站直了身體。勾著肩膀的動作突然變得不那麼順暢，盛望愣了一下，鬆開了手。

「這位同學是？」季寰宇偏了一下頭，顯然對盛望有點好奇。

問到這裡，江添總算開口理了一句：「關你什麼事。」

他嗓音很冷，說完輕輕拍了一下盛望的肩道：「站這裡幹麼，走了。」

季寰宇並沒有因為遭到冷遇而離開。

他從臺階上下來，就跟在盛望他們兩人身後，期間又叫了江添幾聲，都透著一股「拿你沒什麼辦法」的無奈感。這種語氣讓他占了上風，在不知情的路人聽來，就像是溫文爾雅的父親正在哄一個鬧脾氣的兒子。

盛望越聽越不爽。

看臺背面有廣播站的收稿臺、檢錄處和幫助站，學生和老師往來不斷。頻頻有人朝他們投來目光，又礙於江添的冷臉不敢多看。

「八乘二百公尺混合接力是吧？」檢錄處的老師遠遠衝兩人招手。風雲人物誰都認識，老師一句都沒多問，直接翻出表格指著空處說：「你們班就剩你倆沒登記了，在這邊簽一下名。」

江添接過筆，面無表情地寫著名字。

盛望輕拱了他一下說：「幫我也簽了吧，我這字藝術氣息太濃了，怕老師接受不良。」

他說話的樣子太臭屁，老師沒好氣地「哼」了一聲。

江添擱筆的動作頓了一下，表情在那瞬間有所緩和，他一邊簽下盛望的名字，一邊說道：「不是練了麼。」

「還好還好，還沒氣到不說話。」盛望心裡鬆了一口氣，嘴上卻在繼續：「練是練得差不多了，但我得保留一下實力，等到期中考試嚇菁姐一跳。」

兩人旁若無人說著話，季寰宇就站在兩步開外的地方等著。

檢錄處的老師抬起頭，衝他客套地說：「家長來看小孩比賽？」

季寰宇點了點頭，淡笑中略帶著歉疚，「難得有這樣的機會來看看。」

老師又客氣地表示忙嘛，可以理解。好像所有問題就在這輕描淡寫的一句話裡帶過去了。

盛望唇角的弧度瞬間消失，緊抿著唇朝季寰宇看了一眼。等他再轉回來時，發現江添的臉又冷了下來。

盛望幽幽地看向老師，心說：我踏馬剛把他哄開您就給我搗亂。

江添把筆一撂，站直身體問道：「你跟了半天要說什麼？」

季寰宇依然是笑著的，看不出笑容裡有任何尷尬或不安的成分，表面工夫好得很，但江添知道，他已經開始後悔跟過來了。

他虛榮心強又好面子，總要在人前保持光鮮得體的樣子，不喜歡有任何失態。

檢錄處的老師有一點尷尬，但這個檯子不能沒有人在，他走也不是，留也不是，只得乾笑著看向三人。

季寰宇指著遠處的空地說：「人家老師還有事要忙，我們去那邊？」

「不順路。」江添道。

季寰宇嘆了口氣，又叫了他一聲：「小添。」

江添依然冷冰冰的，不為所動。

檢錄處的老師眼巴巴地看著，季寰宇終於放棄。直到這一刻，他都還保持著斯文有禮的模樣，笑了笑說：「行，今天不提什麼不開心的事。我就是聽說附中運動會，過來看看。」

「那你自己看吧。」說完，江添拉了盛望一下，兩人頭也不回地進了操場。

盛望中途回頭看了一眼，發現季寰宇居然真的上了看臺。他在家長觀看區找了個邊緣位置坐下來，跟旁邊的人打了聲招呼，便安安靜靜看起了比賽。

〔Chapter 3〕

他只覺得時間
慢慢悠悠，
眼前的路又長又安逸

這天下午本該是運動會的重頭戲，跑道上的比賽大多都集中在此，A班有機會拿分的項目也包含其中。

高天揚一千五甩了第二名一圈，三千公尺甩了第二名一圈半。

辣椒兩百公尺和四百公尺都是第二，李譽和趙巧娜的兩人三足趣味賽超常發揮，拿了第三，其他人也多多少少攬了點名次。

A班同學這半天簡直活在天堂裡，看著他們的積分一會兒一跳、一會兒一跳，不知不覺居然蹦到了年級第三，離第二名的五班只差十分，離第一名的七班也只差十八分。

所有人的期待都落到了江添和盛望身上，前者正在比跳高，後者還有一場跨欄。

跳高在操場東南角，因為涉及到助跑，場地清得很徹底，只能在十來公尺開外的草地邊等著。A班看臺下餃子似的空了一大半，男生、女生幾乎都圍了過來。

場務不得已拎了幾個白色護欄過來，拉了一條線，一大群人就站在護欄外。

宋思銳環視一圈說：「咱們班什麼時候有了這麼多女生？」

高天揚哎地嘆了一聲：「做夢吧，要真這麼多，我能活活笑死在這裡。」

一群別班的姑娘嘻嘻哈哈笑成一團，衝他說：「我們倒是想進，可是你們A班不收。」

高天揚攬著盛望的肩膀問：「那妳們是來看我添哥的還是看我盛哥的？」

女生們又推推搡搡地笑著，卻打死不答。

人群喧囂熱鬧，盛望卻心不在焉，因為江添這一整個下午都沒再笑過。

橫杆一次次上調著高度，江添一次次助跑，然後背身一躍。他身高腿長，從橫杆上躍過的一瞬實在引人注目。

人群總是在他起步的時候屏息噤聲，在他落地的瞬間爆發歡呼，一次比一次情緒高漲。周遭越是火熱，就襯得他越冷。

旁邊的那群女生好像還就吃這套，一個女生甚至小聲對她同伴說：「他居然在出汗，我看他感覺冷颼颼的。」

盛望聽了個大概，哭笑不得。

不遠處響起一聲哨音，操場上的廣播開始讓跨欄的運動員去檢錄處點名。盛望朝那邊看了一眼，稀稀拉拉的男生別著號牌往看臺背後走。

旁邊的女生突然發出驚呼，盛望轉回頭，就見江添跳完一杆沒有回到原處，而是朝護欄這邊走過來。

高天揚問道：「添哥！累嗎？」

江添在護欄邊站定，從盛望手裡拿過水瓶，「還行。」

三班和九班的人很難纏，跟著他跳了三個高度，依然沒人被淘汰。他額前鬢角都出了汗，順著下頷骨滑至脖頸，仰頭喝水的時候，喉結都是濕漉漉的。

盛望捏著瓶蓋瞇了一下眼，倏然瞥開了視線。

「跨欄要開始了？」江添突然出聲問道。

「嗯？」盛望愣了一下，沒反應過來。

江添把喝了一半的水瓶遞過來，衝廣播處抬了抬下巴說：「我聽見那邊在點名。」

「哦，對。」盛望把瓶蓋擰好，說：「我要先過去了。」

江添點了點頭說：「加油。」

白色的木欄已經擺放在了跑道上，一部分圍觀的同學跟著盛望上了跑道，但大部分依然留在東南角，因為盛望的終點也在那邊。

他在做熱身的時候，遠遠看見跳高那邊換了新高度，九班的男生三次不過，已經從賽場上退了下來，三班的那個還在做他的第二次嘗試。

盛望抬了一下腿，然後把兩邊短袖翻捲起來，傾下身去。

發令槍響起的瞬間，三班的那個男生第三次不過，也被淘汰下去。盛望笑了一下，躍過了第二個木欄。

校運會上，百公尺賽跑一般很難拉開大的差距，尤其是男生組，第一名和最後一名也不過三兩步之遙，但是跨欄不一樣。

有人適應，有人不適應，差距一下子就能顯露出來。

三個木欄一過，盛望就到了第一梯隊。

這個梯隊只有兩個人，一個是他，另一個是B班體委。

在這之前，這位體委已經在操場上跑了一個禮拜了，練習量比盛望多得多，跨得也流暢，從未失誤過，但也許是混合接力上盛望的表現太過搶眼，他壓力一下子就上來了，正式比賽的這一刻居然跨得有點磕巴，弄倒了好幾個木欄。

到最後一個欄杆的時候，不遠處的操場一角突然爆發出一陣山呼，高天揚聲嘶力竭的大白嗓傳得格外遠：「添哥牛逼——」

贏了？盛望下意識朝那邊瞥了一眼，只見人群圍聚過去，女生在雀躍。

事實證明，做事不夠專注容易遭報應。他分神還不到一秒，旁邊B班體委被歡呼驚了一跳，連人帶杆摔了個結實，一個狗啃泥趴到了盛望的跑道上。

盛望下意識想讓，奈何腳已騰空。他只來得及在心裡罵一句「草」，就落回到了地上。左腳踝咔地一聲響，他直接就跪了。

那一瞬間，盛望簡直痛懵了。

操場上傳來了驚叫，有人擔心、有人在叫他名字，他都沒太聽清，只感覺耳朵裡嗡嗡作響，耳朵外滿是喧嘩。

很快，痛感帶來的耳鳴潮水般退下去。他捂著腳踝睜開眼，就見B班那個牲口抱著膝蓋在那裡「哎呦喂」，他又覺得這場景挺滑稽的——二名摔成一團，多丟人吶。

盛望皺著臉，又忍不住笑起來。

「還笑？」一個聲音落下來。

盛望抬頭一看，就見江添不知什麼時候從跳高場上跑過來了，在他面前蹲下身來。

「別蹲，快拽我一下……」盛望一把勾住他，借力單腳站起來。

江添不知道他還要作什麼妖，皺眉瞪著他，「你幹麼？」

「還剩幾公尺，我先蹦過去再說！」盛望撒開手，蜷著左腳便往前跳。

「你！」

他都不用看，光聽這一個字就知道江添想把他吊起來打。

其他班的人本就落後他倆很多，又因為突如其來的變故剎了一下車，此刻反應過來再往前跑，已經耽誤了一點時間。

「我日！」盛望一邊罵著痛，一邊看著九班的人從他身邊過去，第一個衝過終點。

他跑跳起來有種又輕又颯的感覺，即便這會兒金雞獨立，跳的步子也比常人大，沒兩下就快到終點了。

看臺那邊本以為他墊底墊定了，萬萬沒想到還能這樣，頓時衝他呼喊起來。A班的加油聲震天動地。

二班的人擦身而過，先他一步到達。
盛望又是一跳，終於跟上，白色的橫線從他腳底劃過，就此塵埃落定。
下一秒，他看見江添從場邊進來，掐著點架住了他。
「我操，痛死我了！」盛望毫不客氣地把重量掛到他身上。
B班體委本來都打算躺著不動了，又被他激得翻起來，連滾帶爬衝過線，居然也進了前六名，撈到了一分。
「你他媽牛逼死了！」他一屁股坐在跑道上，一邊處理蹭破的膝蓋，一邊衝盛望喊。
「你他媽也差不多！」盛望學著他的語氣大笑著回了一句。
回完一轉頭，對上了江添的棺材臉。
「……」盛望立刻收了笑，老實下來，還縮了一下左腳說：「哎呦喂。」
「哎個屁。」江添拉著臉說：「我看一下。」
他說著便蹲下去，盛望三根手指抵著他的肩膀維持平衡。
「能動麼？」江添問。
盛望試著動了一下，道：「還行，痛，但是沒到完全不能……」他話說一半便卡住了，因為江添的手指輕輕按了兩下他的踝關節。
「你躲什麼。」江添抬頭問：「弄痛了？」
盛望感覺全校都在圍觀他的腳，脖頸泛起一層薄薄的血色，輕聲道：「還行，你先起來，咱倆回看臺再說。」
「回什麼看臺！」高天揚帶著何進和一幫同學衝過來了。
「直接去醫務室。」何進虎著臉說：「你下次再逞能試試！」

「不，哎等等，別拉我手。」盛望感覺有一個連的人想來扶他，頓時哭笑不得地往江添身上靠了靠，「他架我過去就行了，你們後面還有項目呢，湊什麼熱鬧。」

一群人擠擠搡搡到了三號路上，盛望總算說服了大多數人，他們叮囑半天，終於散回到操場。

江添看了一眼三號路的距離，說：「我背你。」

盛望連忙擺手說：「別，瘸了腿夠丟人了，我不想一路被人圍觀。」

高天揚也說：「我倆輪流背，也不費什麼勁。」

盛望當場撒開手，自己朝前蹦去，「再見，我自己走了。」

高天揚叫道：「你屬驢的麼？這麼倔。」

盛望：「對。」

江添趕了兩步過去扶住他，轉頭衝高天揚說：「我帶他過去，你回吧。」

高天揚欲言又止，最後也不知道想到了啥，揮了揮手說：「行吧，你倆先走，我去找個好東西，馬上就來。」

盛望又趕忙蹦了幾下。

操場到醫務室其實不算遠，單論距離，蹦一下也未嘗不可，但它並不是平路。從三號路的分支出去，有一個彎道斜坡，順著坡繞兩圈，才是醫務室在的地方。

盛望掛在江添身上蹦了一路，也爭執了一路，就為「背不背」這個話題。

就在快到上坡的時候，盛望聽見背後一陣滾輪響。

他納悶地轉過頭去，看見了高天揚。這位大哥手裡還推著個大傢伙，美滋滋地說：「盛哥，我給你要來個輪椅，實在不讓背，那就坐輪椅上去吧！」

盛望呆若木雞。

「是不是有點過於隆重了？」他懵了半晌，然後推著江添說：「算了、算了、算了，你轉過去。」說完，他箍著江添的脖子一蹦，順勢趴到了對方背上，「輪椅和背，我選背。」

高天揚的絕讚建議沒得到採納，搖著頭咕咕噥噥地還輪椅去了。

江添背著盛望上了坡道。

這裡是學校最安靜的角落之一，坡道兩邊是蔥鬱茂盛的樹，花藤從常綠灌木帶裡伸展出來，長長短短掛了一路。

盛望還有點不自在，江添不用回頭都知道，他的表情一定很好笑。

「為什麼不讓背？」他問。

盛望稍微動了一下，說：「丟人。」

江添不是很能理解這種邏輯，當著全校的面摔跟頭都不覺得丟人，瘸了腿背一下怎麼就丟人了？不過這話不能說，說了，背上這位孔雀能當場從坡邊跳崖自盡。

他其實很清楚自己說話有點噎人，但他懶得改。

有時候是故意逗誰玩，更多時候是無所謂。

背上的人又動了一下，補充解釋道：「反正就是出於男人的好勝心。」

「你哪來那麼多男人的好勝心。」江添不鹹不淡地堵了一句。

「這不是很正常麼，你沒有？」

「沒有。」江添答得斬釘截鐵。

管它有沒有，反正不可能順著他說。

果不其然，盛望被噎得半天說不出話，然後收緊了手肘道：「你現在脖子在我手裡，你稍微有點數行麼？」

江添被他卡得仰了一下頭，冷靜地闡述道：「你人都在我手裡。」

也許是說話的時候喉結滑動，抵得對方的手腕不大舒服。

他感覺盛望安靜幾秒，把手鬆開了一些。

不僅如此，整個上身都抬了一點起來，好像在儘量減少接觸。

江添眉心很輕地蹙了一下，短促到他自己都沒意識到。

「累麼？」盛望問道。

「你少動兩下就不累。」江添說。

「噢。」盛望訕訕地應了一聲。

有風從彎道處拂來，路邊伸出來的花枝輕晃著。

江添偏頭讓開，忽然鬼使神差地開口問道：「你累麼？」

「我？」盛望沒反應過來，茫然地問：「我為什麼累？」

江添微微側頭，餘光朝他瞥了一眼，「這麼僵著脖子，累麼？」

盛望倏然沒了聲，江添又把頭轉回去，目光平直地落在前面。他腳步不慌不忙，踩著樹枝花藤斑駁的光影。

又過了片刻，背上的男生慢慢放鬆下來，像一隻掛著的樹懶，下巴抵在他肩窩。

江添眸光朝右側輕輕一掃，又收了回來。

他忽然想起小時候穿行在梧桐外的巷子裡，團長毫無預兆地從天而降，滾在他腳前，尖尖細細的尾巴毛茸茸的，從他腳踝輕掃過去。
這一瞬間的感覺很難描述。
他只覺得時間慢慢悠悠，眼前的路又長又安逸。

醫務室已經有人了，戴著眼鏡斯文高帥的男老師正低頭跟人發微信，聽見門響抬頭看了過來。
男老師叫莊衡，附中前年從別處挖來的，進校後沒換過年級，每年只帶高三A班化學。
在附中中年為主的教師隊伍裡，他帥得過分突出，被許多學生私下稱為男神，不少女生為了他拚命往A班考。
盛望從高天揚和宋思銳那邊聽過幾句八卦，說他好像在追楊菁，然而他比較內斂，菁姐的戀愛細胞可能死絕了，追了一年並沒有多大進展。
「怎麼了這是？」莊衡收起手機，大步過來搭了把手。
盛望從江添背上跳下來，單腳蹦著坐到了椅子上。
盛望乾笑兩聲說：「我跨欄，結果被欄給跨了。」
「你可真是……」莊衡搖了搖頭。
「老師，醫務室陸老師呢？」江添問道。
「他去後面幫我拿藥了。」莊衡說：「馬上就來。」
說話間，醫務室胖墩墩的女老師從走廊那邊過來，把兩盒消炎藥和一片喉糖遞給莊衡，然後轉頭問盛望：「生病啦？」

「不是，腳扭了。」盛望拍了拍左腿。

「我看看。」她蹲下來，在盛望腳踝處輕輕按了幾下。她的手法其實跟江添差不多，盛望卻不覺得癢，也沒有縮躲。

「已經腫了。」她又示範了一個動作，問道：「這樣動會痛麼？」

盛望跟著上下動了一下，「還行。」

「轉呢？」

「嘶——」盛望抽了口氣，說：「不大能轉。」

「還行，應該沒傷到骨頭。」陸老師說。

但她還是讓盛望去走廊另一頭拍了張片子，看過後這才確定地說：「骨頭沒事，養一養就好。給你開了點藥，這兩盒是消炎的，一天兩次。這盒活血化瘀的，一天三次。還有一支藥膏，早晚塗一下。」

盛望認認真真在那看藥物說明，末了問道：「一支藥膏夠嗎？老師妳要不再給我開一支。」

陸老師頭一回碰到這麼寶貝自己的學生，哭笑不得地說：「就塗腳踝還有周圍一圈，又不是潤膚露抹全身，哪用得了那麼快。」

但看在這男生討人喜歡的份上，她還是又塞了兩支過來，然後抽了一張表格填單子。

「老師，那我們先走了？」盛望站起來。

莊衡一直等在那裡沒離開，準備幫著江添給他搭把手，卻聽見陸老師說：「跑什麼，我給你簽單子呢。」

「什麼單子？」盛望瘸了一條腿卻並不安分，靠江添撐著又往回蹦。

「你能不能老實一點？」江添說：「我幫你看。」

「那不行，我得保留知情權。」盛望蹦到桌邊，就見陸老師在開一張病假條。

他盯著假條上的神祕字體看了好幾秒，老老實實求助江添，「完了，我不識字。」

江添動了一下嘴唇，片刻後念道：「建議學生回家休息十五天。」

「回家休息？」盛望想都不想就拒絕了，「我不，宿舍待著挺好的。」

「你不什麼你不？」陸老師瞪著眼睛說：「我問你，你宿舍幾樓？」

「……」盛望張了張口，訕訕道：「六樓。」

「哦，我當你住一樓呢，底氣那麼足。你不回家，六樓打算怎麼上啊你告訴我？」

他其實想說，我蹦上去就行，但江添肯定不會讓他蹦，而他也不想讓江添背著這麼重的大活人爬那麼長的樓梯。

「還有啊，你上廁所、洗澡、穿衣服、脫衣服怎麼辦？室友伺候啊？」陸老師毫不客氣地說：「學校還是淋浴，雖說地磚是防滑的，但是萬一呢？你這金雞獨立的摔了怎麼辦？摔地上、撞門上都算了，摔坑裡呢？」

盛望連忙讓她打住，摸著鼻子道：「我就說了兩句。」

「你跟我要藥膏的時候不是挺寶貝自己的麼？現在又不啦？」陸老師沒好氣地說。

莊衡勸道：「確實住家裡方便，我聽楊……你們英語老師說，你家住市內？」

「嗯。」盛望點了點頭，又看向江添。

對方一直沒說話。

目光相觸的一瞬間，盛望忽然冒出一個沒頭沒尾的直覺，他覺得江添似乎也不想讓他回家，不過最終江添還是掏出手機撥了通電話。

「你幹麼？」盛望問。

江添說：「讓小陳叔來接你。」

莊衡在兩人之間掃了個來回，「你倆還真是一家的？」

盛望應了一聲：「嗯。」

「怪不得這麼親。」莊衡說完，看見盛望蔫噠噠的模樣，忍不住笑了，「別的學生要是能放十五天假，瘸著都能蹦起來，你怎麼八百個不願意。」

他問這話的時候，盛望自己也沒弄清楚為什麼，反正不大想回去，而等他意識過來，已經是五天之後了。

其實醫務室陸老師沒說錯，在家住著要方便得多。

保姆孫阿姨一天三頓變著花樣給他煲補湯，盛明陽和江鷗當天就買了航班飛回來，那之後，盛望連樓都不用下。

吃什麼、喝什麼，江鷗和孫阿姨都會送上來，連水果都洗好、切好、叉了叉子。

盛明陽心思比較粗，但江鷗很仔細，每種藥怎麼吃、什麼時候吃，她都記得清清楚楚，按時按點地督促盛望。

要不是大少爺捂著腳態度堅決，恐怕藥膏她都要親手來抹。

盛望挺感動的，但還是覺得她有點反應過度，直到他無意間看見江鷗對著江添的臥室發呆，他才忽然意識到她在補償。

小時候欠了兒子的那些，她現在正努力地成倍地往外掏。既對江添，也對盛望。

那一瞬間，盛望忽然明白為什麼江添碰到她就心軟了。換他，他也軟。

盛明陽還留有一點父親的理智，除了盯著盛望的腳，還會記得問一句：「學校的課又要落下一些了吧？」

這也是盛望最初想過的問題。

他倒並不擔心，十五天而已，就算落下一本書的進度，他也能很快補上，又不是沒補過。不過他很快就發現自己想多了，運動會結束的第二天晚自習，他就收到了各門老師發來的錄音，一整天的講課內容都在裡面，半點兒沒落。

仗著跟楊菁關係好，他收到英語錄音的時候回了楊菁一句：菁姐妳上課考卷都不帶，居然記得錄音啊？

楊菁先懟了一句：去你的，皮癢了。

盛望嘿嘿一樂，發道：謝謝老師。

結果沒過片刻，他又接連收到楊菁三條微信——

楊：我比較粗心，其實真沒想起來要錄，還是江添來辦公室跟我說的，你得謝謝他。

楊：哦對，你倆一家的。

楊：就算是哥哥也要記得說謝謝。

江添全然不知自己又被賣了。

盛望知道他嘴硬，那天愣是繞著圈子逗了他一晚上，最後笑得差點從床上掉下來二次受傷。大概是那天逗得太狠，江同學後來幾天都不怎麼搭理他，楚楚「凍」人，盛望又想笑又著急，抓耳撓腮地搭臺階，一直到昨天夜裡，某人才紆尊降貴地順著臺階下來。

手機嗡嗡震到了將近一點，今天又安靜起來。

這天是附中週考，盛望特殊情況不用參加，但江添他們一整天都關在考場，要從早上考到晚上。沒有錄音、沒有考卷，大把的時間突然空了出來。

盛望自己刷了幾套題，又窩在床上打了小半天遊戲，看了一會兒電影，還抓著放週假的螃蟹聊了兩個小時，卻依然有點懨懨的。

就連螃蟹都能感覺到他的心不在焉，問道：你是不是心情不好？

八角螃蟹：以前放假不是挺開心的麼？

貼紙：不知道

貼紙：說不上來

貼紙：就覺得有點沒意思

明明以前每次放假都是這麼過來的，這幾天卻空落落的，總覺得少了點什麼。

外面天色已經暗下來，盛望坐在桌前，沒傷的那隻腳踩著桌槓慢慢晃著椅子。

這個季節的傍晚又清又透，襯得街巷一片燈火煌煌。白馬弄堂裡明明有人聲，他卻還是覺得周圍太安靜了，二樓太空了。

牆上的掛鐘指向七點，盛望瞄了一眼，心想，晚上的考試已經開始了。

他退出螃蟹的聊天框，點開了江添的，晃著椅子慢慢打字。

貼紙：我就說不回家吧

貼紙：好無聊

貼紙：我要發霉了

他玩兒似的發了好幾條抱怨，條條都不過腦子，發到第四條的時候，他突然頓了一下，因為聊天框裡待發送的話太不過腦子了。

他打了一句：你在幹麼？

盛望自嘲地嗤笑一聲，咕噥道：「傻逼嗎？」然後把這幾個字刪掉了。

他晃晃悠悠地看著窗外發了一會兒呆，臉上的笑意慢慢淡了下去。他忽然意識到，不是二樓太空了，也不是外面太安靜了，而是隔壁少了一個人。

說來奇怪，他好像……有點想江添了。

片區附近修地鐵站，弄斷了電纜線，傍晚時分附中突然停電。學校其實備有專門的發電機，但偏巧出了故障，遲遲沒能把電送上來，各年級開了個小短會，決定晚自習不上了，放一晚上假，可把學生給樂壞了。

走讀生拎著書包衝出學校，住宿生因為校卡不同，出不了門，只能乖乖回宿舍等電來。

昨天剛考完週考，大家心思都很散，根本靜不下心來學習。史雨在宿舍轉了兩圈，接了三通電話，終於拉下臉皮問江添：「添哥，我聽說你學老師簽名特別像。」

江添正坐在床邊跟人聊微信，聞言蹙起眉問：「誰說的？」

這個傳言由來已久，A班的人多多少少都提過一嘴。主要是因為江添寫字好看，行的、草的都拿得出手。據說他只要掃一眼老師的簽名，就能寫得八九不離十。

史雨並不知道源頭在誰，只知道自己有求於人，得根據實際情況來。於是他斟酌兩秒，答道：「聽盛望說的。」

江添抿了一下嘴唇，「哦」了一聲。

史雨鬆了一口氣，感覺自己成功了一半。

江添又低頭打起了字。他看上去心情還不錯，至少眉眼線條是舒緩的，沒那麼冷若冰霜。

史雨有點好奇聊天另一方是誰，但並不敢偷看螢幕。

學校裡追江添的女生那麼多，他作為室友都經常被人要微信。這沒準就是其中的某一個，費盡心思終於把這尊冰雕捂化了一點。

史雨翻出一張外出條，想趁著江添心情好，求他模仿一下徐大嘴的簽名，誰知他剛遞出去，江添衝他舉起了手機螢幕。

螢幕上是微信聊天介面，頂上是對方的暱稱，叫做「貼紙」。

史雨心說：我日，搞了半天你踏馬是在跟你弟聊天！

他剛腹誹完，就看到了下面幾句對話——

江添：你跟人說過我會模仿老師簽名？

貼紙：沒有啊

貼紙：天地良心

貼紙：哪個牲口造謠污衊我？

什麼叫公開處刑，這就是了。

造謠的牲口抱著床欄就往地上跪，哭喪著臉說：「添哥我錯了，添哥行行好給簽個名吧，添哥我想出去玩……」

「自己簽。」江添說。

史雨見功虧一簣，垂頭喪氣鑽去陽臺打電話了。

江添沒管，他走到桌邊拉開椅子坐下，從堆疊的習題本裡抽出一本，問對面的邱文斌：「充電檯燈借我一下？」

邱文斌點頭說：「你用、你用。」

江添擰開燈，翻開一本本子刷刷寫起字來。

邱文斌原本已經躺上床了，他今晚什麼也不想做，停電是個絕好的藉口，趁機休息一天無可厚非，但年級第一都在下面奮筆疾書，他有什麼臉偷懶呢？邱文斌頓時感覺自己睡了張釘床，他翻了好幾次身，終於放棄似的坐了起來。

但當邱文斌坐到江添對面才發現，這位年級第一的大佬並沒有在刷題。他總是一翻十來頁，目光匆匆掃過書面，然後在本子上記下頁碼和題號。

「大神，你在幹麼？」邱文斌忍不住問。

「整理。」江添說。

「整理什麼？」

「有意思的題。」

邱文斌瞄了一眼他記了標號的題面，心說，學霸的樂趣凡人果然體會不到，您開心就好。

江添當然不是為了自己開心。

昨天考試前，何進說這次週考是近期最後一次練手，期中考試即將到來，A班的「滾蛋式」走班制可能會有所變動，為了讓大家更有緊迫感，走班制會變得更刺激一些，不僅僅是班上最後三名的事了。

具體規則還沒出來，但江添覺得盛望並不安全。儘管他在近兩個月的時間裡上升了兩百名，就連老師們都佩服得五體投地，但他目前排名七十九，依然有點危險。

高天揚他們開玩笑說，盛望也是個掛逼，但掛逼升級也需要時間，不是一天就能滿級的。江添想替他把升級時間再縮短一些。

更何況……某人已經在微信裡嚷嚷一天了，說自己無聊得要發霉。

江添想給他理一套升級題打發時間，都是最近刷的題目裡挑出來的，去粗取精。

史雨又打了兩通電話，頂著一張豁出去的臉離開了宿舍，邱文斌在對面咬著筆頭跟題目死磕。

江添挑完一本，正要去抽第二本，手機螢幕靜靜亮了幾下。他拿過來一看，果然還是那位發霉的。

貼紙：江添

貼紙：江添

貼紙：江添

江添：……

江添：在

他感覺盛望突然有點亢奮，也不知道是因為什麼。

貼紙：來電沒？

江添：還沒有

貼紙：對了，你昨天不是說今晚有事麼？

江添：嗯

貼紙：什麼事？

江添瞥向手邊的本子。他昨天順口一提，指的其實就是幫盛望整理精題這件事，但他嘴硬的毛病根深柢固，讓他直說是不可能的，顯得很矯情，還像是邀功。

他還沒回答，聊天框裡又跳出一行字——

貼紙：要出校門辦麼？

江添沒想到藉口，順勢道：嗯，去梧桐外。

他和盛望每天都要去丁老頭那邊吃飯，這點跟徐大嘴溝通過，對方在警衛處留了一張長期外出條，省得天天找他簽字，只要兩人能保證在查房前回宿舍就行。

貼紙：那你辦事去吧，我吃飯了

他說完這句話便安靜下去。

螢幕半天不亮，江添又有點不習慣。他挑一會兒題就朝手機瞥一眼，再挑一會兒就再瞥一眼，過了將近半小時，盛望始終沒有動靜。

周圍無事發生，也無事可聊。江添目光停留在一道異常麻煩的題目上，正想著要不乾脆拍一張發過去釣魚執法，對面終於又來了新消息。

貼紙：我吃完了，你還有多久？

江添：辦完了

貼紙：這麼快？？？

江添：怎麼？

貼紙：沒什麼，那你已經回學校了？

江添在「嗯」和「還沒有」之間短暫地斟酌了一下，挑了字多的那個。發完他又補充了一句：正往回走。

盛望回了他一個笑不露齒的表情包，像是憋了什麼壞水兒，有點皮。

江添有一瞬間的納悶。

兩分鐘後，盛望又發來一句：你走到西門了？

江添：剛出巷子，過了馬路就是西門。

對面又有幾秒沒吭聲，江添慢慢皺起了眉，越想越覺得不對勁。

突然，頭頂的燈管閃了一下，冷白色的光就那麼毫無徵兆地籠罩起來，周遭由暗變亮，江添被晃得瞇起了眼。

手機螢幕就在那一刻又亮起來。

江添擋了一下白光，垂眸看過去。就見盛望發來兩句新的消息——

貼紙：你真走到西門了？

貼紙：我怎麼沒看到你？？？

大概是燈光太過晃眼的緣故，江添看著那兩句話，陷入了一瞬間的怔愣裡。等他反應過來的時候，他已經抓著手機下樓梯了。

邱文斌的聲音從樓梯上方傳來，納悶地問：「大神你幹麼去？」

「接人。」江添說。

整座學校正從夜色中掙脫出來，三號路一側的教學樓和辦公樓一間間亮起燈，乳白色的光穿過玻璃，從不同樓層傾斜著投落下來。路上有不少沒回宿舍的師生，三三兩兩聊天散步，又在燈亮的瞬間駐足。

江添從人群中穿行而過。他皮膚白，跑跳出汗的時候更顯出一種冷調來，引得路過的女生頻頻回首又不敢上前。

盛望軟磨硬泡，把小陳叔叔哄走了，自己單肩挎著書包，就站在西門外的警衛亭旁。

他這兩天可以走路了，但左腳仍然不能過度受力，即便這麼站著，重心也都放在右側，並不那麼挺直，顯得懶洋洋的，有點吊兒郎當。

他背對著校門，面朝著梧桐外的巷子口，單手敲著鍵盤怒斥某人。

剛斥到一半還沒來得及發，一個電話切了進來。

江添的名字在螢幕上跳，盛望重重按下接通，張口就道：「你蒙我？」

他朝巷子口又望了一眼，那裡只有兩個老人攙扶著蹣跚走過，並沒有任何其他人的身影。

盛望：「我都在這裡站半天了，警衛大叔以為我凹造型呢。你不是過個馬路就到西門了麼，你人在哪裡呢？」

他剛問完，忽然聽見背後腳步聲由遠及近，什麼人跑了過來。

他轉過身，就見江添在面前停下腳步。

大概是一路跑得太快的緣故，他鼻息有點重，修長清瘦的手臂垂在身側，靠近內腕的地方可以看到微微突起的青筋。

他低著頭壓了一會兒呼吸，然後摘下一只耳機對盛望說：「我現在在了。」

盛望忽然就不知道該說什麼了。他對上江添的視線，愣了片刻後又倏地收回來，「哦」了一聲道：「看在你來得夠快的份上，我可以大度一點。」

「為什麼突然回學校？」江添問。

「還能為什麼。」盛望沒好氣地說：「來學校我還能動兩下，在家他們壓根不讓我出臥室。你回去躺五天就知道有多難受了。」

江添把他書包接過去，他剛開始還死要面子不肯給，後來想了想三號路有多長，還是妥協了——能直著走完就不錯了，負重就算了吧。

「還有，孫阿姨每天三頓給我燉豬蹄你敢信？」盛望絮絮叨叨地抱怨著，張口就能列舉出無數被逼無奈回學校的理由：「別人腿折了都是煲筒子骨，她煲豬蹄是怎麼個意思？」

江添說：「吃哪補哪的意思。」

「滾。」盛望說著又不大放心地側過身，問江添：「我有什麼變化麼？」

江添：「有。」

盛望盯著他，「你想好了再說。」

江添點了點頭說：「胖了。」

盛望頓時有點憂鬱，結果還沒憂上兩秒鐘，就瞥見江添偏過頭去了。

「……」踏馬的，一看就是騙人的！

盛望伸手就要去勒他脖子，「你一天不懟我就過不下去日子是不是？」

江添避讓得不大認真，大概怕他動作太大又扭一次腳。

兩人鬧著鬧著，一抬頭，發現他們下意識抄了修身園那條近路。

白天的修身園人少清淨，他們常從裡面穿行，也不覺得有什麼問題，但這會兒的修身園就有點不同了。盛望一眼就看到不遠處有兩個人影牽著手，一邊在林間走，一邊小聲說著私話，再遠一些的地方，一個男生故作大膽地摟著女生的肩，用額頭蹭了一下對方的臉。

林間的氛圍太過曖昧，盛望覺得自己身在其中格格不入，又有種說不出來的不自在。

他想說「我們還是換條路吧」，結果轉頭觸到了江添的視線，明明和往常沒什麼區別，他卻莫名覺得有點慌。

他倏地收回目光，舔了一下發乾的唇角，說：「好多人，怪不得叫喜鵲橋。」

江添已經瞥開了目光，他似乎在找出去的岔路，低低的嗓音在盛望耳邊應道：「嗯。」

喜鵲橋裡有無數蜿蜒的鵝卵石路，俯瞰下去像藤一樣枝枝蔓蔓。不知道當初設計的人是怎麼想的，但這確實給校園小情侶們提供了方便。

有時候徐大嘴會帶人來巡視，但岔路太多，堵得了東邊堵不了西。兔崽子們別的不說，警惕性一流，說跑就跑，想抓都難。再加上確實有非情侶從這裡抄近路，就算抓到幾個學生也不能妄下定論，搞得大嘴頭疼不已，只能找各班班主任搞聯合教育。

盛望和江添挑了最近的一條岔路，匆匆離開那片林子。

快出去的時候，盛望朝旁邊張望了一眼，碰巧看到兩個人影在遠處並肩散步，男生穿著寬條紋T恤。那衣服似乎在哪兒見過，但盛望沒想起來，也沒那個心思細想。

回去的路上他沒怎麼說話。不是不想說，只是好像哪個話題都有點突兀有點傻。

江添也很安靜，瘦長的手指插在口袋裡，左肩上挎著書包。

明明不是他的東西，他卻拿得一派自然。

他好像總是這麼一派自然的模樣，只在偶爾的瞬間垂下眼，不知在想些什麼。

盛望第一次意識到三號路居然這麼長，走了一個世紀都沒看到頭。萬幸，經過操場的時候碰到一個人，終於把他倆從這種莫名的氛圍裡解救出來。

「菁姐。」盛望打了聲招呼。

楊菁紮著高高的馬尾，穿著一身跑步服從操場側門走來，邊衝他們揮手，邊摘下額頭上防汗的護帶。

「這才幾天，你就急著回來啦，這麼想上課啊？」楊菁問道。

盛望又多了個正經理由，連忙接道：「是，我怕我歇半個月，成績一朝回到解放前。」

「那不可能。」楊菁知道他賣乖，翻了個白眼說：「底子和腦子都在那兒呢，就算不學也差不到哪裡去。」

她說話向來直接，不過還是補充了一句：「我沒有讓你們偷懶的意思啊，該努力的時候多盡一點力，結果總是比不努力更好，是吧？」

「那肯定。」盛望應道。

「但你也別逞能。」楊菁低頭看向他的腳踝，懷疑道：「我上學期扭到手養了一個多月，到現在考卷批多了還會不舒服呢。你這腳養好沒啊就下地亂走，別留下什麼後遺症。我跟你說，要是沒養好就特別容易扭第二次，反覆幾回，你以後就是個瘸子。」

盛望被她說得臉色有點綠。

「妳別嚇唬學生啊。」一個聲音橫插過來，盛望扭頭一看，發現是醫務室碰到的男老師莊衡。他也穿著慢跑服，手裡拿著兩瓶水，從喜樂的方向過來。

楊菁從他手裡接過水，道：「誰嚇唬他了。我哪裡說得不對，要不你指正一下。」

校領導都不敢指正她，莊衡哪裡敢。他連聲道：「不了、不了，你們楊老師說得對……」

他咳了一聲，轉頭衝盛望說：「還是要注意點，扭多了這腳就真沒救了。這麼帥的臉，配個一瘸一拐的腿，那多遺憾。你想像一下，是不是這個道理？」

「……」盛望才不想像。

他看莊老師這株牆頭草倒戈如風，只覺得高天揚吐槽的話真對——談戀愛的或者即將談戀愛的人，腦子多多少少都有點問題。

楊菁用瓶子敲了敲莊衡的手臂說：「我要的是冰的，請問這冰麼？」瓶身上半點水霧都沒有，一看就是常溫的。

莊衡說：「店裡冰的賣完了，剛放進去一批，我給妳拿的已經是最裡面的了。」

楊菁懷疑地看著他，莊衡一臉鎮定。

盛望心說，騙鬼！喜樂便利商店靠著操場，最暢銷的就是冰水，向來有多少塞多少，從來不會供不上。菁姐又不傻，怎麼可能信這種鬼話？

結果楊菁盛氣凌人地逼視半晌，又嫌棄地看了一眼常溫水，勉為其難地擰開說：「行吧……」

盛望：「啊？」

那一瞬間，他在這位女士身上看到了「鐵漢柔情」。

可能是盛望乖乖看八卦的表情太明顯，楊菁喝了兩口水，後知後覺地感到一絲不自在。她衝三號路一抬下巴，對兩個大男生說：「行了，沒什麼事趕緊滾蛋吧！電都來了，該看書看書去。我跟你們說，別整天扒著物理、化學不放，尤其是江添，分點時間給英語要不了你的命。」

江添萬萬沒想到，自己什麼都沒幹還能被點名批評，他沒有絲毫反省的意思，「哦」了一聲就算聽到了。

「哦個屁，哦完你改嗎？又不改。」楊菁毫不客氣地懟他：「反正下個月集訓，訓完就考試。既然進了複賽，就給我拿個更高的獎回來，不然看我怎麼收拾你們。」

「知道了，那老師我們回宿舍了。」盛望碰了碰江添的手，示意他趕緊走。

走出去幾步後，盛望跟個專家似的剖析道：「我懷疑菁姐害羞了，欲蓋彌彰。」

「盛望，你說什麼呢！」楊菁敏銳地問。

不好，被聽見了。盛望撒腿就想跑，結果剛抬腳就反應過來自己「寡人有疾」，於是跑變成了單腳蹦。江添還配合著扶了幾步。

求生欲極強，卻被現實拖垮了腳步。這場景過於滑稽，根本不能細想。蹦過篤行樓拐角的時候，江添沒忍住笑了場，盛望自暴自棄地扶著花壇邊緣坐下來，笑得差點兒歪進樹叢。

他撐著膝蓋悶頭抖了半天，最後爆了一句粗口才止住笑勢。

他指著江添說：「閉嘴不准笑，就怪你，你就不能憋住麼？」

江添收斂了表情，眼裡卻還有笑意。他拉了拉書包帶，垂眸道：「怪誰你再說一遍？」

「你啊。」大少爺耍起賴來毫不臉紅，「你不是高冷麼，哪個高冷這麼容易笑。平時也沒見你笑點這麼低，結果一到我這就崩，你怎麼回事？」

江添有點無奈，他偏開頭短促地笑了一聲，又轉過來問道：「你講不講理？」

盛望聳了一下肩，表示不講。江添氣笑了。

盛望心情瞬間變得極好，在家悶了幾天的無聊和頹喪感一掃而空。他跟著笑了一會兒，表情又慢慢褪淡下去，因為他忽然意識到，只要江添露出這種拿他沒轍的模樣，他就會很高興。

大概是江添對人太冷淡了，這些反應便顯得無比特別，而他很享受這種特殊性。為什麼呢？是因為一直以來可以親近的人太少了麼？還是別的什麼？

篤行樓只有頂層辦公室亮了兩盞燈，樓前的花園裡夜色很濃，濃到可以看見樹叢裡有零星的螢火一閃而過，也不知是不是眼花。

大概是笑累了，兩人都沒說話。

又過了一會兒，江添從遠處某個虛空慢慢收回目光，瞥向盛望低垂的眉眼，靜了片刻問道：「歇完了沒？」

盛望有點走神，愣了一下才抬起頭，「嗯？」

「歇完回宿舍。」江添說。

「哦。」盛望應了一聲，便看見江添把手伸過來，偏了偏頭說：「走了。」

他手很大，卻並不厚實，只是指節又長又直，帶著乾燥又微涼的觸感。

盛望撐著膝蓋的手指蜷曲了一下，握住他借力站了起來。

江添沒有立刻鬆手，穩穩地扶著他走了一段路。直到聽見宿舍嘈雜的人聲，大片明亮的燈光撞進視線，盛望才恍然回神。

他抽回手換了個姿勢，抓住江添的手臂，在對方瞥來的目光中說：「一會兒撐著我一點。還好這是上六樓，不是下六樓。我發現這腳往上還行，往下就有點痛。」

「消腫的藥帶了麼？」江添問。

「出門差點兒忘記拿，被江阿姨揪住書包一頓塞。」盛望訕訕地說。

江添一副「我就知道」的模樣。

宿舍門一開，邱文斌連忙過來，「你怎麼回來啦？」

盛望開玩笑說：「幹麼。不歡迎啊？打擾你們三人同居了？」

「不不不。」邱文斌說：「巴不得你回來呢。」說完他思索了一下，發現這話有歧義，好像他跟江添、史雨待不下去似的。邱文斌想了想，再加一句：「剛剛大神知道你回來，嗖地就衝下去了。」

好像更怪了。於是這嘴笨的棒槌又補充道：「大家都巴不得你回來呢。」

江添：「……」他終於沒忍住，轉頭衝這二百五硬邦邦地說：「洗澡了麼？電來了。」言下之意快滾。

邱文斌拿了衣服，灰溜溜地進了衛生間。

❦

史雨回來的時候已經十一點多了，臨近查房。

盛望接了盛明陽一通電話，聽他嘮嘮叨叨叮囑著注意蹄子，最後半是高興半感慨地說：「看到你跟小添關係越來越好，爸爸跟江阿姨挺高興的。」

「真的，特別欣慰。」盛明陽說著又道：「不過你也別仗著腳瘸了就亂使喚他，那是你哥，不是保姆。」

「哦——」盛望敷衍地應著聲，從陽臺回來一看到史雨就「啊」了一聲說：「之前看到的是你啊？我說這橫條T恤怎麼那麼眼熟。」

史雨心情似乎挺好的，聞言愣了一下問：「什麼是我？」

「你之前是不是從修身園那兒走的？」盛望問。

史雨懵了片刻，臉皮瞬間脹紅，像煮熟的蝦，「啊？那什麼……嗯。我找賀舒有事來著。」

盛望看到他的反應，猛地明白過來自己不小心八卦了一下。他連忙擺手說：「沒，你別緊張，我就那麼一說。」

史雨臉更紅了，辯解道：「我沒緊張，誰緊張了。」為了證明這點，他立刻反問道：「還說我呢，你呢？你怎麼在那裡？」

這話問出來，他像是找到了八卦的重心，立刻壞笑起來，「誰把你騙過去啦？」

盛望下意識噎了一下，不知怎麼沒立刻回答，而是朝江添瞥了一眼。

倒是老實人邱文斌說：「他回學校，大神接他去了。」

一聽這話，史雨撇了撇嘴，失望地說：「切……我以為你也有情況呢。」

這個「也」字就很靈動，他自己說完便立刻反應過來，轉頭去衣櫃裡翻了毛巾、T恤嚷嚷著要洗澡。

邱文斌這個二百五緩慢地反應過來，「對啊，雨哥你跟女生去喜鵲橋說事？你交女朋友啦？」

「交你個頭！」史雨終於惱羞成怒，脖子以上全紅著鑽進了衛生間，砰地關上門。

邱文斌撓了撓頭，衝盛望乾巴巴地說：「盛哥你說我要不要提醒一下。」

「提醒什麼？」盛望問。

「早戀影響成績。」邱文斌一本正經地說。

「……」盛望一時間不知道該回什麼，乾笑一聲說：「確實，但你說了估計會被打。」

邱文斌嘆了口氣。

盛望看他那樣有點好笑，又莫名有點不自在。他本想轉頭找江添說話，卻見他那凍人的哥哥正把他床頭堆的 PSP、耳機、筆電、折疊燈等一系列雜物往下搬。

「你幹麼？」他茫然問。

江添順手從桌上抽了自己的筆電丟到上鋪，答道：「換床，你睡下面。」

盛望瞥了一眼江添的床，下意識說：「不用了吧？我六樓都上了，還怕這幾根鐵杆啊？」

其實理智來說，他確實不應該爬上鋪。剛剛六層樓走完，他的腳踝又有點發熱發脹了，但他就是忍不住嘴硬兩句，顯示自己很強。結果他哥根本不給機會……

就見江添一臉冷靜地問：「你覺得我是在商量麼？」

盛望：「……」呃，好像不是。

當天晚上，不知是認床還是別的什麼原因，盛望罕見地失眠了。

〔Chapter 4〕

宿舍六張床，
還不夠你倆睡嗎？

這個季節的天依然亮得很早，剛過五點，清透的晨光就從陽臺外一點點漫上來，窗玻璃和金屬欄杆漸漸變亮，反光落到了盛望臉上。

早上的氣溫不高，透著一絲秋涼。他睡覺向來不老實，被子只搭一半，手臂小腿都露在外面，輾轉一夜終於體會到了冷。

他翻了個身，手腳一併縮進被子裡，柔軟的布料一直捲裹到下巴，像一隻趴窩的貓。

江添跟他用著一樣的沐浴液——海鹽混雜著木香，是一種淺淡又清爽的味道，但落在兩張床上就沾染了不同氣息，聞起來熟悉又特別。

盛望被這種氣息包裹著，在欄杆反射的光亮中瞇起眼，總算感覺到一絲睏倦。結果剛迷糊一會兒，就被腳踝疼脹的痛感弄醒了。

盛望滿心不爽，捲著被子生了一會兒悶氣，終於自暴自棄地翻坐起來。腳踝跳痛得厲害，他掀開被子一看，果然又腫了。

孫阿姨的吃哪補哪有點道理，他這會兒真成了豬蹄。

上鋪突然傳來一點動靜，盛望捂好豬蹄轉頭看過去，就見江添從上鋪下來了。

宿舍其他兩個還在打鼾，盛望用氣音問道：「翻身弄醒你了？」

「沒有。」江添說：「剛好醒了。」

他看上去確實沒有睡眼惺忪的樣子，似乎已經睜眼有一會兒了。

盛望驚訝地問：「醒這麼早？」

江添動了一下嘴唇，道：「生理時鐘。」

盛望抓起手機一看，五點二十。屁的生理時鐘。

附中住宿生沒有晨課，宿舍到教室走路不到五分鐘，食堂就在兩者之間。何進說過，早上想多睡會兒可以帶吃的進教室，別太囂張就行。所以住宿的最大好處就是，他們可以睡得早一點，起得晚一點。

又不是剛住兩天，以前那生理時鐘早就改了。

盛望把螢幕懟到江添眼前，當面拆了他的臺。

結果江添瞥了一眼，直接抽了他的手機帶走了。

「還帶惱羞成怒啊？」盛望脫口而出，又立刻壓低聲音問：「你把我手機帶哪兒去？」

江添把手機扔進褲子口袋裡，去了洗臉臺。不消片刻，又帶著沁涼的薄荷水氣回到床邊。

「欸，幫個忙。」盛望說。

「說。」

「藥膏昨天順手放櫃子上了，幫我拿一下，我現在走路動靜太大。」盛望小聲說。

江添取了一根棉花棒，一邊擰著藥膏蓋子一邊往回走。

「我看下。」他在床邊站定，示意盛望把捂著的被子掀開。

盛望有點猶豫，畢竟豬蹄子不好看。不知出於什麼心理，他現在不大想把不帥的一面露給江添看，明明已經在他面前丟過N回人了。

江添用棉花棒在管口刮了點藥，見他遲遲沒動靜，遞了個疑問的眼神。

盛望不情不願地伸出一隻腳。

「怎麼這麼腫？」江添皺起眉。

「不知道。」盛望乾笑一聲說：「是不是醜炸了？」

他伸手去接棉花棒，卻被江添讓開。接著就見對方彎下腰，夾著藥膏管的那隻手輕輕按住他的腳，用棉花棒給腫處抹藥。

自己抹和別人抹，效果完全不同。那藥膏極涼，盛望毫無心理準備，冷不丁落到皮膚上，驚得他腳背都繃了起來，「欸，你……」

「很痛？」他反應太明顯，江添立刻停手，還以為藥膏太辣。

「不是痛。」盛望也不知道怎麼解釋。那藥膏見效很快，抹過的地方轉瞬由涼變熱，像敷了塊毛巾，突突的跳痛便緩解了一些。

他動了動腳踝，偃旗息鼓，「算了，抹吧，你別太輕就行。」

藥膏是棕色的，江添給他抹了兩層才直起身來。

盛望撐在床上欣賞了一番，自嘲道：「剛剛像饅頭，現在像油炸饅頭。」

江添：「……」

別說，還真挺像的。

他擰著蓋子的動作頓了一下，沒好氣地說：「今天老實在宿舍待著吧，別去教室了。」

「為什麼？」盛望坐直起來。

「昨天下地走路就腫成這樣，今天還來？」江添把棉花棒扔進垃圾桶，「腳是不打算要了？」

話是沒錯，盛望找不到反駁的理由，只好不滿地盯著他。結果這人擱下藥膏又伸手去上鋪拿東西，根本不給他對峙的機會。

江添在宿舍穿的是淺灰色的棉質運動長褲，抬手的時候露出腰間一截白色的繫繩，右側口袋有個突出的直角，那是他放手機的地方。

盛望瞇起眼睛突然出擊，把手伸那個口袋裡。

伸完他就後悔了。

江添沒料到他這舉動，下意識弓身彎下腰來。他隔著口袋攥住盛望的手。拉扯間重心不穩，一個歪在床頭，另一個撐了一下床柱才沒跟著倒下去。

但也還是太近了，近到可以聽見呼吸。

「搞偷襲？」江添抬起眼。

盛望抿著唇，頭髮被鬧得有點亂。

他鼻息有點急，漏了一拍才道：「你怎麼不說誰先搶的手機？」

這個姿勢有點彆扭，他急於把手抽回來，掙了兩下才意識到，那個口袋貼著江添的腿。

兩人都靜了一瞬，某種微妙的氛圍突然蔓延開來，充斥在這個逼仄的角落裡。偏偏宿舍住著根棒槌……

史雨昨晚為了緩解緊張喝了好多水，這會兒後果就來了。鬧鐘還沒響呢，他就被膀胱喚醒了。他揉著眼睛坐起來，迷迷瞪瞪看到兩個身影糾葛在床頭，他張了張嘴夢遊似的說：「我的媽……」

盛望就被這聲媽給叫回了神。

江添瞥開眼，鬆了口袋站直身體。盛望順勢把手抽了回來，其實腕骨一點兒都沒扭到，但他還是下意識甩了兩下，好像不做點什麼動作，那股微妙的氛圍就很難散開似的。

「你倆幹麼呢？」史雨光著腳在地上找拖鞋，還沒完全從夢裡脫離出來。

江添說：「沒站穩。」

盛望說：「拿手機。」

兩句話毫無聯繫且毫無邏輯，史雨居然點了點頭。他打著哈欠，趿拉著拖鞋東倒西歪地扭向衛生間，咕噥了一句：「還以為怎麼了呢，嚇我一跳。」

江添從他身上收回目光，掏出手機遞給盛望，然後逕自走到衣櫃邊找出門衣服。

盛望抓了抓頭髮，順著床頭一路下滑，又縮回了被窩裡。

此後一直無話。

其他三人六點四十五分出門，六點五十分左右，盛望接到了班主任何進的電話。

老何在電話裡就「傷筋動骨一百天」這個主題洋洋灑灑發揮了半天，順便懟了他幾句，最後勒令他在宿舍待著，哪兒也不准跑。

他一路「好好好」，把老何哄得掛了電話，邱文斌又匆匆忙忙地衝回來了。

「我考卷忘了拿。」他把三個餐盒放上桌子，轉頭在上鋪翻起了試卷，「剛好大神給你買了早飯，我就給帶回來了。」

「這麼多？餵豬呢。」盛望單腳跳了一下就到了桌邊，一邊翻看餐盒一邊問：「他怎麼自己不回來？」

「剛出食堂就碰到了你們數學吳老師，被叫走了。」邱文斌解釋道。

「哦。」盛望翻到最後一個餐盒，看見裡面一排整整齊齊的油炸小饅頭，登時翻了個白眼。人都不回來，還踏馬能遠程氣他。

衝著這排小饅頭，盛望單方面冷戰了整個上午。平時他逮住下課就要逗江添兩句，今天卻連微信都沒打開過，悶頭刷了三張考卷解恨。

等他寫完最後一題，伸了個懶腰活動脖子，這才發現已經十二點多了，陽臺外面突然人聲鼎沸，像是即將燒開的水。

盛望扶著牆蹦過去，就見樓下烏泱泱的人頭洩洪一樣直衝食堂，從這個角度俯瞰過去，聲勢浩大得簡直壯觀。

高天揚人高馬大，氣勢如虹，在打頭陣的人群中異常顯眼。

可能好兄弟之間有感應吧，他跑著跑著突然抬頭，一眼就看到了陽臺上站著的盛望。他伸手揮了兩下，叫道：「盛哥——」

盛望面帶微笑，當場就想蹲下去。

這二百五的大嗓門引得無數人朝他看過來，真是丟人丟到家了。

盛望指了指食堂，示意他閉嘴快滾別喊他，結果二百五會錯了意，以為盛望餓了，當即又叫道：「等著啊，添哥給你拿午飯去了——」

「……」好，仰頭的人又多了一倍。盛望扭頭就走，把陽臺門給關上了。

自打住宿的第二天起，全校的人都聽說了，高二赫赫有名的江添和那個開了掛的轉校生盛望是一家的，倆兄弟。

但聽說歸聽說，沒有實質證據。江添出了名的冷，想八卦的人也不敢太明目張膽，只能三五湊頭暗搓搓地聊，然後在平日的相處中窺見一些痕跡。

高天揚的兩句話，簡直把自己送進了群眾的汪洋大海裡。盛望一溜，他就被周圍的人圍了個結實，亂七八糟的問題劈頭蓋臉扔過來……

「揚哥！他倆真是兄弟啊？」

「我怎麼記得，最開始都說他倆關係不好呢？」

「對，我也聽說過。」

「你們A班真是絕了，就盛望這個直升速度，以後肯定也是個大佬。一家出兩個這樣的，我的天，太爽了吧。」

「那倒也不一定，越往上名次越難升，你以為添哥那樣的能批量生產啊？」

「進不了前五，前十也很牛逼啊。」

「以後的事都說不準，那我他媽初中還考過聯考第一呢，現在不也二十名不入？」

高天揚頭都要炸了，頭一回認真反省自己的大喇叭屬性。他被這群人擠得寸步難行，眼看著食堂的人越來越多，絕望地問：「你們他媽的不吃飯啊？八卦能吊仙氣還是怎麼的？兄弟，親的，關係賊好，再問自殺。」

好兄弟在樓下掙扎的時候，盛望聽見了宿舍門外的鑰匙聲。

江添拎著一袋保鮮盒走進來，背手把門關上了。

「食堂不是剛開？」盛望完全沒想到江添動作這麼快，疑惑地說：「老高都還沒跑到呢，你就到了？」

倒不是說江添跑得比高天揚慢，而是江添中午吃飯從來不會跑。

「不是食堂的。」江添把保鮮盒一一拿出來，第一盒就不是食堂會有的菜色。

丁老頭做菜一絕，有幾道拿手的誰也仿不出來，其中就有這盒肉末豆腐。盛望跟保姆孫阿姨提過這個，她和江鷗都試著做過，不是豆腐老了，就是肉末不夠細，味道也不同。

「你去梧桐外啦？」盛望問。

江添說：「老頭提前做好了，讓啞巴叔帶來的。」

他這一句話裡省去了無數細節。

首先，得有人告訴丁老頭盛望腳扭了，其次還得告訴他盛望回學校了，再次是他腳又腫了，不能上下樓，最後……得有人知道他最想吃什麼。

盛望在桌邊恭恭敬敬地坐下來，餐盒一打開，香味散出來，他就單方面結束了上午的冷戰，決定跟江添化解尷尬握手言和。

他舀了一勺豆腐，覺得盛明陽和江鷗的擔心都是多餘的……看，他在宿舍也可以飯來張口，過得比家裡還滋潤。

盛望在宿舍窩了沒兩天，國慶就到了。附中不搞調休，說放三天就只放三天，但這足夠把學生們樂壞了。直到這時，盛望才發現自己回學校的時機有多尷尬，本來只要多忍幾天江添就回去了。這下好了，顯得他之前多急似的。

撇開面子不談，他今天瘸著腳跟江添趕回家，三天後再瘸著腳一起回來？那是跟腳有仇吧。於是兩人商量了一下，決定三天假期不離校，還住宿舍。

國慶留校的人比盛望料想的多。

他以為會出現一棟樓只剩他和江添的慘狀，沒想到，單單六樓就有五間宿舍沒走空，更別提高三那邊了。

留校的理由千萬種——因為家住得遠的、想抓緊時間學習等，這些都算正常。還有一些就比較特別了：比如家裡管得太嚴，覺得待在學校山高皇帝遠的；比如長輩外出，留在學校蹭食堂的……再比如，想體驗一下假日校園的。

最後這種思維角度略顯清奇，但隔壁 602 就有，還不止一個。602 宿舍裡住的學生，來自高二某個比較特別的班級。

眾所周知附中重理化，所以理化班占了大半壁江山，除此以外，就是物生班和常規的文科班，以及一個不大常規的文科班——史化班。

江蘇高考文科必選歷史，理科必選物理，另一門選修隨便你，於是就出現了歷史加化學這種比較小眾的組合。盛望也是轉學過來才知道，文科生還踏馬有這種式樣的。

602 全是這種式樣的。

這個班的人論背書，比別的文科生少一門政治，論刷題，比別的理科生少一門物理，在附中的生存環境下，一不小心活成了全年級最輕鬆的學生。

人一旦太過輕鬆，就容易騷。

這種騷勁某種程度上跟A班的人不謀而合，於是這倆班一個在頂層，一個在底層，隔著明理樓的對角線，變成了關係最好的兩個班，學生私交頗為頻繁。

602就住著兩個高天揚的狐朋狗友，一個叫毛曉博，一個叫于童。他倆跟江添關係也不錯，又在國慶留校期間，迅速發展成了盛望的狐朋狗友。

放假第一天，老毛和童子就閒不住來串了三回門。

第一回是早上十點，兩人各自捧著一疊考卷衝過來，進門就開始假哭說：「盛哥、添哥，你們班發作業了沒？」

彼時江添剛從食堂買了早飯拎上來，盛望正慢條斯理地吹著勺子喝粥。他聽見這話，順手朝桌邊一指，示意那兩人自己看，「發了，都在那兒呢。」

老毛定睛一看，「靠，這麼厚！多少張？」

盛望把小菜裡的胡蘿蔔絲一根一根揀出來，又用勺挑了一顆嫩青色的煮豌豆吃了，問江添：「三十四還是三十六張來著？我沒數，就聽老高嚎了一嗓子。」

「三十六。」江添說。

「多少？」老毛以為自己聽岔了。

「三十六張。」江添說。

老毛和童子對視一眼，也不哭了，拖了兩張空椅子在桌邊坐下。

童子衝江添和盛望豎了個拇指說：「講究，霸霸就是霸霸！三十六張考卷等著做呢，你倆還有空吃早飯？要換成我跟老毛，抄都抄不及。發的時候你們班沒人嚎嗎？」

盛望笑著說：「有啊，我就嚎了。我說，不知道的以為放寒假呢，但是我人不在班上，老師沒聽見。」

老毛直樂。

「我們班發了十九張考卷，相當於你們一半。」童子把考卷恭恭敬敬鋪在桌上說：「今天我倆能在這蹭個位麼？沐浴一下學霸的光輝，說不定做題思路都順一點。」

「行啊。」盛望欣然道：「我最喜歡有人跟著一起慘。」

「還是你們比較慘。」老毛客氣地說。

他們掏出了筆，等兩位學霸一起學習。

結果等了五分鐘，他們盛哥還在挑那個倒楣催的胡蘿蔔。

江添把蒸餃推過去說：「別挑了，這裡面沒有。」

「你確定？」盛望將信將疑地夾了一個，「我早就想問了，附中是偷偷包了胡蘿蔔田還是怎麼的？天天炒、天天炒，哪道菜裡都有它，要是塞肉也這麼見縫插針就好了。」

老毛乾笑一聲，說：「見縫插針是不可能的，肉絲細得倒是可以穿針。」

他們翹首等待，估摸著盛望吃完兩個蒸餃應該就差不多了。誰知這位大爺咬了一口，鼻梁倏然一皺。

又怎麼了……童子攥著考卷有一點焦急。

盛望把半個蒸餃翻了個面，指著三鮮餡裡一個極小的紅點說：「看見沒，無處不在。」

「你二點零的視力全用這上面了吧？」江添癱著臉把自己的粥盒往前一推，示意盛望把剩下半個蒸餃放過來。

童子有點木。那一瞬間，他覺得自己跟老毛出現在這裡似乎不大對，但學習的欲望壓制住了那一刻的直覺。

盛望似乎也有點意外，盯著江添的粥盒愣了一會兒，老老實實把剩下半個蒸餃也吃了。

他嚥下蒸餃，又喝了一口溫水，這才道：「我都咬了，下回分你個完整的。」

江添挑了一下眉，也沒多說什麼，兀自喝了剩下一點粥。

看見江添收了兩個盒子，童子和老毛對視一眼，心說總算吃完了，結果一抬頭，就見盛望又叼了個蛋撻。

祖宗誒……老毛和童子有點崩潰。

他倆痛苦的表情過於明顯，看得盛望有點不敢嚥。他遲疑片刻，指著餐盒說：「你倆沒吃早飯啊？要不也吃點？」

童子擠出一句：「沒，不餓，我們沒有吃早飯的習慣。趕作業比較要緊，我倆指望今天做完，明天出門浪呢。」

盛望總算明白這倆急什麼，拍著手上的酥屑揶揄道：「你倆先開始唄，還要我們喊預備齊啊。」話雖這麼說，但他也並沒有再拖下去，點開手機螢幕看了一眼時間，說：「來得及。」

盛望把餐盒收進垃圾袋繫好，然後把兩手直直伸到江添面前，攤開手掌招了招，說：「來，上考卷。」

江添起身繞過倆外來客，拿起桌角厚厚兩疊考卷，把其中一本重重地拍在盛望手上。四十多分鐘了，這位大爺從沒離開過椅子，就被安排得妥妥帖帖。

童子看向老毛，問：「這還是我認識的添哥嗎？」

老毛搖頭說：「不是。」

盛望有點好笑，他伸出左腳晃了晃拖鞋說：「傷患還不能有點特殊待遇？」

童子又說：「我要是扭了腳，能收穫一個這樣的室友嗎？」

老毛說：「做夢去吧。」

江添握著考卷，路過的時候一人給了他們一下，這才在桌邊坐下，掐了個計時器說：「再廢話，自己滾回去寫。」

兩人立刻慫了，道：「閉嘴、閉嘴，不說話了。」

整個高二年級的進度條其實差不多，但不同班級挖的深度不同，所以A班的考卷跟老毛、童子的作業有一部分是重合的，這也是他們過來蹭地方的原因……

萬一，不對，最後兩題肯定做不動，到時候能借這倆學霸的考卷看。這倆撐著，他們就不會太痛苦。然而很快，他們就發現自己錯了，錯得太離譜！

江添按倒數計時的時候敲了敲螢幕，盛望看了一眼，把兩個小時掐掉，改成了一個半。童子和老毛感慨道，學霸就是學霸，平時做考卷都有考試意識，還根據考試時長來。

化學考試一小時四十分鐘，跟這時間差不多。於是兩人默契地抽出了化學考卷，結果發現盛望和江添抽的是數學。

童子一腦門問號看向老毛，然後急急忙忙換成數學卷。

接著，漫長的虐待開始了。

一小時十五分鐘左右，老毛和童子才寫到第三道大題的第一問，江添已經擱下了筆，他捏著關節掃了一眼考卷，然後用指尖敲了敲桌面。

童子和老毛同時看向他，表情有點焦灼。

江添瞥了他們一眼說：「跟你們沒關係。」

童子和老毛這才又埋頭苦幹。

盛望從頭到尾在裝聾，江添一臉淡定地把暫時用不著的計時器擱在了盛望手邊。

這就傲得很討打了，盛望翻了個白眼，順手撈過一本書蓋在計時器上，繼續飛快地寫著最後的算式。

他一急，字就又開始展翅高飛。

江添在對面都能看出那有多醜，忍不住提醒道：「你字是白練的麼？」

盛望手指一頓，不甘不願放慢速度，老老實實把最後一行寫完。他把筆擱下就去摁了計時器，一看，比江添慢了十分鐘。

盛望氣得仰倒在椅背上，半晌之後指著江添怒道：「變態。」

江添沒跟他一般見識。

這個詞分人，從史雨口中說出來顯得很無聊，從盛望口中說出來就令人愉快。主要在於說這話的人夠不夠強。

「還有多少？」盛望罵完他哥，終於想起來關心一下底層人民。

但童子和老毛並不希望被盛望關心，他倆急得臉紅脖子粗，最後慢慢伸出兩根手指說：「還有兩題半！」

江添面露疑惑，「我寫完的時候你們就在寫第三題，現在還在寫第三題？」

童子抬了一下頭，盛望看到他羞憤的臉，決定去堵江添的嘴。

「別氣人了，看我。」他衝江添打了個響指把對方目光引過來，指了指倒數計時設定問江添說：「下張做哪個？」

「不是有三份數學卷？」江添說。

「行吧。」盛望又訂了一個新的倒數計時，抽了考卷出來開始刷。

童子簡直不能理解，「你們連刷三份數學不會吐麼？」

「這兩張還行，一個填空練習、一個附加題練習。」盛望說：「做得快。」

童子和老毛卡在了數學最後兩道題上，每道折騰了不下五種思路，條條都死在了半路。等他們好不容易折騰出倒數第二題的前兩問和最後一題的第一問，那兩個學霸填空練習已經做完了，附加題刷了半面。

老毛幽幽地說：「他們吐不吐不知道，我想吐了……」

他倆借了盛望和江添做完的考卷研究了一會兒，等到他們徹底搞明白的時候，那兩位的附加題也刷完了。

「還寫嗎？」童子癱在桌上，半死不活地問。

盛望說：「隨你們啊，我們肯定要寫的，三十來張考卷呢。」

童子咬了咬牙，說：「那就再做一張化學。」

他心說，化學總共也就一小時四十分鐘，差距能拉到哪裡去，更何況他還是他們班化學課代表，這門成績還是可以的。

這次盛望和江添沒再刺激人，老老實實給計時器設定在一百分鐘。童子和老毛放心地上路了。

結果，倒計時歸零的瞬間，兩人同時爆了一句粗，心說放心個鳥！

總時間一百分鐘，他們倆是做完了一張化學考卷沒錯，但江添和盛望做完了兩張……他們以前是知道A班做題速度快，但他媽的沒想到有這麼快！

兩人原本是想來沐浴學霸光輝的，結果沐得心理防線全面崩塌。童子三兩下收起考卷，衝他們一抱拳說：「告辭。」

盛望哭笑不得，「真走啊？作業不做啦？」

老毛說：「走，再不走，命都要搭進去了。」

那兩人逃荒似的跑了，剩下盛望和江添大眼瞪小眼。

盛望抖了抖剛拿出來的英語考卷，問江添說：「還寫麼？你餓了沒？」

「不餓，早飯吃太晚了。」江添說。

盛望用手指節蹭了蹭鼻梁，有點訕訕。早飯之所以吃那麼晚，就是因為他裝死賴床，不論江添怎麼挖都不起來，愣是趴著睡了個回籠覺，睜眼就快十點了。

「那把英語刷了，我們找點東西吃？」他試探著問。

江添點頭說行。

湊熱鬧的群眾一走，盛望也不定倒數計時了，本來他跟江添的速度也差不多，只會越帶越快，不會下意識放慢。

他瞄了一眼開始時間，便低頭刷起了題。

英語幾乎毫無懸念，他比江添先做完，扳回了數學上輸的那城。如果說之前江添把手機螢幕放他手邊是悶騷式干擾，那他就是明著騷了。

他學著江添用手指敲了敲桌面，對面眼皮都沒抬。他手指模仿著邁步的動作，順著桌面往前爬了一截，又敲了幾下。

江添依然不理。

盛望手指再爬一截，直接按住了對面的考卷，在卷面上敲了好幾下。這種干擾要還能無視，那就真的得瞎了。

江添總算有了反應。他右手不停，還在寫著選項，左手推著盛望搗亂的手指。他推了兩下沒推動，乾脆把那隻手整個捂住了。

盛望愣了一下。江添的手掌覆在他手背上，長長的手指擱在他腕骨上，觸感有點涼。

他垂眼看著那隻手，嘴角的笑意慢慢褪淡下去。皮膚的觸覺突然變得極其敏感，他下意識想把手抽回來，但不知出於什麼心理並沒有動。

江添似乎覺察到了那一瞬間的異樣，盛望看見他頓了一下筆，眸光朝眼尾瞥過去，似乎看了一眼兩人的手。

有那麼一兩秒，他也沒有動。又過了片刻，他才恍然回神似的收回手。

他單手捏著指關節，擱下筆說：「我寫完了。」

盛望也抽回手直起身。

「總算寫完了。」他咕噥了一句，拿起手機點開 **APP** 問：「弄點吃的吧，餓死我了。你想吃什麼？」

「別太奇怪就行。」

江添跟盛望截然相反。這人吃東西一點兒也不挑，不管好吃的、難吃的，他都能面不改色地嚥下去。你要問他味道怎麼樣，他就會回答你：「還可以。」

要是碰到他心情不怎麼樣，還能再縮減一個字變成「能吃」。

自打盛望開始去梧桐外蹭飯，丁老頭如獲新生。他不止一次指著江添跟盛望告狀說：「這小子沒味覺，我鹽放多放少、擱沒擱糖、滴的是醬油還是醋，他都吃不出來的！」

老頭偶爾心血來潮發明點新菜式，江添也發現不了，每回都要老頭豁出老臉指著盤子問：「你看，我新弄了個菜，怎麼樣？」

然後這混帳玩意才會露出一絲訝異說：「以前沒做過嗎？」

氣得老頭恨不得拿筷子抽他。

當初盛望剛去的時候，老頭聽說這孩子特別挑嘴，以為又是個會氣人的，也沒抱太大期待。結果第二天就發現自己大錯特錯——他只是炒肉絲的時候把尖青椒換成了杭椒，盛望就吃出來了，說更喜歡新的。

丁老頭當場就覺得自己撿到寶了。這讓江添很是納悶了一陣子，有一次實在沒忍住，趁著在廚房的時候，問了老頭一句為什麼。

老頭理直氣壯地說：「討人喜歡唄，還能為什麼？」

江添當時在水池裡沖著碗筷，隨口應道：「有麼？」

「不討喜，你能帶他來這裡？」老頭一臉你就知道嘴硬的模樣，毫不猶豫地拆臺道：「還套我的話去騙人來吃飯，你當我不知道啊？」

江添瀝掉碗裡的水，打死不認，「我什麼時候套過你的話。」

丁老頭「嗤」了一聲，表示懶得跟小輩一般見識。他思索片刻，又補充道：「挑嘴的人舌頭靈，識貨，誇起來就比你好聽。」

江添心說，年紀大了果然好騙。

總之，丁老頭和盛望隔著六十多歲的天塹鴻溝一拍即合，自那之後，老頭開始了他的發明之旅，三天兩頭搞出一些莫名其妙的菜，盛望還特別捧場，把老頭哄得不知東西南北，最後倒楣的還是江添。

鑑於他什麼都下得了嘴，新菜色都是先推到他面前，確認能吃，那一老一小才動筷子。

那之後，江添就養成了一個新習慣——吃飯一定會要求「別太奇怪」，因為某些人作起妖來，簡直防不勝防。

盛望一聽這要求就笑了起來，悶頭滑著手機螢幕，也不知在憋什麼壞水，倒是沖淡了上一刻微妙的尷尬。

不過他最終也沒能把壞水倒出來，因為隔壁的群眾又來串門了。

老毛高舉著手機說：「霸霸們！晚上嗨一波唄？假期外賣員能進校門，我點了小龍蝦和花甲，一會兒就送過來！」

童子更好，直接拖了個小型的行李箱。

江添皺著眉問：「你搬家？」

「不是不是。」童子連忙擺手說：「宿舍不是總突襲查寢麼？阿姨會看桌面和櫃子，但不會翻箱子，所以……」他掀開行李箱，驕傲地比劃道：「當當當當！」

盛望一看，靠！一箱子罐裝啤酒。

童子還在那裡邀功，「你就說牛逼不牛逼吧！」

盛望衝他緩緩伸出拇指，說：「你怎麼不乾脆開個店呢。」

「我開了呀！」童子說：「哦對，剛開一禮拜，小本生意，宣傳沒跟上，主要是沒來你們宿舍拉生意。我不大喜歡你們寢的史雨，那個邱文斌一看又是個老實人，回頭給我告訴舍管怎麼辦。」

老毛指著他說：「咱們六樓上下不是不方便麼，這王八蛋包圓了樓下便利商店的速食麵、火腿腸、辣條薯片，還全天候提供熱水。六樓好幾間宿舍的，半夜餓了都摸來買麵吃。」

童子說：「我床板下面還藏了撲克牌和麻將，可以租。」

盛望都聽醉了，當場點了燒烤外賣來堵這位商業奇才的嘴。

「兩盒龍蝦四個人，是不大夠。」老毛說：「不過盛哥你也別點太多。」

盛望說：「看著點了幾串，應該不多。」

老毛想說行，但給他看到江添的表情似乎並不大行，於是他和童子將信將疑地等外賣。

沒多會兒，電話打到了盛望手機上，龍蝦恰好也到了。童子和老毛積極地要下樓拿，江添補充道：「我跟你們一起下去。」

童子：「不用，我倆就行了。」

江添：「你過會再說行。」

童子很納悶，「不就多幾串燒烤麼？」

兩分鐘後，他在四個打著「當年燒烤」字樣的大袋子面前傻站片刻。

童子心說：我可去你瑪德幾串吧。

老毛總算知道為什麼江添堅持要跟下來了，沒他在還真不好拿。

「盛哥吃飯這麼大排場麼？」他顫顫巍巍地問。

江添想說，他請客總是很熱情，但這種誇人的話太容易被供出去了，於是他嚥下話頭，改道：「平時不這樣。」言下之意，特地給你倆買的，請你們有點數。

老毛和童子忙不迭點頭。

江添又說：「別浪費。」

「……」老毛和童子想給他跪。

他們拎著四大袋燒烤、兩盒龍蝦，以及一盒爆辣花甲，正要上樓，江添卻說：「你們先走。」

「不會還有東西吧？」童子有點崩潰。

「跟你們沒關係。」江添說。

童子鬆了一口氣。

不消片刻，江添也拿到了一份外賣。童子和老毛覷了一眼包裝，好像是椰子雞之類的淡口菜。他倆以為江添自己想吃，結果上了樓把攤子鋪開才知道，那是給盛望點的「傷患餐」。

傷患當場撒潑，差點勒著江添的脖子同歸於盡。

「小龍蝦、燒烤都在面前擺著，非讓我吃這些淡出鳥的東西，你特麼故意的吧？」盛望怒道。

江添被他死死箍著，不得不把頭低下來配合。不知是被手臂磨的，還是因為他壓著嗓子沉聲在笑，喉結連帶著四周皮膚都漫起一層薄薄的紅。

他收了笑，就著被挾持的姿勢從床頭勾了兩只藥盒過來，食指一挑，帶著盒子翻轉到背面，指著使用說明說：「自己看。」

盛望不用看也知道上面寫了什麼——辛辣、刺激的都不給吃唄。

江添說：「鬆手。」

盛望冷笑一聲把爪子鬆了，不甘不願地吃起淡食來，一邊吃，一邊用幽怨的眼神看著圍觀群眾。童子和老毛心說：我們做了什麼孽，要來受這份罪？

兩人一邊後悔串門，一邊悶頭狂吃，解決了絕大部分食物，最終陣亡在最後一根串燒面前。他們仰靠在椅子上，摸著肚皮發飯後呆，看著江添拿走了最後那根軟骨串串。

他剛吃了頂上那塊，手機突然嗡嗡震了兩下。就在他低著頭單手打字回覆消息的時候，盛望眼疾嘴快，連籤子帶肉一起叼走了。

江添把手機扔回床上，木著臉看過去。

盛望挑釁一笑，嘎吱嘎吱地把軟骨吃完了。

童子反應緩慢地發了會兒呆，捧著肚子站起身說：「老毛，我們走吧，我要撐死了。」

三天的假期說長比雙休長，說短也是真的短，嗖地一下就快過去了。

盛望和江添速度快，只花了一天半就做完了所有作業。如果腳沒瘸，還來得及出門逍遙一下，奈何被現實摁在原地。

之前在家要什麼有什麼，盛望都無聊得快要長毛了。這一天半待在宿舍裡，娛樂活動接近於零，他卻覺得放鬆又愜意，還挺舒服的。

人啊，真是神奇的動物。

國慶前後氣溫突然回升，宿舍夜裡悶得惱人。教室和宿舍的空調是學校統一控制的，過了九月初就斷了電。

這個年紀的男生體燥火旺，耐不住高溫，於是602那幾個鬼才仗著學校安全，宿舍樓層又高，決定夜裡敞著門睡，體驗一把夜不閉戶的感覺。大門和陽臺一連通，夜風直貫南北，整間宿舍都很涼快。

據說這是往屆學長們的經驗，年年都這麼幹，至今也沒出過什麼岔子。別的宿舍一看有人帶頭，也紛紛效仿，除了601。

盛望和江添並不是什麼守規矩的人，以前住宿也沒少幹過被舍管掛黑板的事。他們不這麼幹只是覺得，夜裡的宿舍是很私人的空間，就像在家會關臥室門一樣。

大門敞著，萬一早上趴窩睡懶覺呢，別人奔過來串門都沒個阻隔，那多不體面。

俗話說，夜路走多了容易撞鬼。一溜排宿舍敞著門浪了幾天，終於在國慶假期最後一個漫漫長夜裡撞了鬼……

看到人影的時候，盛望剛從一場大逃殺似的夢境裡掙脫出來。他沒醒全，迷迷瞪瞪地睜了一下眼，隱約看到有誰從床邊過去了。

他下意識以為是江添，還咕噥著問了一句：「幾點了？」含糊得像是夢囈。對方沒答，他也很快陷入了新一輪的夢裡。

他睡得並不沉，甚至清晰地知道自己在做夢。他一邊跟著夢境走，一邊回想起床邊經過的人影，突然覺得有點不對：江添睡覺套的是白色T恤，怎麼會一片黑？況且他皮膚冷白，夜裡只要有一點燈光映進來，都不會那麼模糊不清。

盛望捲著被子翻了個身，然後一個激靈驚醒了。

他翻身坐起來，掃視一圈。對面兩張上下鋪都是空的，陽臺只有衣服高高掛著，隨著夜風飄起又落下，衛生間的方向也沒有任何聲音。

盛望從床上下來，伸手拍了拍上鋪的人。

「江添。」他輕輕叫道。

對方睡得不沉，一聲就醒了。他瞇著眼朝床邊看了一眼，嗓音透著啞：「怎麼了？」

「你剛剛下來過麼？」盛望問。

「沒有。」江添答完便明白了意思，他坐起來，捏著鼻梁醒了醒神便從上鋪下來了，「你看到什麼了？」

「也可能是做夢？」盛望說。

兩人在宿舍轉了一圈，起初沒發現什麼問題。就在他們默認是夢，準備上床睡覺的時候，江添頓住了動作。

他一隻腳已經踩在梯子上了，又撤下來，走到陽臺邊擰開了門。

洗完澡晾上去的衣服還是濕的，在地上積了幾窪水，有人不小心踩到一窪，留了幾隻腳印。如果他們再晚一點醒來，腳印就要被風吹乾了。

盛望二話不說，抄起手機就給宿舍值班室打電話。

沒多會兒，值班阿姨帶著兩名保全上來了，六樓一排宿舍紛紛亮起了燈。

查宿舍前前後後花了一個多小時，基本可以確定，他們遭賊了。那幾個敞著門的宿舍或多或少都有損失，童子最為慘重。倒是601沒丟什麼東西，可能是盛望那句囈語嚇到賊了。

宿舍出問題，學校可一點兒不敢耽擱。舍管處很快報了案，阿姨把幾個開門迎客的住宿學生叫過去一頓訓。

等這些雜七雜八的事情結束，已經凌晨四點了。

阿姨記下了一頁黑名單，讓他們趕緊回去睡覺。臨走前，她又不放心地叮囑道：「就算查，也要花幾天時間的，難保小偷膽子大又摸進來，他六樓都敢翻呢。你們這幾天晚上睡覺注意點，害怕的話，併個床或者回家住兩天都可以，安全第一。回去記得在我這裡登記一下。」

盛望和江添回到宿舍。

他們想要防賊其實還挺難的，畢竟宿舍有點悶，晚上睡覺就算門都關著，也不可能不開窗，那小偷估計就是從窗子伸手進來開的陽臺門。

舍管阿姨擔心學生出事，多叨叨幾句很正常，但盛望覺得，小偷短期內應該不會再來了，所以依然留了窗子透風。

盛望洗了手，盤腿坐在床上跟江添聊了一會兒，直到樓下的人聲漸漸散去，夜晚重歸寂靜，他才又有了幾分睏意。

江添準備去上鋪的時候，盛望歪靠著牆，捲了被子昏昏欲睡。

他半睜著眼睛，安靜地看著江添把手機放到上鋪，寬大的白色T恤鬆鬆地抵在床欄上，壓出兩橫褶皺。

他看見江添動作停了片刻，忽然扶著床欄低頭看過來，問道：「怕麼？」

盛望淹沒在睏倦裡，反應有點慢，他疑問地「嗯」了一聲，才意識到江添想說什麼。

他膽子其實很大，恐怖片可以關燈看，恐怖遊戲敢玩VR版的。一個人在家待久了，神經比誰都粗，不然也不會在意識到宿舍有人的時候，直接下床來看。

他完全可以說「怎麼可能會怕」，但他動了一下嘴唇，卻沒說這句話。

微風從窗紗裡透進來，對面邱文斌的蚊帳輕輕抖了幾下。盛望忽然朝床裡讓了一點，衝空位一抬下巴說：「阿姨說可以併個床，上下鋪併不了，但我可以讓你半個。」

江添沒有跟人睡一張床的習慣，即便小時候在丁老頭家借住，也總是一個人蜷在那張老舊的沙發上，怎麼哄怎麼勸都不睡床。

唯獨有一次，團長在沙發上尿了一大團，那味道實在銷魂。丁老頭拆了沙發罩和坐墊洗了兩輪，又把架子晾去了門外，江添不得已，跟他在木板床上湊合了一晚。

木板床很寬，睡兩個成年人都足夠，更何況那時候的江添還很小，只能算半個人，而老頭被子又大，本以為沒問題，誰知他半夜睜眼卻發現江添快掉下床了。

老頭像觀測小動物似的盯了半宿，總算明白了——這小子睡著了就是個活體雷達，你往他那裡挪一點，他就下意識往床邊挪一點，寧願沒被子蓋凍著，也不靠著人睡。

於是那一晚，誰都沒睡好。

丁老頭起初以為小兔崽子嫌棄這裡，後來又明白過來並不是，他就是一個人太久了。你給他什麼環境他都能睡得下去，只是不習慣跟人親近。

江添當然不知道睡著的自己是什麼樣的，他只記得丁老頭第二天碩大的黑眼圈和連天的哈欠。

那之後，他再也沒跟人睡過一張床……包括練字的那次。

那天盛望賴在他被子上，僅僅兩句話的工夫就睡了過去。那間臥室的床比丁老頭的木板床還要大一圈，躺三個人都沒問題，兩個人更是綽綽有餘。有那麼一瞬間，江添真的有點猶豫。

但他最終還是沒有睡上去。

他只是把被子裹在盛望身上，又掖了兩道，悶不吭聲惡作劇似的把某人捲成蠶蛹。自己卻從衣櫃裡拿了一床毯子，趴在書桌上湊合了一晚。

他知道盛望心思敏感，所以第二天還假裝自己睡了床。

可這次不同。這次是他先開的口，是他鬼使神差地問了盛望一句：「怕麼？」

啪——

「發什麼呆啊？」盛望伸手打了個不重的響指。

江添回過神，見他又把手揣回被窩，像一隻蹲坐著犯睏的貓。他悶頭打了個克制的哈欠，清亮的眼珠頓時蒙了一層霧。

江添腦中有根神經微弱地掙扎了一下。「我睡覺翻身比較多，容易把人吵醒。」他說。

盛望有點懵，「沒有吧，我不是跟你擠過一張床麼？」

江添：「……」

「睡得挺好的啊，我沒被吵到。」

江添感覺給自己掘了個坑，爬不出來的那種。掙扎的神經徹底攤平，他心說行吧，然後伸手去拽被子。

那位盤著腿犯睏的又發話了：「這床頂多也就一公尺來寬吧，塞得下兩床被嗎？」

當然塞不下。江添扶著床欄沉默片刻，認命地在下鋪睡下了。

盛望分了一半被子過來，他只蓋了半截。宿舍的床這麼窄，下鋪還沒有護欄。照當年丁老頭說的，要不了多久，他就會從床邊掉下去，被子蓋了也是白費。

他微垂著眼皮，透過紗窗看著陽臺外冷白的月色，腦中自嘲似的胡亂閃過一些想法。他感覺盛望輕輕翻了個身，微弓的脊背和肩胛抵著他，隔著棉質T恤傳來另一種體溫，比他微高一點。

雖然之前嚷嚷著睏，但盛望並沒有很快睡著，他能感覺到。對方偶爾會有一些很小的動作，抵著他的脊背隨著呼吸輕輕起伏，也不知在想些什麼。

過了不知多久，盛望終於撐不住睡了過去，呼吸變得安靜勻長。江添轉頭看了一眼，看到他因為低頭而微凸的頸骨。

都說睡意會傳染，他以為自己會睜眼到天亮，實際上沒過幾分鐘，他就感覺到了睏倦，就像手臂緊貼的那片體溫，持續不斷地傳遞過來。

江添是被窸窸窣窣的開門聲弄醒的，睜眼的時候窗外一片明亮。

人們形容睡得好，常說「一夜無夢到天亮」。他並沒有享受到這種感覺，相反，這兩個小時裡，他爭分奪秒地做了三場夢。

一場夢到自己在荒島邊緣被海帶纏住了手；一場夢到學校鬧鬼，宿舍樓塌了，他被一塊沉甸甸的石頭壓住了半邊身體；還有一場夢見體育活動課打籃球，他不知是中暑還是中毒了，怎麼都跳不起來，活像掛了個秤砣，還很熱。

他瞇著眼適應了一下天光，想從床上坐起來，這才發現自己根本起不來——盛大少爺睡著了嫌熱，把被子全堆他身上了，然後又因為觸感是棉質的，把他當成了抱枕，大半個身體都壓了過來，幾乎是趴在他身上睡的。

江添木然地看著上鋪床板，總算知道那些夢都是怎麼來的了。丁老頭十年前的誇張抱怨無法得到證實了，因為某人壓根不給他機會掉下床去。

「臥槽！」

史雨的聲音乍然響起，接著邱文斌「嗷」了一嗓子，似乎被絆了一下。踉蹌的腳步聲伴隨著書包和床柱碰撞的丁啷聲，徹底把江添弄清醒了。

他轉頭望去，就見那兩位室友張著大嘴看著他，活像見了鬼。

盛望在吵鬧聲中動了兩下，睡眼惺忪地抬頭掃了一眼……宿舍一片模糊，啥也沒看清。他又悶下腦袋，下意識想埋回被子裡緩一緩，結果「被子」觸感有點硬，埋不進去。

盛望納悶地再次抬頭，看到了江添的臉。

盛望：「……」他在起床氣的籠罩下愣了一會兒，一骨碌爬坐起來。

「我一直這麼睡的？」盛望問。

江添終於能起身了。他靠在床頭的欄杆上，剛想活動一下麻了的右手，聞言動作一頓，不鹹不淡地說：「沒有，我傻麼。」

「也是。」盛望放下心來。

但史雨和邱文斌放不下心。

他倆拎著大包小包的行李，書包都掉到手肘了，造型狼狽又滑稽，硬是在那裡凝固了好一會兒，才結結巴巴地問：「添……添哥，你倆這什麼情況啊？」

史雨轉頭看了一圈，「宿舍六張床呢……」還不夠你倆睡的嗎？

盛望卡了一下殼。他朝江添瞥了一眼，一本正經地衝兩人解釋說：「昨晚有小偷進宿舍，你們聽說了麼？」

史雨有點茫然，倒是邱文斌「哦」了一聲，說：「我剛剛去阿姨那邊登記行李件數……」

「你還登記行李？」史雨不解。

「按規定是要登記的。」邱文斌一派老實模樣，「你都不登的嗎？」

「沒人揪住我就不登，嫌麻煩。」史雨擺了擺手說：「不扯這個，你繼續說。」

「阿姨提醒我們注意財物安全，說昨晚有人摸進來。」

「對，咱們樓層這一排幾乎都有損失，我還看到人影了。」

「人影？」

盛望描述了一下昨晚的事情，這人恐怖片沒少看，恐怖遊戲也攢了一大堆，複述起來頗有氛圍，史雨那張黑皮臉都嚇白了。

「你行不行啊？」盛望想笑。

「我倒不是怕，我就是覺得這事兒吧，很有隱患。」史雨死要面子在那裡辯解，末了問盛望說：「人抓住了沒？」

「想什麼呢，昨晚才報的案。」盛望掐著時機引出舍管的話，「這事挺瘆人的，所以阿姨說了，怕的話可以併床睡。」

邱文斌剛想回說「其實也沒那麼怕」，就見史雨眼巴巴地瞅著他小聲說：「斌子，要不咱倆也併一下？」

「……噢。」

〔Chapter 5〕

你倆現在儼然就是這兩個混子當初的翻版

學校是片沃土，泥太肥了，什麼人都養得出來。小偷進男生宿舍的事很快傳了開來，不斷有人來問盛望和江添那晚的經歷。有的是出於擔心，有的單純覺得刺激。

江添一句「沒看見」，打發了所有八卦者。

盛望剛開始還出於禮貌概述一下，後來被問煩了，便搪塞說「問舍管」，或者「等學校公告吧」，反而那晚沒在宿舍的史雨跟人講得繪聲繪色。

之後的幾天裡，學校又不斷流出新的傳言，比如某某女生宿舍半夜聽見有人敲床啦，陽臺或者走廊有奇怪的腳印啦，凌晨聽見有人插鑰匙孔啦，還有幾間宿舍信誓旦旦地說也被偷了。

真真假假混雜不清，弄得宿舍樓人心惶惶。

於是，併床莫名其妙變成了一種流行。

史雨發話說，流言一天不散，他就一天不回自己床睡。因為他的床鋪對面是衣櫃，有時候櫃門沒關緊，半夜會吱呀打開一條縫。

說實話，真挺嚇人的。盛望雖然不怕，但可以理解他。

苦的是邱文斌，他本來就胖，怕熱。床上多擠一個膽小鬼，他每天起床都是一身汗，膽小鬼明明很嫌棄，還非賴著不走。

有史雨這個慫人打底，別人好像幹什麼都不奇怪了。

盛望的腳踝在他……和江添的共同照顧下恢復得很好，到了十月下旬就基本沒有大影響了，只有走了長路或者跑跳之後才會有點腫。

盛望基本搬回了上鋪，這個「基本」取決於腳踝的狀態——偶爾復腫起來，他就會在下鋪跟江添擠兩晚，等消了腫再繼續浪。

本該在十月中旬來臨的期中考試，因為宿舍樓的一系列風波被推遲，最終定在了十一月上旬。

各年級在臨近十月底的時候開了一次大會，老何帶著記錄本回來，公布了走班制的新內容。

「說實話，比較嚴峻，對我們班某些吊兒郎當慣了的同學來說，大概屬於晴天霹靂。」何進一臉嚴肅，「以前是期中、期末每次大考的最後三名退出去，但是你們心裡很清楚，咱們班大考排名在五十開外的，根本不止三個人。」

「我知道，考試有起伏很正常，跟波形圖一樣。你這次考試狀態特別好，下次可能就差一點，再下次又好了，基本是交替著來。所以，我本身並不覺得某一次大考考到了五十名開外，就代表實力不配A班，不是這樣的。但是……」

她停頓了一下，又道：「名次也確實能反應你一段時間的學習成果，狀態調整也是成果。所以不要覺得這個新規則是故意刁難你們，學校的目的永遠不是為了刁難你們，而是為了你們從學校走出去後，不被刁難。」

「所以新規則是什麼呀老師？」有人忍不住問道。

何進說：「咱們班四十五個人，四十五個座位。所以大考前四十五名在A班，排在這個名次之後的，調進相應的班級裡，四十六到九十名在B班，九十一到一百三十六在一班，以此類推。其他班的同學，如果考進了前四十五名，不管有多少個人，都會留下來。」

班上一片譁然。

高天揚哀嚎道：「要死了，我每次都是那個幸運的第四人，這下好了，直接住進淘汰區。」

盛望說：「別死啊，我也在淘汰區待著呢。」

「你那叫待著嗎？你那明明叫路過！」高天揚說。

「我腳瘸之後好久沒考試了，沒手感，也可能這次就路不過了，到時候一起被流放，還能有個伴。」盛望試圖安慰他，結果安慰完一轉頭，看到了江添不是很爽的臉。

盛望：「啊？」

江添手指間的筆轉了一圈，啪地敲在筆記本上，表情非常冷淡。

盛望研究了幾秒，改口道：「我還是努力路過一下吧。」

高天揚：「咦？」

期中考試前一週半，盛望抽空又去了一趟醫務室，終於得到陸老師口諭，他的腳脖子可以斷藥了，他也不用再忌口了。

為了表達激動之情，他準備在週日請全班吃串燒，地點就在當年燒烤店，想來的都能來。趙曦和林北庭已經回來有一陣子了，拿獎欠的那頓飯也該補上了。

附中校門口那些店的生意跟其他地方相反，人家是放假的時候最熱鬧，它們是上學的時候最熱鬧。這週末放月假，大多數學生都離校了，燒烤店的客人比平時略少一點，但依然要排隊。多虧有老闆開後門，給A班留了最大的地方。

盛望以前的班級也辦過這種聚會，說是全班，四、五十個人最後能到一半就很不錯了。他以為這次也差不多，沒想到最終露面的同學有三十七個。除了個別跟盛望、江添結過梁子的、幾個實在有事的，基本上全到了。

趙曦留的位置足夠，但他沒想到真能填滿。看到烏泱泱的人頭往裡湧的時候，他腦中只剩「傾巢而出」這種詞了。

「你們班感情可以啊。」他感慨了一句，轉頭就衝進後廚了——都說半大小子吃垮老子，吃串燒本來就有一加一食量遠大於二的效應，三十七個小子湊一塊兒……開玩笑，那不得蝗蟲過境啊！

不消片刻，負責裝卸貨的錘子開著車，風風火火地出去了。

盛望來找趙曦和林北庭，看到車屁股納悶地問：「錘子哥幹麼去？不跟著吃兩串嗎？」

「一會兒吧，不急。」曦哥指揮著服務生往這邊搬冰啤桶和飲料，「他一看這麼多人就火燒屁股地跑了，怕你們不夠吃，去加貨了。」

高天揚從包廂探出頭來，「什麼加貨？」

盛望言簡意賅：「怕你們吃垮全店。」

「也不用那麼害怕，我們又不是飯桶，更何況還有女生在呢。」高天揚指著辣椒、李譽她們幾個說：「她們天天嚷著要減肥絕食、辟穀升天，都吃不了幾串。」

辣椒一巴掌抽在他背上，「你才升天！」

「哎呦，我次……」高天揚髒話都飆出一半了，又在女生們的瞪視下嚥回去，捂著背的樣子像一隻長臂猩猩，「妳怎麼勁這麼大？我背都腫了。」

「該！」辣椒說。

高天揚雙手合十，「好好好，我錯了。妳不用減肥絕食，也不用辟穀升天，妳吃得比我們多，行了吧？」

他三言兩語塑造了一個女中李逵的形象，辣椒朝盛望瞥了一眼又匆忙收回視線，紅著耳朵把高天揚打跑了。

趙曦看在眼裡，忽然用肩拱了盛望一下，笑著說：「挺受歡迎啊。」

盛望被拱得踉蹌了一下，「什麼受歡迎？」

「裝。」趙曦挑了一下眉。

盛望曲著食指關節蹭了蹭鼻尖，沒吭聲。他大概知道趙曦在調侃什麼，小辣椒臉紅得太明顯，他又不瞎。

但他覺得這也不代表什麼，有的人就是容易臉紅。他們班有一個叫程文的男生，天生血旺，跟誰說話都臉紅，照這判斷他應該喜歡全班。

盛望剛想以他為例解釋一下，就聽趙曦調侃道：「小姑娘追著小高滿場跑了兩圈了，為什麼呀？就因為小高當著你的面，說她吃得比男生還多。」

盛望心想：我們不是在說臉紅麼？

論據頓時沒了用武之地，於是他張了嘴又默默閉上了。

十來歲的男女生打鬧起來其實有點吵，趙曦卻看得津津有味。他似乎回想起了不少事，末了還評價一句：「就這個年紀最有勁，平時什麼傻逼事都幹得出來，只在想追的人面前要臉。」

「誰說的？」盛望反駁道。

趙曦指了指自己的鼻尖，「我說的，你有什麼意見？」

盛望心說：我在誰面前都挺要臉的，不信你問江添。

但他斟酌了一下還是沒較真，而是恭恭敬敬比了請的手勢說：「算了，不敢有意見，趙老師請上座。」

趙曦笑著拍了他一巴掌。

除了剛開業的那陣子，趙曦和林北庭並沒有當老闆的自覺。他倆其實很少來店裡，來了也是占張桌子吃燒烤，所以他倆在不在，服務生都能打點得很好。A班給他倆留了位置，趙曦跟店員打了聲招呼，便心安理得地進了包廂。

「牛小串、雞小串、羊肉串、板筋……還有這些、這些都要。」盛望跟服務生對了一下單，洗了手也進去了。

剛進門，就聽見有人問高天揚：「添哥呢？怎麼還沒到？」

高天揚剛逃離辣椒的魔爪，站在空調面前吹臉，他頭也不回地說：「別問我，我熱死了，發不動微信，問盛哥去。」

另一個人附和道：「對啊，肯定問盛望啊，你問什麼老高。」

「哎，盛哥來了。」那人問盛望說：「添哥去哪兒了？」

「他去前面巷子裡送點東西。」盛望掃了一圈，問：「給我留位置了沒，我坐哪兒？」

高天揚指著自己和趙曦之間的兩個空位說：「喏，你跟添哥坐這裡。」

接著又有人操心道：「那林哥呢？林哥怎麼也還沒到？」

趙曦說：「他去拿藥了。」

「林哥生病了？」眾人面露擔心。

趙曦連忙擺手說：「不是，解酒的。怕你們控制不住，一會兒喝暈了，先備著。」

「別騙小孩，說清楚點，怕誰喝暈。」一個沉穩的聲音橫插進來，毫不留情拆了他的臺。

大家循聲看去，就見林北庭拿著一個小藥盒站在門口。

「你怎麼這麼會挑時間。」趙曦沒好氣地說。

「守時。」林北庭從桌與桌之間穿過來，在趙曦右手邊的空位裡坐下。他把藥盒擱在趙曦面前的時候，時間剛好六點整，是盛望他們約定的時間沒錯了，確實守時。

「這藥真有用麼？」盛望納悶地問。

「還行吧。」趙曦掰了一枚嚥了。

盛望想起自己上回喝多幹的傻逼事，有點蠢蠢欲動，「吃完喝不醉？」

「不是，損傷相對小一點吧。」趙曦說：「幹麼，你想吃？」
盛望考慮了一下，點了點頭。
結果趙曦逗他玩似的說：「沒門。」
盛望：「……」
他悶頭就給江添發微信——
貼紙：曦哥摳門精
江添：？
貼紙：吃他一顆藥他都不答應
江添：你吃藥幹麼？
貼紙：不是正常的藥，解酒的
江添：……
幾秒之後，介面裡突然跳出一段語音，盛望下意識點了一下。
「他那是有原因……」
因為沒戴耳機的緣故，微信這智障自動切成了擴音。
江添冷調的嗓音太好辨認，幾個字就引得全桌人都看了過來。
盛望一聲「我靠」，趕緊把聲音按到最低。
「江添啊？」趙曦問。
「嗯。」盛望點頭。
「怎麼聽他語音跟做賊似的。」趙曦調侃道：「是不是說人壞話呢？」
盛望被捉了個正著，乾脆把聊天亮給當事人看。

趙曦哼笑一聲，伸手把江添的語音轉成文字：「我聽聽他回什麼了。」

江添：他那是有原因的，剛回國那陣子聚會太多喝傷了，所以備一片，你那酒量用得著？

雖然轉化成了文字，但盛望腦中自動生成了江添的語氣。他那把冷淡的嗓子說最後那句話，嘲諷力真的絕了。

趙曦忍不住看笑了，他記得上回盛望抱著啤酒杯的樣子，剛想跟著逗兩句，聊天框裡就跳出了新消息。

江添：你以為吃片藥就不會抓著我拍影片了？

盛望：「……」這王八蛋可真會聊天，哪壺不開提哪壺。

盛望手指翻飛，毫不客氣地送了他一排「給老子死」的表情包。他毆打完江添，鎖了螢幕一抬頭，就見趙曦的表情有點怪。

「曦哥？」盛望叫了他一聲。

趙曦這才抬眼回神，「嗯？」

「怎麼了？」盛望問。

「沒有。」趙曦喝了一口杯子裡的水，笑笑說：「剛剛在想事情。江添快到了是吧？」

「哦，忘問了。」盛望又解鎖了螢幕，問江添東西送完沒。

這次江添過了片刻才回道：沒送。

那是盛明陽和江鷗前幾天帶回來的特品香梨，他們挑了一些帶給丁老頭。

盛望有點納悶，發了個問號過去。

江添：老頭那有人

江添：我折回來了，吃完燒烤再送過去

貼紙：哦

貼紙：那你到哪裡了？

江添：包廂門口

盛望一愣，下意識抬起頭。包廂門半敞開來，江添握著門把站在那裡，他垂著眸子按了一下螢幕鎖，然後把手機扔進口袋裡。

「添哥！」

包廂裡此起彼伏地跟他打著招呼，高天揚叫道：「總算來了，餓死我了。」

「餓死了幹麼不吃？」江添從凳子的間隙中側身而過，一邊跟高天揚說著話，一邊自然而然地拉開椅子在盛望身邊坐下。

「等你啊！」高天揚說：「這麼多張血盆大口，要是不等你就上串燒，你連籤子都吃不到，信不信？」

江添靠在椅背上，「嗤」了他一聲，又跟趙曦和林北庭打了招呼，這才看向盛望。他微低了頭，輕聲說：「吃完去一趟梧桐外？」

「行。」盛望說：「梨呢？」

「放吧檯了，走的時候拿。」

服務員來確認了一下人數，終於開始把一大把一大把的肉籤子往裡送。今天人多，盛望每種都是以一百串為單位，送過來的時候頗為壯觀。

包廂裡敲桌子的、敲杯子的鬼叫成一片，能喝酒的都倒了冰啤，氛圍一下子就上來了。

趙曦和林北庭比這群男生、女生大了十來歲，坐在當中卻並不顯突兀。比起老師，A班的人覺得他倆更像學長，崇拜中帶著親近，敢開玩笑、敢起鬨。

一群人湊在一起，有共鳴的話題才會聊得開心。

他們毫無顧忌地吐槽著學校裡的事：新的走班制太變態；老徐變著花樣抓違紀；高一有群二百五翻牆上網慘遭抓捕，被老徐揪下來的時候，腦袋上還套著黑色垃圾袋；七班誰誰和九班誰誰談戀愛，被請家長了，云云。

十六、七歲是躁動的年紀，於是最後一個話題聊得特別久。以高天揚為首，一群沒談過戀愛的狗對於小情侶被捉產生了濃厚的興趣。由於神經過於亢奮，他們甚至把八卦的魔爪伸向了趙曦。林北庭嚴肅一些，大家不大敢問。

「曦哥，你高中幹過這種事麼？」高天揚壞笑著問。

「哪種事？」趙曦也不惱，轉著杯子問道。

「還有什麼？早戀唄。」高天揚說。

眾人起了一聲哄，憋著笑，眼巴巴地看趙曦。

趙曦挑了一下眉，道：「我？如果現在問我的話，從客觀理性的角度來說，我建議你們有什麼蠢蠢欲動的心思儘量按住，不差這兩年。該學習的時候就好好學習，免得以後回想起來，就是我高中喜歡過誰誰誰，就因為這個，成績一落千丈，不然不會是現在這樣之類的。那樣會很可惜。」

大家以為他要開始灌雞湯了，頓時老實起來，有幾個還坐正了一點。誰知他說完這些，又道：「不過，我念高中的時候也是個不守規矩的，所以……對，我違紀早戀過。」

盛望就著串燒喝了三杯冰啤，面上鎮定自若，神經已經感到了微醺。不知道是不是受這股酒勁影響，他總覺得趙曦說這話的時候，看了林北庭一眼。

接著……也許還是受酒勁影響，他自己下意識瞄了一眼江添。

兔崽子們的胃口都被吊起來了，趙曦卻不說了。他拿筷子慢條斯理地把鐵籤上的軟筋撥下來，一抬頭，就見三十多雙眼睛興致勃勃地盯著他。

「幹什麼？」趙曦樂了。

「然後呢曦哥？」

「什麼然後？」趙曦裝傻充愣。

「你怎麼這樣！」大家也不敢懟他，只能拍著桌子抗議。

「然後？」趙曦並沒有細說的打算，「然後成績波動太大，差點把班主任搞出心臟病。」

在座的都知道他有多牛逼，聽到這話紛紛露出意外的神情，「不會吧，曦哥你的成績還會氣到老師？」

「會啊，當然會。」趙曦坦然道：「誰還沒個狀態差的時候。我那時候脾氣爛，自己氣得要炸也就算了，還非常善於火上加油，所以打……」

他卡了一下殼，手指刮著杯沿哂笑道：「酒喝多了，舌頭有點大。反正吵架、鬧矛盾是常有的事，現在想想我運氣有點差，十次吵架八次都碰上考試，所以……」他攤開手，表示「你們懂的」。他那時候是真的狂，什麼東西都不放在眼裡，心情好了可以兩天刷完一本競賽習題本，心情不好就去你瑪德考試。

這種人談戀愛不是折磨自己，是折磨老師。這週還是年級第一，把第二名甩開一大截，下週他就敢黑著臉掉出年級一百名，再下一週他又笑咪咪地回來了。

哪個老師受得了？哪個都受不了。

剛開始班主任嚇死了，以為他碰到什麼變故了，拽著他去辦公室談心，一談就是整個晚自習。

再後來老師就不怕了，只剩下氣。

那個班主任姓方，是當初附中著名的閻羅王，凶起來沒人敢大喘氣，聽到他的腳步聲，任何追打的學生都會瞬間歸位。

他有時候會緩和一下課堂氛圍，給學生放點歌，來來回回就那麼兩首，一首《昨日重現》（Yesterday Once More），一首《不要哭》（Don't Cry），前者發行於一九七三，後者發行於一九九一年，跟學生們差了好幾輩。

放歌的時候他也不說話，就撐在講臺上，從眼鏡上方掃視全班。並沒有人感到放鬆或緩和。

就這麼個令人聞風喪膽的老師，當初愣是被趙曦氣出一小片白頭髮。

趙曦從小到大碰到過很多老師，老方是最嚴肅的一個，罵他最狠的一個，也是畢業後最操心他的一個。

老方不擅於閒聊，也不擅於表露隨和的一面。趙曦逢年過節會給他去個電話，他會用晚自習談話的語調，問趙曦身體怎麼樣、生活怎麼樣、什麼時候回國。

有好幾年趙曦回來得並不頻繁，但每次回來一定會去看望老方。再後來的某一天，老方生病了，淋巴癌，發展得很快。趙曦急急忙忙趕回國，只來得及參加他的葬禮。

那天趙曦在車裡，把老方最喜歡的兩首歌重複播放了一天，突然意識到，這世上的變故其實很多，不知道從哪天起，你就再也見不到某個人了。

八卦聽不全，小兔崽子們很不過癮，但趙曦並不理會他們的撒潑胡鬧和哀嚎。

他們起義未果，只得悻悻作罷，不一會兒又熱火朝天地聊起了別的。一群精力旺盛的少年湊在一起，永遠不會缺少話題。

趙曦後來話並不多，只看著他們笑，時不時低聲跟林北庭說兩句，可能把這群學生當下酒菜了。九點左右，趙曦接了通電話。林北庭跟眾人打了聲招呼，喝掉瓶子裡剩餘的酒，兩人便先行離開了。

「林哥和曦哥關係真夠鐵的。」宋思銳透過窗子朝外張望了一眼，看到兩人的身影拐過街角，滿臉羨慕，「我爸說，中學的朋友能一直聯繫的不多，像他就都是大學的朋友。」

「那也不一定。」高天揚說：「我那幾個乾媽，都是我媽初中、高中的朋友。」

「就是，得分人，還得看關係是不是真鐵。」有人附和著說：「我覺得咱們班就都挺好的，以後年紀大了，肯定也聯繫著。」

「那肯定！」宋思銳頂著兩坨喝出來的高原紅，左邊摟著一個男生，右邊摟著高天揚說：「咱們多鐵啊！還有添哥和盛哥，我一直覺得你倆跟曦哥他們特別像，以後肯定也這麼好。」

江添正低聲跟盛望說話，聞言抬起眼看向宋思銳。他嘴唇動了一下，不知想反駁還是想應答，但最終並沒有開口。

而盛望已經喝到了靜坐參佛的狀態，別人說什麼，他都是一副矜驕的模樣。

高天揚把宋思銳蘆柴棒棒似的手臂撣開，沒好氣地道：「你這說的就是廢話！人家一家的，當然好。」

「哦哦哦，對。」宋思銳拍了拍腦門，衝盛望舉起杯子說：「我錯了，罰！」

盛望也跟著抬了一下杯子，十分自覺地喝了一口。

江添：「……」他把手伸到盛望眼皮子底下，比了個數字，問：「幾？」

盛望沒好氣地哼笑一聲，把他手指一根一根按回去說：「嚇唬誰呢，四。」

江添：「……」

桌上杯盤狼藉，還剩最後一點冰啤，誰都喝不下了。眾人早已吃飽，但直接散場又有點意猶未盡。不知哪個二百五提議說要玩「憋七」，輸了就喝一口，把剩餘的酒喝完就散。

江添指著盛望說：「他就算了吧。」

「那不行！為什麼算了？」眾人不答應。

「早就醉了。」江添說。

「醉了？」高天揚朝身邊看過去，盛望笑著搖了搖頭，一臉鎮定自若，既沒有說胡話，也沒有撒酒瘋，哪裡有醉相？

「添哥你蒙誰呢，他這要叫醉了，我就是酒精中毒了！」高天揚一擺手說：「不能算，誰都不准算，來！」

他一手搭著酒桶，一手點向對面的女生說：「小辣椒，妳開頭，不要放過他們。」

所謂「憋七」就是挨個報數，逢七和七的倍數就拍手跳過。規則非常弱智，要是平時玩起來，A班這群人可以無窮無盡地接下去。但喝了這麼多酒就不一樣了，總有出錯的。

班長鯉魚第一輪罰完，就趴桌上睡懵了，還有幾個酒量不行的，也順著椅子往下滑，邊搖手邊笑，但他們都不如盛望錯得多。

這位大少爺面上雲淡風輕，嘴巴極其叛逆，專門逮著七和七的倍數報。到最後，高天揚乾脆把酒桶搬到他面前，嘩嘩放滿一整杯說：「盛哥，你是來騙酒喝的吧盛哥？」

金色的酒液汩汩上升，奶白色的泡沫堆聚在頂上，又順著玻璃杯沿流淌下來。盛望連手都懶得抬，杯子也沒握，就那麼悶頭抿了一口泡沫，然後皺眉說：「其實我有點喝不下了。」

高天揚崩潰地說：「那你有本事別錯啊！」

「我又不是故意的。」盛望說。他嘴唇上沾了一圈白，便伸舌頭舔了一下，他正愁要怎麼把這杯酒灌下去，就見旁邊伸過來一隻手。

盛望此時的反應其實有點慢。他盯著腕骨上的小痣呆了一瞬，這才朝手的主人看過去……

江添薄薄的眼皮半垂著，仰頭喝完了所有酒。他把玻璃杯擱回桌上，朝大門偏了一下頭說：

「可以散了。」

高天揚他們噢噢起鬨，發出「牛逼」的叫聲。推拉椅子的聲音頓時響成一片，大部分人都站起了身。盛望也跟著站了起來，急匆匆就要往門外走。

江添一把拽住他，問：「往哪裡跑？」

「廁所。」盛望問：「你要一起去？」

「……」江添鬆開手說：「一會兒門口等你。」

其實盛望並不是趕著去廁所，而是去付錢。這人喝得七都數不清了，還惦記著自己是來請客的。他趴在吧檯上衝收銀的姐姐說：「包廂結帳。」

「不用，林哥說這頓他們請了。你們吃完了？石頭他們叫了車，一會兒把你那群同學送回去，也是林哥和曦哥交代的。」

盛望咕噥說：「那麼大人了，怎麼還跟我搶飯請。」

收銀姐姐笑得打跌，順著他的話說：「就是，老闆真不懂事。」

她從吧檯櫃子裡拎出一袋香梨，遞給盛望說：「小江放這裡的，你倆一會兒回學校？」

盛望點了點頭。他拎著梨，隨便找了個檯子靠著等人。

「你別站那兒啊，那是失物招領臺。」收銀姐姐說。

「噢，那我等招領。」盛望說。

姐姐又笑趴了。

沒過片刻，失物連人帶梨一起，被江添招領走了。

上次喝多，盛望跟江添的關係還不怎麼樣，所以他只撈了個跟拍的職務。這次就不同了，某人勾著江添的肩，逼迫他全程參與「走直線」這個傻逼活動。

梧桐外的巷子並不齊整，寬的地方可以過車，窄的地方只能過自行車。在盛望的帶領下，江添的肩膀撞了三次牆。

「你怎麼走著走著又歪了？」盛望納悶地問。

「你把手鬆開我就歪不了。」江添說。

「不可能。」

「……」江添真的服了。

這特麼還不如跟拍呢。他腦中雖然這麼想，手卻依然帶著盛望。巷子角落碎石頭很多，不小心踩到就會扭了腳。這麼蛇行雖然很傻逼，但好歹減了某人二次受傷的機率。

丁老頭家是舊式房子，門檻很高。大少爺腳重跨不過去，他一怒之下在門外的石墩上坐下，衝江添擺手說：「我不進去了，我在這裡等。」

「別亂跑。」江添說。

盛望點了點頭，心說，腳長我身上。

江添穿過天井進了屋，丁老頭的咳嗽聲隔著不高的門牆傳出來，在巷子裡撞出輕輕的回音。

這是梧桐外的極深處，住戶大多是老人。上了年紀的人到了這個時間點，少有醒著的，就連燈光都很稀少，安靜得只能聽見零星狗吠。

盛望依稀聽見右邊縱向的巷子裡有人低聲說話，他轉頭望了一眼，看見兩個高個兒身影從巷口走過，被路燈拉長的影子慢慢沒入牆後。

他盯著虛空發了幾秒呆才想起來，那兩人看著有點像趙曦和林北庭。

出於學霸的探究欲，他站起身跺了跺發麻的腳，歪歪斜斜地走到巷口探出腦袋。令他意外的是，那兩人也並沒有走得很遠，跟他只隔著七八公尺的距離。

他們更像是在散步，說話的時候腳步還會停駐片刻。借著路燈的光，盛望看清了他們的臉，確實是趙曦和林北庭。看巷子走向，他們大概剛從喜樂那邊回來。

林北庭說到了什麼事，趙曦停下步子，聽了一會兒後，搭著林北庭的肩膀笑彎了腰。

盛望不確定要不要打個招呼，畢竟剛剛的飯錢被這倆老闆搶了單。

他糾結片刻，剛想走出牆角叫他們一聲，卻見趙曦站直了身體，他帶著笑意看向林北庭，搭在他肩上的手抬了一下，挑釁般的勾了勾手指。

林北庭似乎挑了一下眉，把那根挑釁的手指拍開，側過頭來吻了趙曦。

這條縱巷又窄又偏僻，有太多可以取代它的路線，平日幾乎無人經過，像一條安逸又幽密的長道。路燈只有一盞，算不上明亮。光把那兩人的影子拉得很長，投落在並不平坦的石板地上，曖昧又親密。

咔嚓。

角落的石渣在鞋底發出輕響，動靜不算大，卻驚了盛望一跳。等他反應過來的時候，他已經退到了牆後，心跳快得猶如擂鼓。

江添從院子裡出來，看到的是空空如也的石墩。好在下一秒牆邊就傳來了動靜，他剛提的一口氣又鬆了下來。

「幹麼站這裡？」他大步走過去。

盛望似乎在發呆，被問話聲一驚才回過神來。不知是不是夜色太暗看不清的緣故，他的眸光裡透著一絲慌張。

儘管知道不能跟醉鬼講邏輯，但江添還是放低了聲音：「慌什麼？」

他四下掃了一眼，又探頭看了看巷子。

到處都乾乾淨淨，既沒有野貓、野狗，也沒有蝙蝠、飛蛾。

盛望沒吭聲。他看著江添茫然呆立片刻，四散的醉意又慢慢湧了回來。喝了酒的人容易渴，他舔了一下嘴唇又垂了眼說：「誰慌？沒慌。我吃多了，站一會兒。」

江添還有點將信將疑。

盛望又道：「老頭睡了沒？我想睡了，睏死了。」

江添低頭看了他一會兒，直起身說：「那走吧，回宿舍。」

室友早就洗過了澡，宿舍裡飄浮著洗髮水的味道。史雨靠在床上打遊戲，邱文斌還在伏案用功，只開了一盞充電檯燈。

進門的時候，盛望的酒勁又上來了，步子有點飄。邱文斌忙不迭過來幫忙，被這祖宗撥開了。他睏得眼皮都打架了，還不忘進衛生間沖個澡，然後帶著一身水汽光榮陣亡在了下鋪。

「我天，他喝了多少？」史雨坐在床上問。

「沒多少。」江添說。

某些人酒量奇差，但意志力奇強，沒人知道他是從哪一杯開始醉的。

邱文斌看了一眼盛望的睡姿，同情地問：「那大神你今晚睡上鋪？」

江添並沒能成功轉移，因為某人睡得不大踏實，一直在翻身。宿舍的床哪能跟他臥室那張大床比，翻兩圈就差點掉下來。於是江添還是睡了下鋪，幫他擋著一點。

這一晚，江添睡得不大踏實，盛望也是。

巷子裡的那一幕似乎釘在了他的腦海中，又見縫插針地出現在夢境裡。他雜亂無章地做了很多段夢，每一段的結尾，他都會突然走到那片路燈下。

兩邊是長巷斑駁的牆，腳底是石板縫隙的青苔和碎砂。夢裡的燈總是在晃，影子有時投在牆上，有時落在地上。昏暗、安靜、曖昧不清。

他總會在最後聽到有人叫他的名字，他每一次抬起頭，看到的都是江添的臉。

不知幾段之後，盛望終於醒了。他睜眼的瞬間，情緒還停留在夢境的尾端，額前鬢角滲出了一層薄汗。

他半邊身體趴在江添身上，胳膊摟著對方的脖子，一條腿壓著對方的腿。因為熱的緣故，被子早被踢開，大半都掛到了床沿，於是他跟江添之間的接觸幾乎毫無遮攔。

長褲的布料軟而薄，連體溫都隔不住，更別說一些尷尬的反應。

天色將明未明，光亮很淡，從陽臺的門縫和窗隙裡流淌進來，宿舍裡一片沉寂。盛望垂著眼，聽見了自己擂鼓般的心跳和雜亂的呼吸。

他近乎慌亂地撤開腿，又刻意壓輕了動靜，怕把江添驚醒。他抬頭看了江添一眼，片刻之後，忽然匆忙下床爬回上鋪，一秒都沒敢多待。

因為就在剛剛的某一個瞬間，他看著江添，居然有一種想要更親近一點的衝動，他想低頭去觸一下他哥總是抿成一條直線的嘴唇，不知道是不是像看上去那麼冷。

頭頂的天花板一片白，盛望的臉色跟它一樣。

他盯著那片白色發了很久的呆，心跳重到貼著耳膜。他甚至沒注意到下鋪的人翻了個身，當然也不知道江添拉過被子蓋在腰腹間，側彎著身體睜開了眼。

之後幾天，盛望一直沒睡好。

白天其實很正常。高中生什麼都有可能缺，唯獨不缺新鮮話題和傻逼段子。哪怕一個口誤，都能引得全班一起鵝鵝鵝。這種氛圍之下，盛望只要不刻意去想，就什麼都記不起來。

高天揚和宋思銳常常帶著一群二百五激情表演群口相聲，時不時狗膽包天要拉盛望下水。盛望轉頭就會把江添也套進來，兩人一冷一熱一唱一和，總能懟得高天揚自抽嘴巴說：「我這張嘴啊，怎麼就這麼欠。」

然後盛望就會大笑著靠上椅背，頭也不回地跟後面的江添對一下拳。

每到這種時候他便覺得，發生於那個晦暗清晨某一瞬間的悸動，都是錯覺——他明明這麼坦蕩，跟高天揚、宋思銳，以及圍站著的其他同學並沒有區別。

但這種底氣總是維持不了多久。它會在不經意的對視和偶然的觸碰中一點點消退，被另一種莫名的情緒取而代之，像平靜海面下洶湧的暗潮。

到了晚上就更要命了。

附中熄燈之後有老師查寢，哪間宿舍有人未歸、哪間宿舍太過喧鬧，都會被舍管掛上通告牌，所以夜裡的校園總是很靜，靜到只剩下巡邏老師偶爾的咳嗽和低語，跟那晚的巷子一模一樣，一模一樣！一模一樣……於是三天過後，盛大少爺眼下多了兩片青。

他皮膚白，平時又總是一副被精心養護著的模樣，偶爾露出點疲態便格外扎眼。

這天早上，盛望早飯都沒買就去教室趴著補眠了，就這二十分鐘的工夫還亂七八糟做了兩段夢，一直到第一堂課打預備鈴，才從夢裡掙扎出來。

他隱約感覺有什麼東西輕輕擦過衣服，還以為是高天揚又來掏他桌肚裡的考卷。結果下一秒就聽見高天揚的大嗓門在幾桌之外的地方響起，叫著：「辣椒，化學快給我一下！快！老何馬上就要來了！」

「最後一次。」辣椒第N次說這句話。

「最後一次最後一次，快！」

「明天再抄你不姓高。」

「不姓不姓，明天再抄我叫妳爸爸。」

高天揚這牲口為了考卷，真是什麼鬼話都說得出來。

盛望在半夢半醒間吐槽了一句，接著便忽然驚醒——所以不是這牲口在掏他考卷，那是誰？

他皺著眉，睏意惺忪地低頭一看，桌肚裡的考卷還在，除此以外還多了一個塑膠袋。那袋子上印著深藍色的標誌，一看就是學校食堂和超市通用的那種。

盛望把袋子拿出來解開，裡面是一杯豆花、一顆水煮蛋，還有一罐牛奶。

學校食堂有兩層，口味並不完全一樣，二樓排隊人少，豆花的鹹味略重一點。一樓人多，豆花會撒核桃、花生碎。盛望喜歡一樓的味道，但跟著其他人買二樓的次數更多，因為實在懶得排隊。

這杯是一樓的，奶白色的豆腐上面撒了滿滿一層料，還很熱燙。

倒是水煮蛋有點讓他意外，因為他不吃沒有蘸料的水煮蛋。不過外帶的話，煮的確實比煎的方便。至於牛奶，依然是熟悉的小紅罐，跟他以前的頭像一模一樣。

只要是江添給他帶的早飯，就必然會有這麼一罐旺仔。最初江添是為了回擊微信聊天的一句調笑，拿旺仔逗他玩兒。後來不知怎麼，就成了一種習慣和標誌。

盛望看到小紅罐的時候，下意識鬆了口氣。

他腦中有兩個小人扛著刀在對打，一個說：「還好，各種習慣都沒有變化，江添應該什麼都沒覺察到。」

另一個說：「放屁，本來也沒什麼可被察覺的。」

一個說：「我也沒別的意思，就是指那天早上的生理反應。」

另一個：「滾吧，哪個男生早上睜眼沒點生理反應。」

「那也非常尷尬。」

「忘掉它就不尷尬。」

「還有一種緩解的辦法是，得知別人比你還尷尬。」

「所以江添那天早上是不是也……」

兩個小人還沒叨叨完，就被盛望一起摁死了。

高天揚回到座位的時候，看到的就是盛望面無表情的臉。他嚇了一跳，「臥槽？盛哥你怎麼這麼大個黑眼圈？」

盛望說：「失眠。」

高天揚還是很納悶，「那你怎麼脖子、耳根都紅了？」

盛望：「……」他指了指前面說：「老何來了，你滾不滾？」

高天揚一縮脖子，當即就滾了。滾完才發現他盛哥騙他呢，講臺上空無一人，上課鈴沒響，老何人還沒到。於是他又倔強地轉過頭來，不依不饒地問：「不是啊，你怎麼好好的失眠了？」

盛望心說：你問我我問誰去？

他沒能想出個解釋的理由。

高天揚這個二百五突然又開了口：「添哥……」他越過盛望的肩膀，衝江添問道：「宿舍最近又出什麼么蛾子了麼，盛哥這麼大心臟，居然失眠？」

盛望差點嘔出血來，心說：我踏馬真是謝謝你了啊。

他脊背都繃緊了，沉默了好幾秒才意識到，自己居然也在等江添的回答。儘管這話其實沒頭沒尾，根本不可能得到什麼回答。

果然，江添一句「沒有」草草打發了高天揚，因為老何已經踩著正式鈴聲進教室了。高天揚再怎麼皮，也不敢在班主任眼皮子底下閒聊，他撇了撇嘴，坐正身體聽起了課。

高二的內容已經全部學完，最近老何和化學老師都在給他們講實驗專題，上課總會先放幾段實作影片。等實驗專題講完，他們就要開始走高三的內容了，預計一個半月就能全部搞定。那之後，便是各種競賽和複習。

為了方便看影片，兩側窗戶的遮光簾都放了下來，教室裡一片晦暗，唯有螢幕上的實驗光影忽明忽滅。

後桌的人再沒說過什麼話，盛望又等了一會兒，緊繃的脊背終於緩慢放鬆下來。

江添沒有跟高天揚多聊，也沒有跟高天揚一起詢問他的失眠，避免了更加尷尬的情況。他理應鬆一口氣，也確實鬆了一口氣。但不知怎麼的，他又莫名感到有一點失落。

不多，真的就一點點。

也許是因為……連高天揚這個粗心眼都注意到的事，江添卻問都沒問吧。

盛望懶洋洋地靠在椅背上，右手擱在桌面，手指間夾了個根原子筆有一搭沒一搭地轉著。他眸光沉靜地看著那片螢幕，心裡卻自嘲道：得了吧，我可真矯情。

就在他把這些有的沒的扔出腦海，借著螢幕的光在筆記本上隨手記著實驗要點的時候，桌肚裡的書包縫隙忽然透出一抹亮。

盛望筆尖不停，左手伸進書包裡摸出手機。他滑了一下螢幕，拉下通知欄，發現微信有一條新通知，顯示江添給他發了一張圖片。

圖片？表情包？

他點開那個最近三天都很少用的聊天框，看見了江添發來的圖。

那是一張百度百科或是別的什麼百科的螢幕截圖，主要是一些文字說明，寫著水煮蛋可以消除黑眼圈，還詳細說了怎麼敷，要注意別燙傷之類。

盛望筆尖一滑，不小心拉到了本子邊沿。他總算知道早餐裡那個不合口味的水煮蛋是用來幹麼的了。

所以江添其實早就看到了，比高天揚早得多。

盛望抿著唇，在輸入框裡打上「謝謝」，又覺得太客氣了不像他一貫的作風，於是刪了改成「哦」，又有點過於敷衍。

最後他發了一句「我說呢，怎麼給我帶了白水煮蛋」，自認為隨意、自然，且不顯冷淡。
江添回了句：嗯。
講臺上，老何點開了最後一個影片，新色調的明暗光影從前面鋪散過來。盛望百無聊賴地抹了一下螢幕，正準備鎖定螢幕收起手機，聊天框裡突然又跳出一句話。
江添問：為什麼睡不著？
盛望眉尖一跳，手指停在螢幕鎖上。
有一瞬間，他近乎毫無依據地懷疑江添是不是覺察到了什麼，或者那天清早的江添是不是醒著。但他轉念又在理智中平靜下來，覺得不大可能。
他垂著眸子，靜靜看著江添發來的那句問話。片刻之後，扯了一個不算太瞎的理由回覆過去。
貼紙：沒，就是最近總做噩夢睡不大好而已
貼紙：不是真的失眠
他從盛明陽那兒學來的一招，說謊最好的辦法是半真半假摻著來，其實不大好，但偶爾用一下，可以避免尷尬。
江添沒有立刻回覆，也不知道信不信這個理由。
盛望等了一會兒，直到螢幕自己暗下去變成黑色，他才後知後覺地感到了渴和餓，他從桌肚裡摸出小紅罐，把罐面上那個生動的斜眼悄悄轉向身後江添的方向，然後翹著嘴角喝了兩口。
他喝第三口的時候，忽然感到有人從後面輕拍了一下他的肩。他僵了一瞬，又立刻自然地朝後桌靠過去，唇間還叼著牛奶的罐沿。他微微仰著頭，小口地喝著飲料，感官卻全部集中在腦後。
他能感覺到江添前傾了身體，在耳邊低聲問道：「那天晚上在梧桐外，你是不是被什麼東西嚇到了？」

「……………………」

「咳……」

盛望一口旺仔嗆在喉嚨口，差點咳得當場離世。

他哥可能不想他活了。

「盛望怎麼啦？」何進詢問道。

實驗影片恰好放完，坐在教室兩邊的同學把遮光簾嘩嘩捲了起來。盛望趴在桌上，邊咳邊高高舉起手搖了搖，示意自己沒事。

「真沒事？」

A班幾個老師裡面就屬何進最溫和，也最喜歡操心，可能跟她自己小孩不大有關。

盛望舉著的手豎了個拇指，表示自己很好。

「是喝水嗆著了？」何進又問。

「……」盛望有點崩潰，無奈他現在咳得脖子臉一片通紅，也回不出話來。於是他遲疑兩秒，舉起了旺仔牛奶。

何進說：「哎，你這不是自相殘殺麼。」

全班哄堂大笑。

盛望哐地把小紅罐放回桌上，心說，瑪德一群畜生，笑個屁！

何進開夠了玩笑開始講專題，一些昏昏欲睡的同學也徹底笑清醒了，開始記筆記。

盛大少爺犧牲小我，拯救大我，就是面子實在過不去。他已經不咳了，但臉上嗆出來的血色還沒退下去，索性趴著沒起來，一手藏在桌肚底下發微信。

貼紙：你買的玩意兒你好意思跟著笑？

江添：沒笑

貼紙：騙鬼，我聽見了

江添：……

江添：那你聽力夠好的

盛望回覆的動作頓了一下。他忽然反應過來，江添真的只是很低地笑了一聲，夾雜在高天揚那幫大嗓門裡幾近於無，但他就是聽見了。

其他人的都沒入耳，他就聽見江添那聲笑了，好像他格外在意似的。

盛望撇了撇嘴，先回了對方一個「呵」。片刻後，他臉上玩笑的表情慢慢褪淡下去。又此地無銀地發了個賤賤的攤手表情包，說：誰讓你離我最近。

不管怎麼說，幾句話的工夫，他還是把關於那天梧桐外的話題扯開了，江添難得一次被他帶偏方向，此後似乎也再沒想起來。

他不知道江添清不清楚趙曦和林北庭之間的真實關係……從那天聚會的反應來看，應該是不清楚的。

無論怎樣，那畢竟是趙曦和林北庭的私事，梧桐外深巷裡的那一幕更是近乎於私密，盛望即便再意外、再震驚、受影響再多，也不會把他無意間撞到的事說出去。

它發生於無人經過的地方，就是一個不為人知的故事，只有主角有權決定它該不該被流傳。

盛望不是一個好管閒事的人，也不喜歡以無關對錯的個人私事，判定某個人適不適合結交或親近，他還是覺得趙曦、林北庭很酷，但他最近確實有點躲著這倆——世界觀被衝擊一次，他就接連做了這麼多天奇奇怪怪的夢，要是再來個二次衝擊，他還睡不睡了。

但這世上有一句話叫「怕什麼來什麼」，還有一個現象叫「視網膜效應」，以前並不常見的人，這幾天似乎無處不在。

盛望去喜樂買水，就聽見趙老闆跟啞巴邊比劃邊說：「我手機落床頭櫃上了，趙曦一會兒給我送過來。」

他去丁老頭那裡吃飯，結果在西門外的街角，碰到趙曦、林北庭跟朋友說話。

他晚自習被菁姐叫去辦公室幫忙改考卷，趙曦和林北庭就在一桌之外的地方，跟何進討論競賽課的進度。

就連體育活動課結束之後去器材室歸還籃球，都能在三號路上，碰到那兩位跟徐大嘴並肩而行，好像是一起去參加某個飯局。

如果只是他一個人在場也就算了，偏偏十次裡面九次都有江添在旁邊，他們又必然要停下來跟那兩人打個招呼聊幾句天。

不僅如此，盛望還頻頻聽到有人說，他和江添跟那倆很像。

明明以前也沒這麼多人有這種「高見」。

如果是高天揚、宋思銳之流，盛望找個藉口就能一頓毒打。偏偏還有何進、楊菁他們那些老師摻和在其中，盛望總不能連他們一起打。

這話說得最多的，還是政教處徐大嘴。

盛望和江添一直不大守規矩，大嘴之前深受其害。所以他不止一次當面對趙曦說：「這倆小子傲得很，我一看到他倆就想到你們了。我這頭啊，痛十幾年了。」

趙曦倒是一如既往，誰的玩笑都敢開，「林子以前一中的，您別往自己身上攬功，人一中政教處主任都沒說什麼呢。還有，頭痛十幾年，最好還是去醫院看看。」

徐大嘴吹鬍子瞪眼，「一中政教處老潘跟我熟得很，怎麼沒說什麼了？他十幾年前就給我說了，『下回林北庭去你們附中搞事情，你務必替我把他抓起來好好訓一頓』。我抓不住啊，我有什麼辦法想。」

趙曦拱了一下林北庭。

林北庭解釋說：「年紀小，精力旺盛，跑步速度快得有點出乎意料。」

趙曦差點笑死，徐大嘴張口結舌懟不動他，只好轉頭來懟盛望、江添：「看見沒？你倆現在儼然就是這兩個混子當初的翻版。」

還儼然。盛望心說，您可真會拉對比。

他在大嘴說「翻版」的時候瞄向江添，對方似乎覺察到了目光，也朝這邊看了一眼。

江添嘴唇動了一下，但最終並沒有吭聲，任大嘴叨逼叨逼訓了半天，最後回了一句：「知道了，老師，我們下次跑慢點。」

徐大嘴瞪著眼，簡直想抽死他，盛望眼疾手快拽著江添扭頭就跑。

由此，他確認了一件事——江添應該真的不知道趙曦和林北庭究竟什麼關係。

〔Chapter 6〕

可是不行啊，你是我哥

期中考試是大考，市內幾所老牌重點都喜歡在這種大考上模擬練兵，這次除了試卷和批改同步之外，還打算模擬一下隨機分配考場，想讓學生提前適應一下不在本校考的感覺。附中手氣奇爛，抽到了最遠的南高，而明理樓也要提供給金湖的學生考試。考試前一天，附中停了晚自習，用來布置考場。

下午課一上完，走讀生們就興高采烈地跑了。盛望和江添去丁老頭那裡吃了晚飯，本打算回宿舍洗澡休息，結果在三號路上碰到管理處的老師，又把江添叫走了。

雖然有期中考試在頭頂壓著，但不用上晚自習這件事，足以讓一部分學生陷入狂歡。宿舍樓很吵鬧，走廊聊天的、追打的、拎著熱水壺結伴往來的、躲在旮旯處偷偷抽菸的，什麼樣的人都有。

盛望路過605的時候就聞到了廁所小窗散出來的菸味，他瞇著眼悶咳了一聲，快步走到自己宿舍門口。令他意外的是，他們宿舍居然非常安靜，也沒看到燈光。

快八點了，還沒人回來？盛望納悶地開了門，卻見史雨抱著一臺筆記型電腦，臉上映著螢幕幽幽的光。

「你幹麼？」盛望把宿舍門關上，伸手就要去開燈。

史雨連忙道：「別開，等下開，你急著用麼？」

「也不是很急。」盛望說。

走廊有廊燈，透過門頂上的窗玻璃照進來，宿舍也不至於一片漆黑。他借著光把書包扔在桌上，問道：「斌子呢？」

「他嫌宿舍樓太鬧，去階梯教室複習了。」史雨說。

盛望心說，也對，真急著複習的，肯定自覺去階梯教室了，留在宿舍樓裡的都是今晚不打算跟書死磕的，怪不得吵成這樣。

他電腦螢幕明明暗暗，就是沒有聲音。盛望湊過去，看到了螢幕上倒吊著用頭著地的女鬼，慘白著一張五官模糊的臉，從走廊那頭飄過來。

「恐怖片啊？」盛望伸手在鍵盤上敲了一下，問說：「你怎麼沒開聲音，這部我好像看過，要劇透麼？」

「我操，別……」史雨還沒來得及阻止，聲音就被盛望打開了。

女鬼頭在地上一點一點的聲音像黃昏球場上獨自滾跳的籃球，還帶著重重疊疊的回音。那張臉瞬間就到了螢幕面前。史雨脫口一聲嚎叫，立刻捂住了眼睛。

盛望對女鬼無動於衷，倒是被他嚇了一跳，「你幹麼？」

「快，把聲音關了，快……」

「行行行。」盛望哭笑不得地按了靜音，說：「關了、關了，要開燈麼？」

「不用！」史雨試探著鬆開五指，長舒一口氣說：「別開燈，我練膽子呢。」

盛望：「……那真是看不出來。」

「我這是循序漸進。」

史雨皮膚太黑，沒開燈的情況下也看不出臉色難不難看，反正聲音非常虛弱。

「那你漸吧。」盛望摸了校卡說：「我去洗澡了。」

「欸，盛哥！」史雨又叫了一聲。

盛望說：「放心，我不開燈。」

「不是，我不是這個意思。」史雨難得狗腿地拽住他，說：「你等下，你真不怕？你剛看完那個女鬼回眸一笑，還敢不開燈洗澡？」

「為什麼不敢？」盛望說。

史雨心說，不對啊，你膽子這麼大，上次宿舍進賊，還跟添哥擠一張床？難不成膽小的是添哥？他胡思亂想了幾秒，又搖了搖頭，直奔主題：「你不怕的話，要不乾脆陪我再看幾分鐘唄，馬上就快結束了。」

盛望反正也沒什麼事，便點頭道：「行，那看吧。」

有他在的情況下，史雨把聲音勉強開了兩格，一臉煎熬地看完了最後十五分鐘。他幾乎全程攥著盛望的手臂，手心全是汗。

盛望不大喜歡這種汗津津的觸感，借著伸手拿飲料瓶，把胳膊抽了出來。

史雨在褲子上搓了搓手，也沒繼續來抓。

他靠著床槓緩了幾秒，覺得這片子後勁有點大，越想越嚇人。

「不行，我還是看點別的覆蓋一下那個印象。」史雨胡亂點著資料夾。

盛望在旁邊開玩笑：「看你這受驚程度，沒點衝擊力強的東西都覆蓋不了，認命吧。」

「衝擊力強的、衝擊力強的……」史雨咕噥著，突然壞笑一聲，「要這麼說，我還真有。」

盛望疑問地看向他。

史雨說：「來，盛哥，看在你陪我看恐怖片的份上，給你看個好東西。這是前幾天大錢他們搞到發給我的。」

盛望對B班的人並不全熟，他正琢磨著大錢是哪個的時候，史雨已經找到了那個「好東西」，神神祕祕點了播放。

影片直接定位在上次觀看的位置。

盛望一抬眼，就看見兩個人影在晦暗搖晃的燈光下糾纏接吻，一個長褲半褪到胯，另一個膝蓋跪在那人微張的腿之間。

我……草。盛望愣了兩秒，活像被野蜂螫了眼一般移開目光，好不容易忘記的夢境捲土重來。走廊外似乎有腳步聲，他其實根本沒聽清，手已經在大腦之前有了動作，直接把史雨的筆電啪地合上了。

「操，幹麼啊？」史雨被他閃電般的手速驚呆了，反應過來後，又覺得他有點莫名其妙。不看就不看唄，自己走開不就行了，合電腦幹什麼。再說了，看一點又怎麼了，多正常，至於這麼矯情麼。

盛望已經從他床邊站起來了，他正想重開電腦抱怨兩句，就聽見宿舍鎖孔裡傳來一陣鑰匙響，下一秒，門被推開，江添高高的身影背映著光站在門口。

史雨開電腦的手默默收了回來，心說，我日，還好盛望反應快。同是室友，他就不敢在江添眼皮子底下看這種東西，可能因為對方太冷的緣故。

他心說，怪不得盛望急著關電腦呢，原來是知道江添要回來。但是他特麼是怎麼知道的？

開門進來的江添並不知道室友的胡思亂想，他只是習慣性開了大燈，就看見盛望站在長桌旁。

也許是燈光突然亮起晃了一下眼，那個瞬間裡，盛望臉和脖頸的皮膚明明很白，卻又給人一種透著血氣的錯覺。他嘴唇微張，看向門口的表情透著輕微的驚愕。

江添進門的腳步頓了一下，隔著幾步之遙的距離對上了他的視線。

幾秒後，盛望忽地瞥開了眼。他喉結部位很輕地滑動了一下，接著他伸手撈了之前搭在床欄上的乾淨衣服說：「我去洗澡。」

衛生間的門鎖咔噠一聲響，很快，沙沙的衣物聲和水流聲便傳了出來。

江添看著那扇茶白色的窄門，淡色的熱汽從下方的百葉扇裡透散出來，門前地面多了一片潮濕的痕跡。

他狹長的眼睛輕眨了一下，眸光從門邊收回來，問史雨：「他怎麼了？」

「什麼怎麼了？」史雨裝傻。江添難得這麼主動問話聊天，他受寵若……不對，他是真的很驚——有種幹壞事被抓現形的心虛感。

江添走進來，把書包擱在桌上。盛望的包就在他旁邊，拉鍊沒拉開，什麼東西都沒有拿出來，一副拎回來就沒動過的樣子。

他想起剛剛進宿舍時一片漆黑的情形，疑惑地看向史雨，「你們剛剛在幹麼？」

史雨正把筆電往枕頭下面塞，聞言手一抖差點把電腦掉地上。

他衝江添乾笑兩聲，避重就輕地說：「其實你回來之前，我們正在看恐怖片，我這類片子看得少，剛好盛望回來了，就拉著他跟我一起看，壯個膽。」

「拉他壯膽。」江添又朝那扇緊閉的窄門看了一眼，忍不住道：「然後兩個一起抖麼？」

「那當然不會了。」史雨用恐怖片掩蓋了「動作片」，說起來自然滔滔不絕：「盛望膽子是真的大，我特麼尿都要嚇出來了，他眼睛都不眨一下，還能幫我開關音樂和拖拉進度條，中途還一度打算去洗澡。」

江添愣了一下，表情終於露出一絲微愕。他聽著史雨劈裡啪啦倒豆子似的說了半天，最後確認似的問道：「你說盛望膽子大？」

「對啊。」史雨點頭道，「他說市面上的驚悚片、恐怖片他基本上都看過了，說小時候一個人在家就看這個壯膽，看多了就麻木了。」

他叭叭說了一堆，忽然想起來面前這位跟盛望是一家的，人家兄弟兩個，還用得著聽他這個外人介紹麼。於是史雨刹住了話頭，說：「噢，對，這些添哥你肯定都知道。」

然而江添不知道，盛望從來沒提過。

他忽然想起那個虛驚一場的深夜，樓下舍管和保全在議論著那個闖進宿舍的賊，話語聲切切嘈嘈，又慢慢歸於寂靜。他扶著床欄問盛望會不會害怕，對方清亮的眼睛裡蒙著睡意朦朧的霧，然後讓出位置拍了拍床鋪。

江添心裡被什麼東西輕輕撓了一下。

史雨在那收電腦、拉床簾、掏手機，忙忙碌碌。他在桌邊站了許久，忽然覺得有點渴，便從書包裡拎出水來喝。

盛望這個澡洗得有點久，出來的時候，連眼睛都像洗過一樣多了一層透亮的水光。他垂著眼抓了條毛巾擦頭髮，結果差點兒跟衣櫃邊的江添撞上。

兩人於近在咫尺的距離下愣了一瞬，又各自讓開半步。盛望眨掉眼睫上沾的水，擦著頭髮說：「你站這裡幹麼，嚇我一跳。」

如果面前的是高天揚或者別的誰，江添恐怕會忍不住說：「你不是膽子大麼，還有嚇到的時候？」但他卻並沒有提。他只是拿了衣櫃裡疊好的衣褲和毛巾說：「我洗澡。」

「哦。」盛望側身給他讓開路。

衛生間裡還有潮熱的水汽，沐浴乳的味道沒散，像上一個人留下的痕跡。男生之間糙得很，沒那麼多講究的東西，但盛望還是鬼使神差地開口說：「要不你等一下？裡面挺熱的。」

江添露出詢問的目光。

盛望頭頂搭著毛巾，半潮的頭髮凌亂地從額前落下來遮著眼。他擺了擺手說：「算了，沒什麼，你去吧。」

江添進了衛生間，史雨經過一番折騰終於老實下來，破天荒撈了一本書在看，也不知道有沒有看進去。

盛望拉開椅子坐在桌邊，弓著肩悶頭擦頭髮。片刻之後他抬起頭來，史雨已經放下書本玩起了手機，跟人聊微信聊得正開心，嘴角掛著抑制不住的笑，連別人的目光都沒覺察到。

他看了史雨一會兒，忽然想起那次在操場外被徐大嘴收手機，大嘴問他是不是早戀了。他當時很納悶，不明白大嘴為什麼會有這種奇怪的想法，現在……他大概知道了。

「跟誰聊天呢？笑成這樣。」盛望狀似不經意地問道。

「啊？」史雨抬了一下眼，臉上傻逼兮兮的笑終於收斂了一點，說：「還有誰，賀舒唄。」

果然。盛望擦頭髮的手一停，片刻之後摘下毛巾抓在手裡。史雨絲毫沒有發現他的異樣。

這個年紀的人談戀愛，一方面有點遮遮掩掩，一方面又想炫耀。他回完賀舒的微信，又漫無目的地翻了一會兒聊天記錄，終於忍不住對盛望說：「我發現啊，那些女生平時就算再凶，談起戀愛來都挺可愛的。」

盛望心不在焉地點了點頭，對於他提到的人可不可愛並沒有興趣。

史雨並不在意他聽得認不認真，反正點頭就夠了。他滔滔不絕地說了很多賀舒的事，什麼笑起來有酒窩啦，太陽照在頭髮上顏色很好看啦，雖然爭強好勝，但只要不鑽牛角尖就很可愛啦，並重點誇了她皮膚白、好看、腿長。

盛望垂著眼有點走神。前面那些他都左耳進右耳出，就最後那段聽得最清楚。

他聽著史雨的誇耀，腦子裡出現的卻是江添……

江添打完籃球總喜歡把微濕的額髮向後擼過去，然後拎起欄杆上的校服外套搭到肩上。他的手指很長，腿也很長，皮膚白得生冷冷的。

盛望眨了一下眼，把這些有的沒的推出腦海，然後沒頭沒腦地問了史雨一句：「你怎麼知道自己喜歡她？」

「啊？」史雨被問得一愣。

「皮膚白、好看、腿長的女生那麼多，你怎麼知道自己喜歡的是賀舒？」盛望說。

史雨從沒碰到過這種問法，一時間有點懵。他居然還認真思考了一下，試著回答道：「別的女生我也不怎麼看啊，那次運動會，我短跑和三級跳都拿了第一，我們班一群人跑來給我遞水、遞毛巾，女生那麼多，我就看見她了。從她手裡接水的時候我不小心抓到她了，就特別緊張，出了一手汗。而且我還……我還挺想親……」

「……算了、算了，這些都是狗屁。」他臉紅得跟猴屁股一樣，彷彿剛剛掏出小黃片的人不是他，「這種問題哪需要想，喜歡誰，不喜歡誰，肯定自己最清楚嘛。」

盛望手肘架在膝蓋上，垂著的指間鬆鬆地拎著毛巾。他聽完安靜片刻，「噢」了一聲便再沒說過話。他自顧自去陽臺把毛巾洗了晾上，然後爬上了上鋪。

「這麼早就睡啦？」史雨還有點意猶未盡，奈何聽眾已經跑了。

「明早考試啊，兄弟。」盛望隨口答了一句，然後捲著被子朝牆轉過身去。

又過了一會兒，衛生間的門響了一下，江添洗完澡出來了。

他聽見腳步聲在床邊停下，江添低聲問了一句：「睡了？」

史雨在對面回答道：「估計是睡了，說是明天考試，早睡早起。」

江添站了會兒，接著床很輕地動了一下，他應該坐在了床沿。又過片刻，邱文斌複習完回來了，他們壓低聲音說了幾句話，熄燈號便響了起來。

十一月上旬已是秋末，更深露重，夜裡寒意料峭，順著窗縫溜進來。半夜時分，天邊滾了幾聲悶雷，大雨毫無預兆地落了下來。雨珠傾斜著打進陽臺，啪啪地敲在窗玻璃上，一陣急一陣緩，嘈嘈切切。

盛望終於很輕地翻了身，平躺在床上。

樓下的路燈遠遠映照上來，在雨水滂沱的玻璃上形成一片模糊的光斑。他盯著那塊光斑看了一會兒，摸出枕頭邊的手機按亮螢幕——凌晨三點十四分。明早七點，附中安排了校車統一去南高考場，他還剩不到四個小時可以休息，但他毫無睡意。

他塞了耳機，打算找點舒緩的音樂來聽，卻發現微信有一條沒注意到的消息……

江添：真睡了？

盛望下意識驚了一下，探頭朝下鋪看過去，就見江添側躺著，一隻手依然習慣性地搭在脖頸上，手肘幾乎擋住了大半張側臉，眉眼陷於陰影中。可能是那幾道陰影給人產生錯覺，他睡著了似乎也皺著眉，好像並不大開心。

盛望趴著看了好一會兒，這才收回目光轉過來。

他仰躺在床上滑了一下聊天記錄，這才注意到那條消息的發送時間——晚上十一點二十，熄燈的時候，所有動靜都藏在了熄燈號裡，不會驚醒已經睡著的人。

盛望盯著那個時間，心想，或許這就是原因。

睡在下鋪的那個人看上去又冷又硬，卻比誰都要細心，而他碰巧敏感，總能發現這些細枝末梢的東西。一定是他孤單太久了，江添又離得太近了，所以才會這樣。他沒什麼經驗，只能找到這個理由。

史雨說得對，這種問題哪需要想，喜歡誰、不喜歡誰，自己心裡最清楚。他應該早就清楚了……他喜歡江添。

可是不行啊，你是我哥。盛望在心裡說。

盛望盯著手機螢幕發了很久的呆，終於點進江添的信息頁，把這個用了很長時間的名字改掉了。他退出來的時候，微信介面已經更新過了。那隻叫團長的貓還在介面的最頂端，趴在灰白院牆上，穿過幾年的時光，安靜地低頭看著他。

聊天的人頭像沒改，備註名卻已經變了，變成了「哥」。

語文老師招財曾經給班上那幫不會寫抒情文的大佬們提過建議，說你們要是實在憋不出個屁，就把抒情部分留到晚上做補充。她說人在深夜容易感性，白天就不會這樣。

盛望覺得這話很有道理。他站在校車停靠站上，被清早六點多的西北風一吹，頓時覺得昨晚害他輾轉難眠的那些，根本就不算個事。

盛明陽都知道，他兒子心大步子淺，不掉深坑、不沾泥。有麻煩的事橫在路上，走開就行；有不舒服的東西扎在身上，扔掉就算。

就像許久之前那個市三好名額，既然拿得不開心，那就不要了。

他向來看得開。

徐大嘴不是說了麼，十六、七歲的人有點躁動很正常，他只是躁動萌發的方向有點歪而已。

他記得自己初中時候，常常半夜窩在客廳沙發上打遊戲，屋裡一盞燈都不開，只有手機或電視螢幕忽閃的光，到了初三體檢，視力已然掉到了零點六。他後來沒參加中考，直接保送高中，提前享受了一段假期時光，等到高一開學的時候，視力就已經恢復了——假性近視，糾正一下就好了。

現在也一樣，糾正一下就沒事。只要冷一冷，就沒事了。

深秋的雨不像夏天那樣急來急走，一下總是好幾天。

水珠裹挾在風裡，拍得到處都是，又凶又冷。

楊菁今早負責跟車，一來就指著人說：「這麼冷的天穿這麼點，凍給誰看呢某些住宿生。」

A班住宿生總共就倆，這跟指著鼻子訓也沒區別了。

她睨著江添和盛望，「學校昨晚是不是群發短信提醒了降溫？多穿一件毛衣要命呢是吧？」

江添說：「沒看短信。」

他日常說話像頂嘴，老師早習慣了。楊菁毫不客氣地拆穿他：「怎麼就沒看短信，我看你半天手機也沒離手，明明翻得挺勤的。」

高天揚在旁邊插話說：「報告菁姐，翻的是微信，現在不收驗證碼，誰還看短信啊。」

楊菁指著他說：「閉嘴。」

高天揚委委屈屈地閉了。

江添並沒有請他多話，這貨解釋完，他收起手機朝盛望瞥了一眼，結果就見盛望的校服外套又偷偷敞到了下半截，露出裡面薄薄的長袖T。怪不得楊菁要罵。

盛望正心不在焉呢，眼皮子底下突然晃過一抹白。他微愣抬頭，就見江添從口袋裡伸出一隻手來，隔著一步多的距離，越俎代庖地給他把校服拉鍊拉到了最頂頭。

校服的領子豎起來很高，足以圈住脖頸。江添手指彎不小心碰到了盛望下巴，抵得對方輕抬了一下頭。

他目光掃過盛望的臉，鬆開拉鍊垂下手說：「你要是熱，不如穿短袖，還省事。」

又來了，這個刻薄鬼。

盛望把擼到手肘的袖子也老老實實放下去，辯解道：「又不是我敞的。」

「那是我敞的？」江添說。

「拉鍊自己滑的，不信你問它。」

「……」刻薄鬼轉過頭去氣笑了，也可能是真笑了。

周圍女生隱隱有了動靜，小聲的竊笑混雜著私語，從這個回饋來看，江添笑起來應該很令人心動。盛望挑釁又得意地衝他抬了抬眉，然後垂了眼把下巴掩進衣領裡。

他把外套的袖子扯到手腕，背對著江添站到了風小的地方，習慣性地叼住了拉鍊頭。

又過片刻，他突然反應過來，叼著的拉鍊還是他哥剛碰過的。

……真是要了命了。盛望沉默幾秒，鬆開了牙。

校車很快到達。盛望不喜歡擠，排在隊伍最後上了車。

本以為座位留下不多，他跟江添自然會分開，沒想到高天揚這個二百五拍著他前面的座椅靠背說：「來！給你倆留了座。我是不是貼心小棉襖？」

盛望要是有打火機，能把小棉襖當場點了。

附中到南高車程近四十分鐘。盛望本來就沒睡好，又意圖「冷一冷」，於是上車就塞了耳機準備補眠。

校車並不很新，窗玻璃膠邊有點老化，密封性不好，總有風從縫隙裡滲進來。盛望閉眼靠了片刻，被那絲絲縷縷的風撩得有點冷。他把衣領往上拉了拉，下半張臉都埋進領口，換了個不容易受風的角度繼續睡起來。

又過了幾秒，他感覺江添換了個姿勢，衣物布料窸窣輕響了一聲，那縷惱人寒風忽然沒了蹤跡。盛望在睏倦中半抬起眼，看見江添正垂眸刷著手機，他右手架在車窗窄細的邊緣上，支著頭，手臂剛好掩住了漏風口。

盛望心尖突地一跳，又漸漸慢下來。

車上大半同學都睡了，還有一些在臨時抱佛腳。有隱隱的鼾聲、沙沙的翻書聲和極輕的背書聲，但都不如車外的雨聲大。

他沉默地看了江添一會兒，忽然覺得招財的話也不全對，白天並不都是理性的。

「哥。」他低低叫了一聲。

江添手指滑了個空，意外地轉頭看向他。

「就是跟你說一聲，快到的時候叫我一下。」盛望說完打了個哈欠，睏懨懨地歪斜下去。

江添這才從那聲稱呼裡回過神來，他盯著盛望的臉色皺起眉，「你是不是病了？」

「不是。」盛望拖著調子欲言又止。

他掏出手機，在微信聊天框裡給江添打字道：

司機大爺風格有點野，我暈車。

江添目光停駐在那個備註名上，上次看到還是他的大名，不知什麼時候突然變成了「哥」。

他有一瞬間的怔愣，等他再回過神，盛望已經收起手機重新睡下了。

那雙清亮的眼睛一旦閉上，嘴角或飛揚或狡黠的笑意褪下去，抿成一條平淡的直線，那股沒精打采的感覺便瞬間重了起來。

他有點蔫蔫的，似乎很不舒服，也不大開心。

期中考試持續兩天，這次英語、數學、物理考卷都難。走廊裡怨聲載道，哀鴻遍野，考完一門就壯烈一批，等到全部考完，人基本就涼了。

校車司機們把學生往附中載的時候，都感覺自己在守靈。

對盛望來說，考卷難其實沒什麼影響，睡眠不足也沒什麼影響，喜不喜歡誰就更沒什麼影響。他不會因為躁動躁歪了，就突然變笨做不出題了。

能左右成績好壞的，只有他自己——不是看他能不能，而是看他想不想。

從校車上下來時，A班有一半人忙著對答案，另一半人忙著對喊：「我這門考砸了，你呢？」

「我那門考得賊差，你呢？」

「我××題差點沒來得及做完，你呢？」

盛望以前常說「我還行」，這次統統變成了「不怎麼樣」。

初聽這回答時，高天揚、宋思銳等人著實愣了一下，但也僅僅如此而已，並沒有任何人把這話當真。直到幾大學校交叉閱完卷，眾人才明白這話的意思。

那天是個週三。

江添清早五點左右忽然驚醒了一回，睜眼才發現，陽臺門不知何時被風吹開了，一隻鳥撲棱著濕漉漉的翅膀斜撞進來，滾出一片泥濕又撞倒一只水杯後倉皇飛走。

泥濕在江添剛晾的衣服上，水杯也是他的，打翻的水泡了離它最近的一本書——江添的化學競賽題庫。

他把桌上那一片狼藉收拾了，又把髒衣服摘下來重搓一遍，便徹底沒了睡意。他把盛望垂掛下來的手塞回被窩裡，又在床邊站著看了好一會兒，這才坐下來。

他莫名覺得這一天自己不會太順。

老何踩著七點的鈴聲準時進教室，手裡抱著幾摞物理卷以及一張完整的成績單。喧鬧頃刻歸於寂靜，一個班的人都老實下來，翹首盯著那張被風吹起一角的表格。

老何臉色不大好。不過每次大考她幾乎都會這樣，大家見怪不怪了。

「我們班這次總體發揮正常，物理平均分在四大學校中位居第一，數學第一、化學第二、語文第三、英語第四。楊菁老師不大開心，一會兒你們做好被罵的心理準備。」

全班大氣不敢喘，想到楊菁就沒人敢動。

「這次有值得表揚的地方。」何進掃視全班，先把視線落在了江添的方向，說：「咱們班第一依然是聯考四大校第一，在四百八十的總分裡甩了第二名二十一分。」

這比上次聯考分差還大，刷新了記錄。A班沸騰了一會兒，高天揚一邊鼓掌一邊轉頭跟盛望說：「他不是人，是吧！我添哥根本不是人！」

盛望笑著在那邊附和：「就是，變態！」

江添心情終於短暫地好了一下，手指間捏的筆重重敲了一下盛望肩膀。

「嘶，太橫了吧。」盛望捂著肩膀在那裝痛，「事實也不讓說？」

何進敲了敲講臺，班上很快又靜下來。她說：「另一個要表揚的是，這次進入前列的同學比以前要多。以前一般會有十人左右在四十五名開外，這次咱們班只有五個。」

眾人下意識要起鬨歡呼，剛開了個頭，忽然想起來這五個人都是要換班的，又生生卡住了殼。

「一會兒我讓各組組長把單人分數條發下去。」何進停頓片刻，接著道：「沒拿到的同學，大課間去一下辦公室，我們聊聊。」

這話一說大家就明白了，沒拿到的十有八九是四十五名開外的。

各組組長在教室裡穿梭，沒兩分鐘，所有分數條就都發完了。高天揚拿到紙條的時候差點喜極而泣。

他運氣太好，兩門短板科目這次很難，除了頂頭那些大佬，大家分差都不大，救了他一命，於是總分不高不低，就踩在年級四十五名上。

他狠狠親了兩口分數，彈著紙條轉頭找盛望分享喜悅，卻在下一秒僵了臉色，因為他發現，盛望桌上沒有分數條。

嘈雜人聲終於在某個瞬間消失殆盡，眾人四下一掃就知道了這次「走班」結果。那五名要出去的同學分別是：張鑫、周思甜、趙蕊、王澤琳……還有盛望。

那一瞬間，教室一片死寂。

盛望偏了一下頭，餘光看見他哥手指間的筆再沒轉起來，啪地一聲，重重彈落在考卷上。

他輕眨了一下眼，心想，自己還真應了那句話，瘋起來跟趙曦一模一樣。不過他不是狂，只是把自己流放出去冷靜一下。

這會有點難受，但很快就會好的。

整節物理課，A班都籠罩在一股低氣壓下。當然，不僅僅是因為盛望一個人的緣故，但他確實是最主要的因素。

何進以前上課會講幾個不那麼幽默的笑話，今天卻從頭嚴肅到尾。她在講臺上解構思路，學生在下面沙沙地記。

盛望沒記幾句，因為他的手機螢幕總在亮，新消息不斷。

高天揚和宋思銳兩個話癆發得最為頻繁，盛望兩邊聊天框來回切，最後實在顧不上，乾脆給他倆拉了個群。

樸實無華高天揚：不行！我踏馬還是不能接受！

樸實無華高天揚：為啥啊……

大宋：我也好難接受

大宋：不應該啊

大宋：老高就進了

他這話其實是在故意撩架，要放在平時，高天揚能跟他對掐半小時，說不定氣氛也就活躍開了，但今天高天揚卻把這話認下來了。

樸實無華高天揚：對啊，我都進了

盛望悶頭打字，把解釋過的話又拎出來：我之前就說了，考得不怎麼樣。

樸實無華高天揚：那不是謙虛嗎！

樸實無華高天揚：考完出來你問十個人，十個人都會說考得不怎麼樣，這不就是個場面話嗎？

貼紙：我就從來不說場面話

樸實無華高天揚：……

大宋：……

大宋：好像真的欸

樸實無華高天揚：真你霸霸

盛望確實從來不說場面話，他說「一般」，就是發揮不那麼滿意，他說「可以」，就是考得還不錯，他說「挺好的」，那就真的很好。

這已經是謙虛收斂過的了，他對著江添還要更囂張些。

有次窩在隔壁臥室整理筆記，他甚至牛皮哄哄地放話說：「等著啊，一學期內，我就能摸到老虎屁股。」

江添當時愣了一下，問他什麼意思。

盛望說：「第一名山大王特指老虎，第二名離得最近可以摸一下的意思。」

老虎可能從沒碰到過如此膽大包天之人，愣是反應了兩秒才消化了這個玩笑。他先是一言難盡地看了盛望一會兒，然後連人帶書把他轟出臥室，說：「做夢比較快。」

高天揚和宋思銳還在說話。盛望手指懸在鍵盤上發了一會兒呆。那些對話也就是一兩個月之前的事，現在想來居然有些恍惚。

他的「書房」很久沒進人了，他們住的地方已經換了。

那種肆無忌憚的玩笑，他也不會再開了。

因為心虛。

走個班而已，又不是什麼生離死別，只是從樓上換到樓下。高天揚和宋思銳相聲演員出身，被盛望打幾個岔再開倆玩笑，氣氛很快又活潑起來。

大宋：下次走班是期末，到時候盛哥妥妥殺回來

樸實無華高天揚：必須的！

貼紙：老高我建議你抓緊時間

樸實無華高天揚：我為什麼抓緊時間？

貼紙：你要還踩在四十五名，下次我進去了，哭的就是你了

樸實無華高天揚：？

這二百五可能剛反應過來，接連刷了一排懵逼的表情包，然後默默收起手機記筆記去了。這場安慰便以反殺和勸學告終。

盛望從小群退出來，看到二十多條未回信息，來自班裡各種人。有的跟他說沒關係，A班進進出出的人很多。有的說以他的進步速度，下次再進來就是釘子戶了。還有的不大會安慰人，只發了幾個表情。

這還只是一部分。

他一一回完微信再抬頭，發現桌面上多了幾個折成小塊的便利貼，還是那些安慰的話，內容差異不大，字跡各不相同。盛望甚至不知道都是誰扔過來的，但不妨礙他有點感動。

這種十來歲時候特有的又傻又簡單的朋友。

他還看到小辣椒揉了一團淺粉色的便條紙，趁著何進轉身，頭也不回地朝後面扔過來，結果扔到了高天揚桌上，而高天揚那個二百五沒反應過來，跟她一陣手語比劃，雞同鴨講地居然用紙條聊上了。

盛望看樂了。他低頭悶笑了兩聲，又慢慢收了笑意。他忽然想到，江添看他會不會像他看小辣

椒一樣，心知肚明地保持距離，既不會讓人尷尬，也不會給人錯覺？

但這顯然是不可能的。

一般人不會跟他歪到一個頻率上，自然沒機會心知肚明，而江添跟他又是一家人，也不可能像普通同學一樣保持距離。

他只是想把走歪的路糾正回來，並不打算跟江添絕交。

盛望自嘲一笑，心說真踏馬愁死人了。

更愁人的是，A班大多數人的信息他都收到了，唯獨一個人遲遲沒有動靜。他看著微信置頂的聊天框，有一點點慌。

這節物理課過得出乎意料地快，彷彿只是兩個眨眼間，下課鈴就響了。盛望被突如其來的鈴聲驚回神，他在何進走下講臺的時候朝後桌看了一眼，剛好對上了江添的目光。

不知為什麼，盛望當場就想跑。然後他就真的跑了。

你慫不慫啊？盛望在心裡啐道。他追著何進的身影進了辦公室，提前把自己送上門來找罵。果不其然，他這一聲「報告」猶如羊入虎口，五位老師瞬間圍了過來。

「來得剛好，我正要找你呢！」

語文老師招財抽了一張考卷出來，抖到盛望面前說：「你這兩篇閱讀做的什麼啊？我說過很多次吧，閱讀理解、詩詞鑑賞都要看分、看分、看分！八分的題，答案十有八九是四個要點。六分的題就是三個，少了肯定不對。保險起見，你謅滿八個小點或者六個小點也行，反正多了不扣分，這套路你應該很熟了，怎麼這次就翻船了？」

「還有默寫，跟你們說多少次了，背書的時候不要只動嘴，拿筆寫一寫，一個錯字毀所有，背得再溜也白費。」

招財剛說完，楊菁也把考卷拍在了他面前，指著她標記出來的選擇題說：「你是昏了頭還是那兩天穿太少凍懵了？這種低級錯誤也犯？」

再喜歡的學生，菁姐罵起來都不會客氣，甚至越喜歡就越凶。

招財見盛望老老實實低頭任罵，又有點不忍心，開口替他說了句軟話：「英語就算了吧，人好歹第一呢。」

「第一了不起啊？」楊菁說：「我沒見過第一，還是他沒見過第一啊？」

招財：「……」

「你別給我裝乖！」楊菁咚咚敲著桌子，盛氣凌人地說：「你自己說，這幾題是不是只要多看一眼就不會錯！」

盛望「嗯」了一聲。

「嗯個屁！」楊菁說：「我想想就胃痛。」

老吳他們也在旁邊翻考卷，表情倒是很溫和，不像楊菁恨不得戳著盛望的額頭罵，但他們心情也差不多……

你要說盛望亂寫吧，其實也不是，大多數題目都答得挺好的，只有一小部分不在水平線上，分數也不至於難看，算是波動範圍內。

單把一門拎出來看，盛望的成績都不算差，每個錯誤都可以說是小失誤，但五門的失誤加一起，就很可惜了。

他們想來想去，也只能說很可惜。

「這幾題要是沒錯，你英語總分起碼再多五分！五分什麼概念？」楊菁說：「五分加上，你就不用搬教室了，你知道嗎？」

「對不起。」盛望說。

他當然知道這幾題不錯，他就不用搬教室了，就是知道他才錯的。他並不後悔，只要是他自己做出來的，再瘋的事他都很少後悔。

但他確實很歉疚，非常、非常歉疚。

「好了、好了，得虧只是一次期中考試，後面還有機會。」何進帶過許多屆學生，每一屆都不乏出色優秀的，但每個都有不同的辦法讓她操心。

少年期本來就是衝動和意外的綜合體，最為吸引人，也最能氣人。作為班主任，她已經習慣了。比起任課老師，何進關注的東西要多一些，她更像是另一種意義上的家長。

她拉開一張椅子，對盛望說：「罵也罵過了，坐吧。」

「你之前扭到腳了，有幾次小考試沒有參加。」何進手裡有一疊夾得整整齊齊的表格，上面用紅筆標注著每個學生的進步、退步以及要注意的點，盛望那欄寫得格外多。

「你這次年級排名是四十九，四校排名一百四十七，比起扭到腳之前的那次考試，其實是進步的，但這個進步花了一週還是一個月，是有區別的。」何進溫聲說：「老師這麼急不是覺得你不夠優秀，就是因為你足夠優秀，才希望你能發揮出該有的水準，至少不該是四十九或一百四十七。」

「我感覺你這次狀態不大好，是有什麼心事麼？」何進盯著他的眼睛。

盛望斂下目光，沉默片刻後又沉靜地回視她，乖巧地笑了一下說：「沒有心事，下次不會這樣了，老師。」

「行。」何進終於鬆下表情開了個玩笑：「之前政教處徐主任跟我說，你啊，就是占了長相的便宜，看著乖巧，好好學生，其實皮得很。我姑且信你一回啊，下次考試讓我看到你進到四十五以內，行嗎？」

「好。」盛望點頭。

「教室今天中午可能就得換了，下半學期有什麼問題，你可以問自己班上的老師，也可以上樓來問我們，不用顧忌什麼。我們一直都這麼說的，全年級任何一個學生都可以把我們當老師。還有，競賽輔導課，原則上你轉為自願了，但我私下跟你交個底，我希望你老老實實每節課都來聽，教室裡空地方有的是，不缺一個凳子。」

「好。」盛望說。

「要是讓我發現你哪次偷了懶沒來……」何進手指點著他，「哼」了一聲警告說：「你就等著面談吧。」

楊菁指了一圈，補充道：「看見沒，五位老師呢，車輪式無情派面談。」

盛望笑了。

這一番談完，課間十分鐘剛好被耗掉了。

盛望是跟著何進回到Ａ班的，進教室的時候，上課鈴準點響了。

他匆匆回到座位上，令人意外的是，他後桌的位置空著。

盛望忍了一會兒沒忍住，拍了拍高天揚的肩。

「啊？」高天揚疑問地轉過頭來。

盛望拇指朝身後指了指，「人呢？」

「你問添哥？去便利商店了。」高天揚說。

話音剛落，江添擰開了教室前門，眼也不抬地說了句：「報告。」

何進朝他座位一抬下巴，示意他趕緊坐下，眸光接連兩次掠過他的手，終於納悶地叫了他一聲：「江添。」

江添正巧經過盛望的桌邊，他腳步一頓，扭頭看向講臺。

何進問道：「你這個天買冰水喝？你不冷啊？」

「不冷。」江添轉回來的時候，目光從盛望臉上一掠過。

他拎著那個霧濛濛的瓶子，在後桌坐下。衣服輕輕擦過盛望的肩，帶起一縷冰涼的風。

盛望沒回頭。

他聽見後面傳來瓶蓋被擰開的聲音，明明是江添在喝，他卻好像也嚥了幾口似的。

深秋的冰水一定涼得驚心。

那之後的一整個上午，江添都沒有說話，只在最後一節課結束的時候，拎著傘站在盛望桌邊，用手指敲了一下他的桌子說：「去吃飯。」

三號路依然很長，兩人打著一把傘並肩而行，步子不算快，但沒有人說話。路過一處垃圾桶的時候，江添把喝空的瓶子扔了進去。

那個瓶子直到被扔都還淌著水珠，他的指尖骨節都是沒有血色的白，看著就很冰。

盛望忽然很想試一下溫度，但找不到任何理由。

這樣的場景讓他想到第一次去喜樂，江添也是這樣全程無話。那時候他覺得理所當然，現在只覺得真不習慣。

「哥。」盛望叫了他一聲。

盛明陽如果聽到這個字，大概會感動得心緒萬千。畢竟當初不論他怎麼哄騙，盛望都死活不開這個口。

其實他現在也叫不習慣，但他在努力。

他本性很懶，難得這麼努力，儘管這種努力並不令人開心。

江添臉側的骨骼動了一下，臉上沒什麼表情，片刻後才看向他。

「你是不是在生我的氣？」盛望問。

江添的目光在他臉上停了一會兒才收回去，「沒有。」

盛望點了點頭，又過了半晌才應聲道：「哦。」

他們轉過長巷拐角，一前一後跨過老院子的門檻，丁老頭舉著鍋鏟迎上來，「今天很快嘛，走路沒有磨磨唧唧的。」

「對。」盛望捧場道：「餓死我了。」

餓到胃抽著難受。

「剛好，我今天搞了個剁椒魚頭。」老頭得意洋洋地說：「據說食堂也做過這道菜，你們嘗嘗哪個好吃。」

老爺子今天心情不錯，不僅做了剁椒魚頭，還燉了烏雞湯，炒了三個小炒。紅綠剁椒和翠色的菜薹放得齊齊整整，啞巴叔也在，樂顛顛地拿碗拿筷。

「不是餓死了麼，多吃點。」丁老頭給他們盛了滿滿的飯，又舀了湯，美滋滋地等評價。

盛望誇了一通，誇得老頭心花怒放。

他轉而又問江添：「怎麼樣，比學校食堂的好吃吧？」

江添「嗯」了一聲。

「哦，你也覺得好吃的呀？」丁老頭睨著他說：「我以為我下毒了。」

江添終於抬頭看向他，面露疑問。

丁老頭指了指臉說：「好吃，你這麼苦大仇深的幹什麼？」

江添垂眸嚥下食物，過了兩秒才道：「笑著吃，你更要問我怎麼了。」

丁老頭居然覺得很有道理，他想了想那個畫面，打了個寒噤，「不說了、不說了，吃飯。」

盛望胃裡難受，其實也嘗不出什麼味道。但既然說了餓，還是吃得比平時多。

老頭和啞巴吃飯很快，囫圇兩口能下去半碗，不一會兒就先吃完了，去廚房洗上午沒弄完的菜。廳堂便只剩下兩個人。盛望越吃越慢，終於擱下筷子。

江添的湯勺碰在碗沿，發出噹啷一聲輕響，他忽然開口道：「胃痛？」

盛望怔了幾秒才反應過來他在主動說話，心情頓時好了一些，下意識地吶吶道：「沒有，就是吃飽了。」

江添沒吭聲，他悶頭又喝了兩口雞湯，終於忍不住道：「你在辦公室也是這麼騙老何的麼？」

盛望一僵，這次是真的愣在那裡了。

也許是怕自己語氣太冷，或者太過於咄咄逼人，江添一直沒有抬眼，只是沉默地等著回答，他手指間捏著白瓷勺，卻沒有再喝一口湯。但即便這樣，那些鋒利又尖銳的稜角依然會顯露出來。就像那瓶深秋的冰水，明明瓶身裹著一層溫和曚曨的霧氣，卻依然冷得扎手。

盛望動了一下，想換個坐姿，但胃裡的痛感讓他懶得去換。

「騙老何什麼？」他問。

江添：「故意考砸這件事。」

盛望胃裡抽了一下，針扎一樣的疼迅速蔓延開來，他微微弓了腰，半天沒說出話來。

這胃痛來得可真及時，他在心裡自嘲地想，估計看上去跟裝的一樣。他用力摁了兩下痛的地方，對江添說：「沒有故意，我為什麼要在大考上故意考砸，又沒有好處。」

全班都在安慰他，覺得他發揮失常，運氣太差。

所有老師都在訓他，覺得他狀態不好，麻痹大意。

只有江添知道他既沒有失常，也沒有大意，就是故意的。

他找不到理由，也找不到證據，但他就是知道。

江添嘴唇抿成一條直線，他蹙了一下眉心，似乎想說點什麼，又似乎不知道該說點什麼。

「我沒故意。」盛望目光微垂，聲音很低。

他臉上沒什麼血色，不知是沒休息好導致的，還是胃疼導致的。老房子光線不好，廳堂很暗，外面下著大雨，雨水順著傾斜的屋頂流淌下來，沿著瓦簷掛出一條水簾。

江添莫名想起盛望第一次醉酒，他悶悶不樂地坐在車裡，臉色也是這樣，偶爾會抬眼看向車窗外，明暗成片的燈光從他半垂的眼裡滑過去，有時極亮，有時只有很淺的一個星點。

他明明沒說什麼，卻總顯得有點孤單。

好像就是從那時候起，開始忍不住對他好一點的吧。然後不知不覺，就成了習慣。

江添從桌邊站起身，剛剛還在狡辯的人忽然拽住了他的手腕。

「幹麼？」盛望抬著頭問他。

「……」江添動了一下手指，說：「倒熱水。」

盛望「哦」了一聲，目光又垂下去，鬆開了手。

江添去廚房翻出玻璃杯洗了一下，倒了半杯開水，又兌了點老頭晾著的涼白開，然後回到廳堂，把杯子擱在盛望面前。

「什麼時候搬？」他問。

「嗯？」盛望沒反應過來。

他耐著性子又問了一遍：「什麼時候換教室？」

「中午。」盛望頓了一下又補充道：「午休結束之前吧。」

其實時間剩得不大多了，但他們誰也沒開口說要走。廳堂陷入長久的沉默裡，盛望端起杯子小口喝著微燙的水。

又過了很久，他忽然開口說：「這是真的沒考好，哪門都有很多失誤。」

騙鬼吧。江添心裡這麼說，嘴上卻道：「好。」

盛望又喝了幾口熱水，也許胃疼緩解了一些，臉色有所好轉。

江添安靜片刻，又點了一下頭，沉聲說：「好。」

明理樓的午休向來安靜，今天卻很吵鬧，站在樓下都能聽見上面挪動桌椅的聲音，乍一聽很是熱鬧，卻是有人歡喜有人愁。

盛望回到教室的時候，其他四個需要換教室的同學已經收拾好了書包，其中一個兩手空空，顯然已經往樓下跑過一趟了。

「盛哥，你們是在B班吧？」那人問道。

盛望點了點頭，他哭喪著臉說：「行吧，好歹就在樓下，只隔著個天花板。」

「你不在啊？」盛望問。

「我得去一班。」他說：「也不知道還能不能再殺回來。」

「想什麼呢，肯定能啊！」高天揚安慰道。

那男生倒是很清醒，頗有自知之明，幽怨地說：「每次有人出去，估計都是這麼安慰的吧，最後有幾個能回來？」

高天揚噎了一下，一巴掌拍在他後背說：「那你不能爭口氣啊！」

他又跟盛望對了一下拳，說：「盛哥，你也……不對，你也別太過爭氣了嚇到我們。」

高天揚說完，下意識朝江添瞄了一眼，他以為自己會被江添逼視，就像上次說「路過」一樣，沒想到這次江添沒抬眼。

他敏銳地覺察到了兩人之間某種微妙的變化，但憑他腔腸動物一般的腦迴路，並不能描述這種變化在哪裡。於是他選擇了閉嘴，安靜如雞。

盛望把一部分東西塞進書包，正準備抱起另一摞書，就見江添彎下腰，替他把那些抱上了，然後抬腳朝樓梯口走去。

排名這種東西畢竟是每個班關起門來說的，沒換教室之前，沒人知道別班什麼情況。

B班正清掃空桌等樓上的人下凡呢，沒想到第一個下凡的是江添，嚇得值日生抹布沒拿穩，差點抹另一個人臉上。

「什麼情況？」有人小聲議論：「搞什麼大新聞呢，江添要換班？」

「做你的夢吧。」另一個人嘲道：「肯定是幫人搬東西啊。」

「誰這麼大牌面？」

正說話呢，盛望挎著書包跟著進了教室門，眾人又傻了。

幾秒之後，有人小聲嘀咕了一句：「喏，牌面來了。」

空桌有幾張，江添問盛望：「坐哪裡？」

「這邊！」某一張空桌前突然伸出一隻黝黑的手，盛望朝那邊看去，就見史雨指著自己前面的座位說：「坐這裡吧。」

「也行。」盛望點了點頭。

江添說：「他比你高麼？」

史雨：「……就不要計較這種問題了吧，差不多啊，添哥。」

江添沒再多言，走過去把盛望的書放下來。

其他換教室的同學也陸陸續續來了，占據了剩餘幾張桌子，盛望把書包塞進桌肚，正準備把東西往外掏，就聽見江添說：「我上去了。」

他動作頓了一下，抬頭道：「行。」

他看著江添從教室後門走出去，很快消失在走廊裡。那一瞬間，他忽然想起當初在隔壁臥室看到行李箱的時候，還有某個課間，江添在教室後方對他說「以後總會要搬」的時候。

只不過，這次是他下的樓。

是你自己選擇走遠一點，自己要下樓來的，就不要假惺惺地捨不得了吧。盛望對自己說。

午休還有十幾分鐘結束，換進B班的人都已經安頓下來，教室慢慢恢復安靜。這裡組與組的排布不大一樣，陌生的間隙、陌生的面孔，周圍還飄散著陌生的清潔劑香味。但是沒關係，他轉過那麼多次學，換過那麼多間教室，這不過是其中一個。

他適應性很強，哪裡都能活，不用幾分鐘他就能習慣這裡，就像當初跨省轉進A班一樣。

胃疼還有點殘餘，盛望整理好東西便趴在了桌上。他打算趁著午休的尾巴閉目養神一會兒，卻一不小心睡著了。

就像有時候明明早已計劃好了，卻總會有些人、有些事落在計劃之外一樣。

〔Chapter 7〕

有了這個，能考回來麼？

A班在年級裡是令人豔羨又望而卻步的地方，於是有些同學雖然考進了前四十五名，卻遲遲不敢進教室。

B班、一班的人都換得差不多了，A班那幾張桌子還空著。

江添回到教室的時候，看到門邊站著幾個探頭探腦的人。

高天揚再次肩負起了交際花的重任，他主動衝外面的人招手說：「幹麼呢朋友們，站軍姿啊？桌子都給你們騰好了還不進來，要不，給你們表演個列隊歡迎？」

「不用、不用、不用。」那幾個同學滿臉通紅，拎著書包彆彆扭扭地進來了。

「你們挑著坐唄。」高天揚伸手指了幾個空桌，剛要指到盛望這張，就聽他添哥開了金口說：「等下。」

高天揚納悶地看著他。

江添回到教室並沒有坐下來，而是把桌肚裡的書包、筆袋、考卷掏了出來。他個子高，伸個手就把桌面上的幾本書丟到了前桌，然後拎著書包在盛望的位置上坐了下來。

高天揚沒見過這種操作，頂著滿頭問號看了半天，問道：「添哥你幹麼？」

「換位置，看不出來？」江添說。

「不是，看得出來。但是……」高天揚抓了抓頭頂的板寸短毛，說：「你幹麼突然換位置？」

江添把東西一一放進桌肚，聞言頭也不抬地說：「我本來就坐這裡，有問題？」

高天揚這才想起來，盛望來之前，江添確實就坐這裡。現在盛望換走了，他又拎著東西回到了這裡。

他忽然有點感慨，又很快回過神來說：「沒問題，換過來也好。免得我上課想竊竊私語，往後桌一靠，新同學根本不搭理我，那就很尷尬了。」

江添把東西放好，看了他一眼說：「我也不會搭理你。」

「我知道啊，你不但不搭理我，還會請我閉嘴把頭轉回去。」高天揚搖頭說：「這麼一比，還是盛哥給面子。」

江添抿著唇不說話了。他順手抽了一本書，挑出一枝原子筆來，沒再抬過頭。

高天揚長吁短嘆地回過頭去，跟宋思銳互損了兩句，也刷起了練習卷。

大半同學抓緊時間睡起了覺，班長悄悄關了兩盞大燈，教室裡光線暗下來。外面風雨橫斜，到處是滂沱水聲，屋內卻很安靜，跟過去的每一個午休一樣。

這幾道競賽題的題面很長，語句也很繞。江添看了好幾分鐘，一個字也沒看進去，這才意識到自己心不在焉。

他靠在椅背上，一手垂在身側，一手夾著筆擱在桌面，筆身轉了四五圈，他依然看不進任何題目，終於放棄地抬了眸。

靠在桌前的背影換成了高天揚，不再是那個熱了喜歡把校服脫到肩下，拎著T恤領口懶洋洋透風的人。也沒有人敢踩著桌槓慢慢悠悠地晃著椅子，時不時會輕磕到他的桌沿，然後又笑著轉過身來賣乖道歉。

他垂眸走了片刻神，忽然覺得兜兜轉轉一大圈，從起點又走到了起點，夾在中間的那個轉校生，似乎從未來過。

如果不回頭，不去看那幾個走班進來的新同學，他甚至有種錯覺，就好像他只是午休趴在桌上睡了一覺，做了一場短而輕忽的夢。

閉眼的時候還是盛夏，睜眼已經到了深秋。

書包裡手機螢幕忽然亮了一下，江添下意識掏出來點開微信，介面並沒有新消息。他愣了一會兒才反應過來，那是某個 APP 投遞的午間新聞。

他把下拉式功能表收上去，沉默地看著微信介面的最頂端，那張扁扁的旺仔貼紙安靜地躺在頭像框裡。

其實江添一直有改備註名的習慣，風格簡單而無趣，就是完整的人名或稱呼。頂端的這個，是他第一個例外。

他短暫地給對方改成過「盛望」，幾天後的某個深夜又鬼使神差地改了回來。

當時他說不清是出於什麼心理，現在反倒能說清一些了——他只是想看見對方的變化，換沒換頭像，或者開不開心。

他忽然想起好幾年前的一個中午，也是這樣連綿的陰雨天，那隻叫團長的貓趴在窩裡壽終正寢。在那之前牠其實有很多徵兆，不吃東西了，也不愛動了，他跑了很多家店，查了很多網站，試過很多方法，想讓牠再多留幾年。

丁老頭卻說：「老貓了，時間差不多，留不住了。」

最後果然沒留住。

……好像總是這樣。

小時候把江鷗的袖帶綁在手指上，睜眼卻從沒見到過人。後來把自己的名字和照片做成紙條，綁在外婆手腕上，老人家也依然記不住他。

再後來，給團長拍過很多照片和影片，那隻陪了他很長時間的貓，還是埋進了地下。

他始終不擅長挽留，也從沒留住過什麼。

這幾天盛望開始頻繁地叫他「哥」，但他並不高興，反而頻繁地想起這些陳年舊事來。他知道這個勾著他脖子對他說「我們一起住宿」的人在往遠處走，但他不知道怎麼留住對方。

這麼多年過去了，他還是學不會挽留，還是只會一些硬邦邦的、偏執的蠢辦法。從未有成效，但他依然想試一試。

B班學習氛圍不算特別濃，正如史雨所說，課上一半，同學都悶著頭。桌肚裡打PSP的、玩手遊的、聊QQ微信的，還有把手機橫向塞在帆布筆袋裡，露出螢幕看小說的，藉著長頭髮遮擋，塞著無線耳機看影片的。

老師和學生之間的關係，充分顯示了道高一尺魔高一丈。一方總有辦法查，一方也總有辦法玩。

A班幾個搬下來的同學不大適應，也可能本來就心情不好，一個兩個都繃著臉。盛望成了唯一的例外。

當初史雨跟盛望說這些的時候，帶有幾分吹噓顯擺的成分，但他忘了，盛望換過的地方太多，見過的班也太多了。

一個班有一個班的風氣，比B班更鬧的盛望都待過——當初升高中，他們那幫有資格參加保送考試的尖子被挑出來，湊了一個考前衝刺班，那才是真的不守規矩。

教室門一鎖，窗簾一拉，拼桌打撲克的、下棋的、頭湊頭開黑的，都是常事。

盛望當初帶了個折疊籃筐釘在教室後牆，男生們手癢起來，什麼玩意兒都能往裡投，還敢比賽。盛望打籃球投籃奇準，主要歸功於那兩個月。

更有甚者還帶了骰子，拿個馬克杯當骰盅，輸了的請全班吃宵夜。所謂全班，其實也就十八個人。盛望手氣不行，請過很多次。

那時候學校食堂的宵夜特供給值班老師，理論上學生買不了，怕耽誤熄燈睡覺，但他們屢屢成功。有兩回被人通風報信，值班老師帶著扣分簿來抓人，他們兵分三路，愣是在圍追堵截中甩了人，帶著吃的溜回宿舍舉杯相慶，然後週一「國旗下批鬥大會」喜相逢。

史雨見過的、沒見過的，盛望大概都幹過。徐大嘴有句話說得對，他也就是占了長相的便宜，看著乖巧老實而已。

他一度以為自己最喜歡那個班，因為肆無忌憚、因為熱鬧、因為可以避免回到無人且無聊的家。後來保送考試結束，那個臨時的班解散了，他才發現，自己所謂的喜歡不過如此……

假期第二天，那些瘋鬧出格的日子就變得模糊起來，一個月後，他連某些同學的名字都叫不順了，只記得幾個外號。

再然後，那段日子裡的人就都成了「他們」。因為回想起來，那都是些零碎的、並不需要為之努力的事情，乏善可陳。

B班下午的課被物理、數學占滿了。

老師在上面賣力地講著解題思路，下面只有寥寥幾人配合地抓著筆，盛望是其中之一。不過他並沒有在記筆記。

學委趁著課間，給他們幾個新同學補發了語文、英語老師留下的作業。他分了一隻耳朵給講臺上的人，筆下卻不緊不慢地刷著英語題。

翻頁的時候，他踩著桌槓輕輕搖了一下椅子，覺得樓下、樓上相差其實並不大。

老師語速稍微有點慢，思路分解得太細，難度挖得不如老何他們深，拓展部分略少一點，練習卷上重複的題有點多。但這些他都能自己調控，除此以外，好像也沒什麼缺點。

早就說過沒那麼難，看，這不就已經適應了麼。他在心裡這麼說。

窗外風雨不停，很長一段時間裡，水珠密集地打在窗玻璃上，節奏整齊得有些單調，像教室後牆掛著的鐘，不斷重複著同一種聲音，時間就在這種聲音裡安靜流逝。

天色晦暗不明，很難分辨是早是晚，老師的聲音令人昏昏欲睡。

盛望在刷題間隙中抬了一下眼，忽然就弄不清日子了。他抽出一張語文卷，花了一節半課寫到最後一篇閱讀，筆下的字跡開始斷斷續續。

他劃了幾下才發現，筆管裡的墨不知不覺見了底，只剩一層微黃的油封……語文考卷真是一如既往地耗墨。

他習慣性地擰開筆頭，椅子朝後一靠，頭也不回地在後桌敲了一下，然後攤手等著。

時間出現了幾秒鐘的空白，沒有人往他攤開的手心裡塞東西。他沒有等到新筆芯，只等到史雨納悶的問話：「幹麼？借尺還是借筆啊？」

盛望愣了一瞬，忽然尷尬不已。

雨聲好像從那一刻起變得更大了，吵得惱人。

他在一片嘈雜聲中轉過頭，想對疑惑的史雨說：「有多餘的筆芯麼？借我一根，明天還你。」但他還沒張口，就已經不想說了。

史雨依然滿頭霧水，盛望笑了一下：「沒事，我做題做懵了。」

「哦……」史雨愣愣地應道。

沒等再說什麼，盛望就已經轉回頭去了。

他看著手裡拆成兩半的原子筆，忽然沒了繼續刷題的興致。他在滂沱的雨聲中坐了很久，終於承認自己有點想當然了。

他高估了自己的適應力，也高估了忍耐力。不到半天，他就開始想念樓上那個位置了。

後半節課是怎麼過去的，盛望已經不記得了。他只記得自己在下課鈴聲中乍然回神，從書包裡掏出幾乎沒用過的傘，匆匆跑了一趟喜樂便利商店。

趙老闆很是詫異，叨叨咕咕地說：「哎呦，大下雨的跑來幹麼？你看看你那褲腳，濺了多少水。回頭洗起來，有你哭的。」

「不要緊，有代洗阿姨。」盛望直鑽進最裡面。

趙老闆納悶地伸頭去看，發現他拿了三盒筆芯，紅、黑、藍都有，除此以外，還拿了美工刀、尺、膠帶、2B 筆……

「好了、好了、好了，你幹麼？搞批發啊？」趙老闆匆匆從收銀臺後面走出來，像個擔心兒子亂花錢的家長，跟著盛望在貨架前來回。

盛望的目光還在架子上逡巡，「沒搞批發，都是要用的東西。」

趙老闆更不解了，「筆芯就算了，我曉得你們用得快。你那裡沒有尺、小刀、2B 筆啊？你以前不上課的啊？」

盛望認真地解釋說：「我有，但是經常東丟西丟的，轉頭就找不到了，還得借。」

趙老闆「嘖嘖」兩聲，說：「全世界的熊兒子都一樣，丟三落四不收拾。」他剛說完，發現盛望拿了三包便條紙，又忍不住訓道：「有一包就差不多了，你拿那麼多幹什麼？」

「貼著，提醒我別亂丟東西。」盛望說：「免得老是跟人借。」

他又拿了幾樣東西，懷裡都快抱不下了，這才低聲說：「不想跟人借了。」

三歲一個溝，趙老闆覺得自己跟盛望隔著一片太平洋。他不能理解現在的學生在想什麼東西，只知道再轉下去，上課要遲到了。況且盛望在貨架前轉悠的樣子有點茫然，好像他自己都不知道還要買點什麼。

趙老闆拍著他的背，把他推到收銀臺邊，說：「別挑了，重複的也給我放下來，什麼時候用完了再來拿。就這幾樣，我掃一下結帳。」

他找了個袋子把東西裝上，想想又在外面套了一層，免得被雨打濕。把袋子遞給盛望的時候，趙老闆忍不住說：「其實還有一節課就吃晚飯了，你完全可以那個時候來買嘛，反正也要去梧桐外吃飯的。這又不是什麼著急的東西。」

盛望說：「剛好筆芯沒水了，現在不買，下節課就沒得用了。」

趙老闆點了點頭，信了。

但盛望自己清楚，這都是藉口。他只是不想拖到晚飯時候來買，因為江添肯定會在旁邊，而他不想讓江添看到自己買這些東西的樣子——手忙腳亂、漫無目的。一定很傻逼。

盛望拎著袋子匆匆跑回明理樓，也許是預備鈴的響聲帶著催促，也許是陰雨天裡人容易糊塗，他的腿比腦子跑得快，等反應過來的時候，他已經站在頂樓了。

走廊上，老吳拿著保溫杯往A班走，半途叫住了從身邊經過的男生：「江添啊，把考卷拿了先去發掉。」

江添接過考卷大步走向教室，在路過樓梯的時候看到了愣在那裡的盛望。

他一隻手裡拿著雨傘，水珠淅瀝，地面洇濕了一大片。另一隻手裡拎著袋子，袋面上是喜樂便利商店的名字和附中校標，應該是剛買了東西，急著回班。

江添一看就知道他跑錯樓層了，臉上透著怔愣和尷尬，甚至有一絲莫名的狼狽。

江添瞥開眼飛快地蹙了一下眉，又轉回來對盛望說：「來找菁姐？」

盛望搖了一下頭，他漆黑的眼珠一眨不眨地看著江添。

又過了片刻，他才剛回神似的又搖了一下說：「沒有，我就是……」他頓了頓，終於無奈又自嘲地笑起來，說：「走錯了。」

江添掃過他嘴角扯出來的笑，沒接話。

明明是盛望故意考砸自顧自往遠處走，他看到那抹笑卻還是會不舒服，還是會有一點點心疼。

「太丟人了，你就當沒見過我啊，我下去了。」說完，盛望轉身朝樓下跑去。

轉過拐角的時候，盛望朝這邊抬了一下眼，然而老吳已經走過來了，納悶地問：「你怎麼還沒進教室？」

話音落下的時候，盛望已經消失在了走廊裡。

回到座位的時候，史雨被那一大袋東西嚇了一跳，「你幹麼？打算住在教室啦？」

盛望把那些東西一一放進桌肚，頭也不回地說：「我倒是想。」

「為什麼？你受什麼刺激了？」

「沒受刺激。」盛望拆了一枝新筆芯出來，給上一節課用空的原子筆替換上，「就是下雨太煩了，我太懶了。」

就是下雨天太煩了，他好不容易把某些苗頭摁下去，還沒顯出成效呢，就快功虧一簣了。

只是在樓上見了江添一眼而已。一會兒再吃個晚飯，晚上再回宿舍睡個覺……靠，那他還過不過了？

不知道老天爺是不是聽到了這句抱怨，梧桐外的那頓晚飯最後並沒有吃成，因為江添的爸爸季寰宇去了丁老頭家。

丁老頭有個老人機，字體大如銅鈴。據說當初江添想給他買正常智慧機，並且耐著性子保證要教到他會，但老頭死活不要，說自己老眼昏花，那些個智慧機的螢幕他一個字也看不見。

老頭是個熊人，威脅說要買了，他轉頭就倒賣出去。這事他真幹得出來，於是江添拗不過，只好買了個老頭專用。小孩看不上的東西，老頭卻很喜歡，到手之後再沒離過身。

江添彆扭，老頭就喜歡逗他，經常跟人顯擺說，小添給我買的云云，自然也給盛望顯擺過。當時江添就坐在旁邊吃飯，越吃臉越癱，最後直接給老頭碗裡塞了個大雞腿說：「吃飯別說話。」

老頭握著筷子就要去抽他，說他沒大沒小臭脾氣，盛望在旁邊笑死了。

老頭機上可以設置親情號碼，方便，也為了以防有急事。江添占了一號位，老頭說，這就夠了。後來江添跟喜樂打了聲招呼，把趙老闆的也加了進去。盛望來了之後稍微挪了一下，他占了二號，趙老闆改成了三號。

不過正常情況下，丁老頭還是只打給江添，所以盛望接到電話的時候有點意外。

老頭說：「季寰宇又過來煩我了，你把小添拉去別的地方吃飯，別讓他來。」

這話就很奇怪，盛望聽著有點納悶，「爺爺，你這意思是不讓告訴他季寰宇在？」

「廢話，不然我就直接打給他了。」老頭沒好氣地說。

丁老頭電話裡說謊總是格外明顯，他怕人問，語氣會刻意壓得很凶，三言兩語直接掛斷，不給人說話的機會。別說江添了，就連盛望都能分辨得清清楚楚。

盛望「哦」了一聲。

老頭又說：「我怕他聽到季寰宇的名字，心情又不好了。」

這倒是真的，盛望見識過江添變臉。當初江鷗也是提了一句，他的心情肉眼可見變得很糟。這其實有點奇怪，盛望一直沒想通。

他忍不住問道：「爺爺，江添為什麼那麼煩他啊？」

丁老頭一開始沒明白他的意思，理所當然地說：「季寰宇不是個東西啊，有他這個老子和沒他這個老子，有區別麼？煩他多正常的事。」

「不是，我知道。」盛望斟酌著說：「但是要說照顧得少，我聽爺爺你講的那些，其實……」

其實江鷗和季寰宇半斤八兩，都對小時候的江添疏於照顧。區別在於江鷗是迫於無奈，季寰宇是本性如此。

可江添的態度簡直天差地別。他對江鷗雖然不如普通母子那麼親暱，但至少是護著的，會在意也會心軟。對季寰宇卻極度排斥，甚至不想多看一眼，也不想多說一句話。

之前聽丁老頭講江添小時候的事，盛望懷疑過季寰宇是不是會打他，但後來又覺得不對，因為江添一點兒都不怕季寰宇。

父子倆出現在一起的時候，反而是季寰宇更小心一點。那種小心並非是明面上的，而是……他好像很怕哪句話會戳到江添的雷區。反倒是江添對他沒有怕，一絲一毫都沒有，只有厭煩。再說嚴重一點，就是厭惡。

丁老頭在電話那頭也說不清，畢竟那些年他也沒住進江添家裡，並不知道父子倆具體有過什麼樣的嫌隙。他跟盛望一樣，都是靠猜。

可是江添太難猜了……盛望心想。

「那他去您那兒幹麼？」盛望問。

丁老頭「嗤」了一聲，說：「還能幹麼，知道小添不嫌棄我這個老頭子，跟我比較親，來找我當說客唄。可能覺得我這年紀老糊塗了，好騙，他人模狗樣地裝一裝，我就覺得他是好東西了。也可能他覺得孝敬孝敬我，小添就沒那麼煩他了。」

盛望覺得挺可笑的，一個親爹，活到要通過孝順老鄰居才能拉近跟兒子的關係，也算是一種人才吧。

「他讓您當什麼說客？」

「和好的說客。」丁老頭嘆了口氣，「浪浪蕩蕩四十多歲的人了，突然想起來自己還有個兒子，想跟小添化解矛盾和好吧。」

「他之前不是在國外麼？」盛望說。

丁老頭：「對，我聽說，他那個同學還是朋友的生了場大病，不知道是癌症還是什麼。他估計想想也有點怕吧。人啊，到了這個年紀就是這樣，容易想東想西的，年輕時候這個無所謂、那個無所謂，現在開始後悔了。看到別人生病，就想到自己哪天也這樣，要是跟前連個親近的人都沒有，那也挺慘的。」

可是小時候的江添面前也沒有親近的人，盛望在心裡反駁道。

老頭咂了咂嘴，不滿地抱怨：「就是養個貓啊狗啊，還要相處相處培養一下感情，他倒好，這麼多年了，不知道小添多煩他啊？指望嬉皮笑臉哄兩下就沒事，做的哪門子夢。還想帶出國，呵……」老頭冷哼一聲，說：「我頭一個不答應！」

直到掛了電話，盛望腦子裡都迴響著那句「還想帶出國」，雖然知道江添根本不搭理季寰宇，但他還是有點在意。

這天晚飯是在食堂吃的。

感謝高天揚，這個瓜皮進食堂的時候步伐過於不羈，不小心踩到了食堂阿姨打了泡沫的清潔抹布，一屁股摔坐在地上，還滑行了好幾公尺。

跟在他後面的同學全部笑吐了，盛望原本還有點悶，這下也沒忍住，彎腰笑了半天，才發現自己習慣性搭著江添的肩，而江添也在笑。

高天揚坐在地上翻白眼，把手遞出去說：「笑你姥姥，來個人扶我一下不行嗎？好歹給你們壓抑的生活提供了一點短暫的快樂，真的一點都不懂事！」

宋思銳笑得東倒西歪，盛望過去搭了把手，眾人七手八腳地把他扶起來。

「哎，我褲子濕了沒？」高天揚扭頭去看背後。

「還行，尿得不多。」宋思銳說。

「我操，我把你褲子扒下來換了，你信不信？」高天揚怒道。

「不信，你穿不上。」

「我……」高天揚憋屈得不行，捂著腚，跟眾人一起坐下了。

他說：「盛哥，我知道你人好，我想吃八號窗口的糖醋排骨、咖喱牛腩和辣子雞，你能幫我弄到嗎？吃不到，我今天會痛死在這裡。」

「嗯？」盛望扭頭去看那條拐了兩個彎已然排到食堂大門口的長龍，難以置信地問：「我怎麼這麼喜歡你呢？」

高天揚衝他拋了個飛吻，說：「我這麼迷人。」剛說完，他手裡的校卡就被人抽走了。

江添兩根手指夾著他的卡，衝他晃了一下，平靜地問：「我買，想吃什麼再說一遍。」

高天揚：「……」他說：「我想吃三號窗口的小青菜、水蒸蛋和豬大排。」

江添說：「等著。」

眾人又笑吐了。

除了人氣最旺的八號窗口，其他窗口的人其實也不少。盛望和江添排在三號窗口的末尾，宋思銳他們也嘻嘻哈哈地跟上來了。

隊伍並不擁擠，但身後人的存在感依然很強。盛望捏著校卡一角無意識地搧著風，忽然聽見江添問：「你很熱麼？」

「……」真會聊天。

盛望動作一頓，把校卡塞進了口袋裡，某人的存在感就變得更強了。

「老師講課還行麼？」江添低低的聲音又響起來，很平靜，不像之前在梧桐外那樣鋒利割人。

「挺好的。」盛望回答。他說完又覺得這個答案有點乾巴巴的，補充道：「有點簡單，但還挺好的。」

過了好一會兒，他才聽見江添應了一聲：「嗯。」

一頓飯的時間其實很快，高天揚他們屬於狼吞虎嚥派，盛望就是再斯文，也不可能拖太久。

他們回到明理樓，在三樓的樓梯口分道揚鑣。

盛望踏進B班教室的時候，感覺心臟又慢慢沉下來，像結束燃燒的熱氣球。直到這時，他才意識到自己剛剛有多開心。

高興只有一小會兒，然後他要花整個晚自習甚至更長的時間，讓自己冷下來。

五分鐘換五小時，一小時換一整天，之後的每一天都是這個過程，循環往復。不知不覺，他吃飯的時間越來越短，晚自習後回宿舍的時間越來越晚。

全年級只有A班有特權，可以待在自己教室上自習，其他班級的學生都得歸攏去階梯教室。起初盛望拎著書包離開，教室裡還有大半人在收拾東西，第二天變成小半，再後來只有零星幾個，最後只剩他自己。

他回到宿舍的時候，往往離熄燈不遠了。說不了兩句話，整間宿舍就會在熄燈號中沉寂下來。他會閉著眼聽下鋪的動靜，輾轉翻幾個身，然後不知不覺睡過去。

儘管他一直對自己說，他不想跟江添冷戰或疏遠，只是短暫地自我掙扎一下。但這幾乎是一個註定的過程，儘管他不想承認，他跟江添還是不可避免地在往兩邊走。

附中這禮拜的週考因為市裡辦名師精品課而暫時取消，高二抽了幾個班在週六、週日錄課，其他班正常自習。

盛望照常抽了一堆題庫，從睜眼開始刷到入夜。他抱著新一本英語競賽教程進階梯教室的時候，史雨終於沒忍住，說：「我靠，這是第三本了吧？」

「什麼第三本？」盛望在最後面的角落坐下，一邊往外抽書一邊說。

「這禮拜我看你刷完了兩本這麼厚的競賽題庫，這是第三本了，你不累嗎？」

史雨光看著都頭疼。

盛望卻愣了一下，說：「有嗎？」

「你自己刷了多少題不知道的嗎？」

「沒太注意。」何止是沒太注意，他連題庫品質都不挑，只要有東西能把他空閒的時間填滿就行，越忙越好。

史雨嘴角抽了一下，衝他豎了一根拇指。

因為最近盛望簡直可怕，他坐在旁邊聊微信都有點不好意思，這幾天莫名其妙就跟著刷起題來。說來可怕，他都刷完半本了，簡直是前所未有地用功。

「要是週考不取消，我感覺我能往上小躥個幾名。」他半是得意半謙虛地說，可惜沒得到回音，盛望已經塞上耳機做起了題。

他看了一會熱鬧，覺得對方的狀態很奇怪——好像格外專注，又好像心不在焉。

晚自習的下課鈴準時響起，史雨和邱文斌都收好了書包，他們已經習慣了盛望的晚歸，跟他打了聲招呼便先回宿舍去了。

偌大的教室又慢慢變得空曠起來。

耳機裡剛好切到一首很老的英文歌，歌手沙啞的聲音低而溫和。盛望愣了一下，想起這首是從江添的播放清單裡扒來的。

也許是不巧，之前每次切到這首歌都是白天，周圍喧嘩吵鬧，顯得它過於沉悶安靜。直到這一刻，才發現它其實真的很好聽。

盛望坐了一會兒，悶頭寫了幾個單詞，終於還是又停下了筆。窗外忽然傳來人聲，兩個男生運著籃球，邊搶邊鬧的過去了，砰砰的拍打聲回蕩在走廊裡。某個經過的老師一聲怒喝，那兩人老老實實抱著球跑了，隔了老遠還能聽見笑。

盛望收回目光，忽然摘了耳機匆匆收起筆袋、書本。他也不知道自己怎麼了，只是在這一瞬間，他忽然很想回去。於是他把背包甩到肩上，大步跑向宿舍樓。

盛望跑到六樓是十點四十五，比前幾天早了不少。

他推開宿舍門的時候，迎上了室友驚訝的目光。

邱文斌疑惑地問：「怎麼了盛哥，幹麼跑這麼急？」

史雨說：「今天這麼早？」

盛望卻一個都沒回，他目光掃過那個下鋪、書桌，甚至洗臉臺和衛生間，都沒看到另一個人的身影。

他扶著門緩了一下呼吸，拎著書包放在桌上，狀似無意地問道：「江添呢？」

「沒回來啊。」邱文斌說：「他不是都要到十一點才回麼？」

盛望愣了一下。

邱文斌又反應過來說：「哦對，你之前比他還晚一兩分鐘，不知道也正常。」

那一刻，盛望很難描述自己是什麼心情。他懵了幾秒，感覺心臟被什麼東西很輕又很重地扎了一下。

不知從哪天起，他居然已經不知道江添的作息了。

「他……」因為奔跑的緣故，他嗓音有點乾啞。

頓了一下才道：「他怎麼也那麼晚，用功嗎？」

「不知道，好像在準備競賽？」邱文斌老老實實地說：「看他最近一直在抄什麼東西，好像是筆記和題。」

盛望點了點頭。他在桌邊站了一會兒，又覺得有點索然無味。轉了兩圈後，他拎著領子說：「我去陽臺透一下風，跑回來熱瘋了。」

「哦。」邱文斌說：「看著點時間啊盛哥，一會兒熄燈了。」

「知道。」

陽臺有個水池，可以洗大件的衣物被褥，也有宿舍拿來涮拖把、打水。

盛望拉上陽臺門，搧了搧風，然後在水池邊緣靠坐下來，撐著白瓷檯面垂下頭。跑得太累了，他想休息一下，他需要緩一口氣。

過了很久很久，他聽見宿舍裡響起模糊的說話聲。又過片刻，陽臺門咔噠一聲響，有人走了進來。

盛望垂著頭。他知道是誰，但他一時間提不起精神去笑，他有點難受。明明沒有來由。

江添沒問他怎麼了，也沒問他為什麼在這裡坐著。陽臺很安靜，他只是站在盛望面前，大概像以往一樣垂眸看著他。

許久過後，盛望抿了一下唇，換好表情，抬頭試圖開個玩笑：「我在這裡透風呢，你幹麼過來擋著？」說完卻見江添手裡拿著一個厚厚的皮面本子。

「我擋半天了。」

江添說著把那個厚厚的本子擱在他手邊，指尖在封皮上點了一下說：「給你的。」

「什麼啊？」盛望愣了一下。他拿起本子翻了兩頁，就有點翻不動了。

他見過這種東西，他扭了腳在家無聊發霉的時候，江添翻了不同的書，整理了一堆有意思的題給他。

那份東西就是這樣，標了書名、標了頁數和題號，寫清楚了題目特別在哪兒，為什麼適合挑出來看。但這次又有點不同，他面前這本裡的東西更細了。不用他去翻找，那些題目都被裁剪下來，一道一道平整地貼在本子裡，分門別類，旁邊也標注著特別之處和優點。後半本還有相應的答案解析，逐條對應。

江添說：「你說老師挖得不夠深，加上這些應該夠了。」

都是他一題一題挑出來的，數理化三門都有。他能學到什麼程度，盛望同樣可以，不知道能不能算一個簡陋的禮物。

他不會從別人那邊拿什麼東西，他只會給。他只會在自己身上挑挑揀揀，掏出能掏的東西，給他在意的人。

盛望說考砸了，那他就去拉。盛望說老師講得太簡單了，那他就給補上。

這是他能想到的最實用的東西。所以……

江添看著他，問道：「能考回來麼？」

盛望倏地有點難受。就像心臟被人捏著邊角掐了一下，瞬間酸軟一片。

對著這樣的江添，他根本說不出「不」這個字。他忽然覺得自己有點好笑，忙忙碌碌那麼多天，到頭來，被他哥一句話就打回原形。

他想說「你可真行」，但他根本張不開口。

有很長一段時間，他都只是緊緊攥著那個筆記本，沒有開口、沒有抬頭，連動都沒有動。直到那股酸軟的感覺順著血液滲透下去，不再那麼難受了，他才飛速地眨了幾下眼睛。

「能的。」他低低說了一句，嗓子還透著啞。他抿著唇清了一下，這才抬頭晃了晃筆記本說：「有了這個都考不回去，那我還混不混了。」

江添沒說什麼。

他的眼睛生得很好看，眼皮很薄，眼尾的褶並不寬長，但微微上挑。他的目光從眼尾瞥掃過來的時候，總是又冷又傲，好像誰都沒走心，但當他這樣平直著看過來，眸光微垂，映著幾星不算明亮的燈光，你就站在他眼裡了。

盛望在他眼睛裡站了很久，他才點了一下頭，說：「好。」

然後周身鋒芒都慢慢緩和下來，像是終於鬆了一口氣。

那幾秒鐘裡，盛望甚至有種他跟他哥心照不宣的錯覺。這種錯覺讓他生出一種衝動，他想說「哥，我能抱你一下麼」，然而剛要張口，熄燈鈴就響了。

他驚了一下，回過神來。

陽臺外浮著一絲若有似無的桂花味，十一月下旬的溫度，花串早零零落落掉完了，也不知哪裡還藏了一星半點，倔強地散著幾乎難以察覺的幽香。

盛望那點衝動就在餘香裡，慢慢緩和下來。

他抓著本子直起身，對江添說：「進去麼？」

「嗯，降溫了。」江添朝欄杆外掃了一眼，側身拉開陽臺門，示意盛望走前面。

剛剛手指攥得太緊，冷不丁放鬆下來，又麻又疼。盛望活動著關節往宿舍裡走，跨過陽臺低矮門檻時，他的後腦杓被人輕拍了一下。

不知道是安撫還是別的什麼。

盛望愣住，猛地回頭，江添已經進了門。他徑直走過長長的書桌，從衣櫃裡拿了衣物、毛巾說：「我洗個澡。」

史雨翹著二郎腿在床上發信息，邱文斌把充電檯燈夾到了床欄上，提醒道：「大神你得快一點，巡邏老師一會兒要來的。」

「知道。」江添說著進了衛生間。

「盛哥你站這裡幹麼？」邱文斌下床來拿書，因為盛望杵在陽臺門邊，空間顯得有點擠。

「嗯？」盛望抓了抓後腦杓的頭髮，說：「哦，沒有，隨便想點事情。」

江添很快洗完出來了，盛望抓著衣服、毛巾接了他的班。

衛生間裡水汽濃重，熱水從蓮蓬頭裡沖刷下來的瞬間，他忽然就想通了。或者說，他對江添說

「能考回去」的那刻，就已經想通了。

他只是喜歡上了一個人而已，有什麼大不了的呢？人的壽命八、九十年，他還在開端。將來那麼長，遠得根本看不到頭，他只是在這段時間裡喜歡上了江添而已，不知道會持續多久，他沒打算說，也明白不可能有什麼結果。

未來是一條筆直的線，他只是在這個節點上歪一會兒，遲早都要拐回去的。這很嚴重嗎？一點兒也不。

這天的熱水終於用完，淋在身上的水流很快轉涼。盛望一把拍在水龍頭上，抓了毛巾擦頭髮。他在散開的熱氣裡打了個噴嚏，心想：去他媽的冷一冷，我要回A班。

十六、七歲，就是今朝有酒今朝醉。

人家走馬觀花，他多觀他哥幾眼，礙著誰了麼，又不會少塊肉。更何況他哥是木頭，他有什麼好怕的。

少年心思堪比六月天，暴雨傾盆的時候烏雲罩頂，好像這輩子都不會散了，雨一停，又立刻豁然開朗、豔陽高照起來。

盛望這幾天就是豔陽本人。

作為盛望的室友兼新後桌，史雨的感受最為直觀。

前陣子，盛望好像誰也不想搭理，悶頭刷題，刷完一本又一本，搞得史雨有點坐不住，也拿了幾套題暗中對比了一下，發現自己不論怎麼提速都追不上對方。

這幾天，盛望忽然又懶了下來。經常老師在上面仔仔細細地講題，他在下面玩剪紙。那幾本刷掉的題庫被他挑挑揀揀，剪了幾頁下來，其餘直接堆進了廢書裡。

他不刷題了，聽課也並沒有多聚精會神。更多時候是轉著筆，看一本深棕色的皮面筆記本，偶爾抽個本子打兩行草稿，打著打著，還會摸出手機跟人聊微信。

史雨瞄過一眼，因為瞄太快，也沒看清什麼內容，就看見備註頭兩個字是「長白」。他納悶了好一陣，也沒想起來周圍有誰叫長白。直到週三這天晚自習，他才知道這位神祕的「長白」是誰。

住宿生的專有晚自習在走讀生下課後開始，各班的人會拎著包抱著書，陸陸續續到指定的階梯教室裡。講臺上有一個負責答疑解難的老師，一般是年級裡的老師輪值。

階梯教室足夠大，座位隨意，並不按照班級來。盛望一如既往坐在最後一排的老位置上，史雨和邱文斌就坐他前面，方便下了晚自習一起走。

預備鈴響起的時候，大家已經轉移得差不多了，教室裡逐漸安靜下來。

值班老師掃視了一圈，估摸著人到齊了，便要去關教室門，結果剛站起來，一個男生肩上搭著書包進來了。老師一愣，下意識說：「你怎麼來了？」

自習的學生們紛紛抬頭看過去，接著一片譁然。

來的人是江添，譁然是因為眾所周知A班有特權，根本不用來階梯教室上自習。

盛望在嗡嗡的議論聲中抬起頭，江添正跟值班老師說著話，他在言語的間隙裡抬起頭，朝教室後排掃視一圈，在盛望身上停了片刻，又轉頭跟老師低聲說了句什麼，接著他一步兩個臺階，不慌不忙地走上來，穿過一排桌椅。

整個教室的鵝，不是，人都伸長了脖子跟著他往後看。

史雨離得最近，不小心看到了盛望手機。

這人的手機介面無遮無攔，就這麼平攤在桌上，好像也不怕人看。螢幕上是微信聊天框，框的最頂端是對方的備註名。

這次他總算看清了全稱：長白山神樹。

這位長白山神樹於半分鐘前發來消息，問盛望：自習一般坐第幾排？

盛望回答：最後一排。

然後江添就來了。神樹是誰不言而喻。

史雨心說：我果然不能理解兄弟之間的暱稱，這都是些什麼玩意兒。

江添對關注置若罔聞，他在盛望旁邊坐下，從書包裡掏出一本深藍皮面的厚書，又抽了一枝筆出來，這才撩起眼皮問身邊的人：「發什麼呆？」

盛望張了張口，納悶地問：「你不是可以留在頂樓自習嗎？」

江添翻開書頁，「嗯」了一聲。

「那你下來幹什麼？」

江添頭也不抬地說：「一個人坐那裡自習太傻逼了。」

「哦。」盛望心裡動了一下，垂眸繼續看自己的書。又過了片刻，他忽然悶聲笑了起來。

江添皺著眉看向他，盛望說：「想像了一下，是挺傻逼的。」

「……」江添一個晚自習沒理他。

週五這天楊菁找他們，給了兩張表格，說集訓下週開始，讓他們把表格填一下，再準備兩張兩寸的照片。

「又要照片？」江添說：「之前不是交過？」

楊菁沒好氣地說：「都被政教處姓徐的貼榮譽牆上了，你是讓我去扒下來還是怎麼的？」

盛望本來準備去門口影印店隨便拍一張，就聽楊菁對他說：「找張好的，起碼笑一下。考好了，你照片也得上牆，別拍得跟通緝令似的。」

「噢。」盛望拖著調子應下來。

喜樂隔壁就有一家文印店，去的路上，盛望一直在翻手機相冊。他活像點了個「自動跟隨」，始終落後半步跟著江添。對方拐彎他也拐，對方停，他也停，頭都不抬。

江添說了兩次「看路」，他都左耳朵進右耳朵出，忍無可忍之下，江添一聲不吭把他往樹那邊帶。直到刹車不及，額頭撞上東西，盛望才愣了一下抬起眼。

江添的手掌橫在他面前，再往前一步就是樹幹。

「你真敢不看路？」江添難以置信地說。

盛望更難以置信，「你居然真帶我撞樹？」

江添被梗了一下，面無表情開始掃視四周。

盛望跟著他看了一圈，除了樹葉還是樹葉，「你找什麼呢？」

江添說：「直一點的樹枝。」

盛望沒反應過來，當真指著頭頂某簇枝葉說：「這根挺直的，你要幹麼？」

江添：「撅了給你當盲杖。」

盛望萬萬沒想到，他哥現在損人還帶鋪墊，被噎得不輕。他想像了一下自己拽著盲杖這頭，江添牽著那頭，一人再戴個圓墨鏡……我的媽。

「笑什麼？」江添沒好氣地說。

盛望心裡一動，把左手直直遞出去說：「喏，給你根人體盲杖，你敢牽麼？」

他看見江添愣了一下，又把手收回來，佯裝冷笑道：「居然還要思考，走了。」說完他又低頭玩著手機，溜溜達達往前走去。

自從那天想通了，他就一直是這種狀態。

「長白山神樹」寓意高冷的木頭。他身體裡彷彿住著個手欠的小人，仗著江添什麼都不知道，一會兒撓他一下、一會兒撓他一下，像表情包裡那隻撩架的貓，站在邊緣，肆無忌憚無法無天。

反正都是虛招，江添跟他根本不在一條線上，他永遠不可能撓到真身。然而這種想法只持續了一週多，就被轟然擊破。

那天是週四，距離出發去集訓還有一天，楊菁已經催他們收拾行李了。他們破例拿到兩張晚自習假條，但白天的課還是要正常上。

週四下午最後一節是A班的競賽輔導，上物理，何進最近在給他們講大學物理的一部分內容，但這天何進身體不舒服，去了趟醫院，競賽課拉了趙曦來代班。

盛望答應過幾個老師，競賽課一定會上樓去聽。儘管巷子裡那一幕已經過去很久了，他在教室看到趙曦時，還是有一瞬的尷尬。

他以為自己把那份不自然藏得很好，結果下課之後，趙曦去辦公室放下教案，又回到了A班，在盛望面前的桌沿坐下了。

「曦哥。」盛望打了聲招呼。

「等江添啊？」趙曦朝窗外看了一眼。A班的人吃飯的吃飯，洗澡的洗澡，已經走完了，就剩盛望和他兩個人，「他又被管理處老趙拽跑了？」

盛望點了點頭說：「反正我倆今天不上晚自習，等他回來，去梧桐外吃飯。」

「哦。」

「曦哥你不回去麼？」盛望問。

趙曦笑了一下，說：「不急，我來跟你聊聊。」

盛望遲疑地問：「聊什麼？」

「聊聊你小子為什麼最近總躲著我跟林子？」趙曦說。

盛望瞬間尷尬得無以復加。

「誒，你尷尬什麼？」趙曦談話的架式很痞，跟上課很不一樣，像個混子學長，笑說：「我都不尷尬。」

盛望一愣，問道：「你知道啊？」

「差不多吧。」趙曦換了個更放鬆的姿勢，「當時聽到了一點聲音。那巷子平時沒人走，幾個老房子早搬空了，就啞巴和老頭還住那裡。上年紀的人睡覺早，不可能那個點還出來轉，會去那邊的，也就你跟江添了。」

「本來這事兒過去就過去了，但我跟林子聊了一下，怕給青春期的小朋友造成什麼陰影……」他開著玩笑，自己也失笑一聲說：「所以趁著今天有空，來跟你聊聊。你……嚇到了吧？」

盛望發現自己糾結了這麼多天，反而忘了當時的第一反應是不是驚嚇了，他猶豫片刻，答道：「其實還好。」

「真的假的，接受度這麼高？」趙曦挑起眉。

「就是沒想到，有點意外，後來再想想……」盛望神色複雜了一瞬，又慢慢放鬆下來，「就覺得也沒什麼了。」

趙曦盯著他，若有所思地點了點頭。

他的眼睛顏色比常人略淺一點，接近於水棕色。也或許是窗玻璃在他眼裡映出了一大片亮色，以至於他這樣看過來的時候，盛望有種心思全盤暴露的錯覺。

他垂下眼，手裡的書頂在指尖轉了幾個來回。他想岔開話題，於是沒話找話地問趙曦說：「不是怕給人造成陰影麼，那怎麼只跟我聊，不找江添？你跟林哥就這麼確信只有我一個人看見啊？」

「不確信。」趙曦說：「但是不一樣啊。」

「什麼不一樣？」

趙曦說：「你不知道我跟林子的事，但是江添知道啊。」

〔Chapter 8〕

他沒有想像中
那麼穩重，
他怕自己摁不住

「江添知道？」盛望愣住。

趙曦點了點頭，「嗯。」

盛望書轉掉了。他木然半天才彎腰把書撈起來，再次難以相信地問：「江添知道？」

趙曦：「……」他沒忍住笑了出來：「我找你聊聊都沒見你掉書，現在掉什麼書？」

盛望沒回答，而是真的愣了很久很久。

他腦中飛速閃過之前的種種場景，兩個人的、四個人的、一群人的。最終定格在同一句話上……不止一個人說他和江添跟趙曦、林北庭很像。說者無心，聽者有意。盛望聽過不知多少次，而每一次，江添幾乎都在身邊。

所以，他怎麼可能知道呢？

不可能啊，盛望茫然地想著。

不可能的……否則他怎麼會聽了那麼多次，卻一次都沒有反駁過？

「怎麼不可能？」趙曦忽然出聲。盛望看向他，這才意識到自己把「不可能」說了出來。

「江添知道不是很正常麼？我跟他都認識多少年了。」趙曦感慨道：「我上高中那會兒，他還小呢。不說沒感覺，現在提起來，我居然還見過他那麼小的時候，挺神奇的。」

他說起什麼事來都是帶著笑的，不管是他和林北庭，還是他和江添，好像都是閒聊。可是他說得越多，盛望心裡就越亂。

是啊，江添從小住在梧桐外，趙曦也是這裡的人，他們認識這麼多年關係還這麼好，知道簡直再正常不過了。

可是，如果他知道趙曦和林北庭的關係，那他每次聽見那些說他們相像的話，心裡都在想些什麼？他又為什麼總是那麼沉默？

盛望想：是怕反駁了我會下不了臺嗎？還是……

「還是」後面的內容過於荒謬，他知道自己不該去想，但他又忍不住會想。於是沉到底的心臟又在那種若有似無的念頭裡，輕輕飄起來。

他忽然覺得自己挺虛偽的——他口口聲聲告誡自己說「那是我哥」，可是到頭來，只要想到有億萬分之一的荒謬可能，他又忍不住變得高興起來，儘管這種可能性小到可以忽略不計，也永遠不會得到驗證。

他盯著虛空中的某一點發了很久的呆，這才開口問趙曦：「曦哥，他很小的時候就知道麼？」

「你說江添？」

「嗯。」

趙曦回憶片刻，說：「我跟林子剛在一起的時候他不知道的，那時候太小了，差不多五六歲吧。我那時候經常幫我爸去給啞巴叔送東西，他總待在對面丁老爺子家。」

「他好像不姓丁。」盛望說。

「對，不過老爺子具體姓什麼，估計真沒幾個人知道，他很少提起來。」趙曦翹起一邊嘴角壞笑了一聲，「丁老頭那綽號還是我起的呢，後來被幾個巷子裡的小孩剽竊去了，再後來，這一輩的就都這麼叫了。」

「都這麼叫？那我第一次管他叫丁爺爺，他眼珠瞪那麼大？」

「嚇唬你玩兒呢。老爺子脾氣是大，但人挺好的。」

趙曦坐的是江添的桌子，順手從他筆袋裡撈了一把尺在手裡撥著玩，「江添那時候經常在老頭院子裡看書，年紀不大，脾氣特別倔，我當時就覺得，這小子大了肯定很傲，也肯定很悶。」

「我那時候挺野的，沒什麼耐心。有時候逗他兩句就走了，有時候會跟他聊一會兒。剛開始他不搭理我，後來碰到了看不懂的書，我就過去叭叭一頓顯擺。他可能沒見過喜歡看書的小流氓，挺新奇的，就勉強搭理了我一下。再後來慢慢就熟了，我又帶了林子給他認識。林子中學時候算是出了名的校霸，整天也沒個好臉，他跟江添面對面坐著，那場景是真的好笑。」

盛望想起丁老頭口中的江添，趙曦所說的那兩年，正是他被外婆拒之門外的時候。以他那個彆扭的性格，能跟趙曦、林北庭明面上熟悉起來，心裡只會看得更重。那大概是他那個時期裡，為數不多的朋友了。

「那個時候江添是不知道的，後來是大學吧？具體大幾我已經記不清了，有次放假回來收拾東西，想找點合適的書給江添看，結果翻出不少舊玩意兒，其中有兩張拍立得拍出來的照片，剛好夾在舊書裡。」趙曦回想了一會兒，失笑道：「那時候我跟林子已經不在一起了，冷不丁見到照片，我也有點懵，沒立刻收起來，就被江添看到了。」

見盛望一臉疑惑，他又補充道：「照片的程度就跟你那天撞見的差不多。」

盛望尷尬地「噢」了一聲，表示明白了。

趙曦挑了一下眉。這混子不愧校霸出身，作為當事人他倒一點兒不尷尬，說道：「那時候江添年紀也不大，應該不到十歲吧。我以為他根本不會懂的，沒想到那小子反應特別大。」

「反應大？」盛望一時間沒理解。

趙曦想了想說：「特別特別排斥。」

盛望愣住了。

那個萬分之一的荒謬可能在趙曦這幾個字裡陡然消失，像被扎破的氣球，爆裂之後，只有一點零碎剩餘慢慢掉下來，沉默地落到地上。

過了不知多久，他才輕聲問道：「很……排斥嗎？」

「嗯，排斥到書都沒拿就走了。」趙曦說：「他那時候年紀小，跟現在不同，再怎麼繃著，臉上還是能看出來。我能看出來他出於禮貌在努力忍著，但我也能看出來他感覺非常……」

他皺著眉斟酌用詞，盛望一度懷疑他會說「噁心」這個詞，但他最終說的是「不舒服」。

趙曦說，當時的江添看上去非常不舒服。

「所以我說，你今天的反應讓我挺意外的。」趙曦淺棕色的眼睛看向盛望，手裡來回撥弄著尺，「跟江添差別太大了。不過他那種也很少見，大多數知道這件事的人，當時的反應都介於你倆之間。」

盛望垂下目光，半是自嘲半是配合地笑了一下，喃喃說：「是麼，那我們還真是兄弟，兩個極端都占了。」

「是挺極端的，我當時被那小子弄得差點兒懷疑人生。」趙曦開玩笑似的說：「他走了之後，我自省了一天啊，就在想，至於嗎？有那麼難以接受嗎？」

「那後來呢？」盛望問。

「後來？後來我心裡說，小鬼就是麻煩死了，我憑什麼要哄著，隨他去。結果沒過兩天，我就老老實實找他聊去了。」趙曦抬了抬下巴，「就跟我現在找你聊似的，不過沒這麼輕鬆。他很悶，什麼想法都不說，我也不知道我聊得有沒有效果。」

「我當時一度懷疑他是不是有什麼心理陰影了，後來發現，他可能確實碰見過一些事。」

盛望猛地抬起眼，趙曦卻沒打算深說：「我猜的，沒什麼依據的事情，就不跟你說了。反正當初我盡力了，跟他聊過很多次。再之後，沒過多久他就從這邊搬走了，我也出國了。聯繫也有，但不多。後來隔了一年多快兩年吧，我回國過暑假，他來了幾趟梧桐外，前幾次說看丁老頭，後來總算主動來找我了，彆彆扭扭跟我道了個歉，我就知道他想通了。」

他想通了。

這四個字說來輕描淡寫，但趙曦知道，對江添那樣性格的人來說，花近兩年的時間扭轉某種固有認知，一定少不了拉鋸和掙扎。

也是從那天起他才意識到，對江添而言，他和林北庭真的是很重要的朋友。

「我老說他有點過於老成了，其實也不是。他傲起來跟我以前那熊樣有得一拚，很多時候都挺欠打的，也就仗著那張臉吧。」趙曦「嘖嘖」兩聲，又沉聲道：「但他非常理性，不說跟他同齡的，比他大很多的人都不一定能想通這一點。他不會把某一個人的問題發散到一群人身上，這點還挺難得的。」

趙曦說著說著抬起眼，卻發現盛望早已走神。

他不知聽到了哪裡又想到了什麼，也許是教室燈光太冷的緣故，照得他臉色蒼白一片。

這種反應實在有些反常，再聯想之前的某些細節，趙曦漸漸皺起了眉。他看著男生微垂的眉眼，忽然低聲叫道：「盛望？」

「嗯？」盛望回過神來，抬頭看向他。

「我看你在走神，而且臉色不大好，身體不舒服？」趙曦說。

「沒有。」盛望搖了一下頭說：「就是剛剛想到點事，不相干。」

「那就好。」趙曦說。

說話間，盛望忽然發現手機螢幕上有一條新消息提示，兩分鐘前收到的。

他解了鎖點進微信介面，消息來自於江添……

長白山神樹：我這邊好了

長白山神樹：樓下等你？

盛望神色複雜地看著這個備註名，打字回覆道：就來。

趙曦問：「江添那邊結束了？」

盛望點頭：「嗯。」

「那走吧，下樓。」他說著從桌邊站起來，還不忘把玩了半天的尺放回江添的筆袋。

盛望跟在他身後，越看那個備註名越覺得扎眼，於是動手改成了「森林中的影帝」，也不知是調侃江添，還是調侃自己。

教室裡的冷光陡然暗下來，盛望抬頭，就見趙曦正在關燈。

他改完備註名，剛點下確認，前面的趙曦忽然轉過頭來問他：「盛望，我其實剛剛就想問了，你不會也……」

他說得遲疑而隱晦，但盛望幾乎瞬間就明白了。他心頭一跳，條件反射似的衝趙曦笑了一下，說：「想什麼呢曦哥，我喜歡女生。」

趙曦垂眸看著他，目光難得沒有痞氣，倒是帶了幾分溫和，他點了點頭說：「啊，那就好。」

盛望愣了一下。

「這條路還挺不容易的。」趙曦又說了一句，像是感慨，又像是在對他說。

「我知道。」盛望說著伸手去拉教室門把手。

結果門一開，江添靠在門邊低頭滑著手機，也不知在這裡站了多久，聽見了幾句。

盛望想想自己剛才說的話，心裡只剩一個字——草。

他們一起往西門走，趙曦要去喜樂，盛望和江添要去梧桐外。

明明三個人的時候都能正常聊天，等趙曦一離開，只剩下盛望和江添並肩而行時，氣氛便忽地沉默下來。

傍晚的西校門人來人往。學校範圍內不讓鳴笛，只有流動小吃攤上掛著的雜物叮噹作響，天色晦暗不明，燈火稀稀落落，還沒有亮成一條線。

盛望滿腦子都是剛出教室的那一幕，不知道找什麼話來說。

而江添本就話少，平時很難判斷他是在想心事，抑或僅僅懶得開口。

但這一刻還是顯得過於安靜了。

某個瞬間，盛望生出一股模模糊糊的念頭。

他好像知道江添為什麼沉默，又好像不知道。

都說少年心事最難捉摸，他哥是其中的頂級，他自己其實也不遑多讓。

巷子口的老太太正在遛孫子，學著小孩的話彎腰逗他。

盛望側身讓開路，肩背不小心碰到江添胸口，被對方扶了一下。

江添手很大，但並不厚。盛望能感覺到瘦長的手指壓著他的肩，過了一會兒又撤開了。

他拉拽了一下單肩搭著的書包，等老太太離開才又邁步。

可能是撞了一下的緣故，他忽然想說點什麼打破這種莫名的僵持，然而他還沒張口，就聽見江添說：「剛剛在教室外面聽到了一點。」

這話題起得很突然，盛望愣了愣。

江添看著前面窄長的巷道，片刻後目光才轉向他，像是不經意的一瞥，「你有喜歡的女生？」

「沒有。」盛望幾乎是脫口而出的。

可能是他回答得太快了，江添也愣了一下。

盛望像是終於逮住了機會，說道：「剛剛是跟曦哥閒聊，他隨口一問，我也就隨口一說，沒有別的意思。」他想了想，又補充了一句：「沒有喜歡哪個女生，咱們班總共也就那麼幾個人。」

江添看著他，過了一會兒才收回目光點了點頭，沒再說什麼，好像他也只是隨口一問似的。

憋著的話解釋完，盛望心慢慢落回地面。他只顧著鬆一口氣，直到拐過最後一個巷子彎角，聽見不遠處傳來人聲，他才忽然閃過一個疑問——江添……為什麼會問這個？

這念頭閃過的瞬間，他朝江添瞄了一眼，卻見江添直視前方，臉色不知怎麼變得難看起來，像是厭惡又像是煩躁。上一次看到他這樣，還是因為季寰宇。

盛望下意識朝前看去，果不其然，看到了從丁老頭院門出來的男人。

對方依然是一副衣冠楚楚的模樣，只是表情充斥著狼狽。

丁老頭粗啞的嗓門從門裡傳來：「你看看你那樣子，你不是要面子麼？來來回回拽著這些事說，你不覺得難看麼？你自己聽聽你說的那些是人話麼？噢，你說不要就不要，你說要就要？人人都圍著你轉啊？小添是個人！你簡直不是個東西！你不要來找我，也不要去找小添，我倆都不認你，你給我有多遠滾多遠！」

這是盛望第一次看老頭真正發火，而不是帶著慈愛的嚇唬誰。老人家體格不如年輕時候健壯，但畢竟以前當過兵，手勁依然很大。他毫不客氣地把人推搡出門外，季寰宇後退著踉蹌了幾步。

老頭探出頭來要關門，結果看到了巷子這邊的人。他愣了一下，連忙給盛望打手勢示意他們趕緊走，別在這湊熱鬧。

然而季寰宇已經看到他們了，在小輩面前這樣掉面子，他的表情尷尬中透著一股惱羞成怒。

他抻了一下肩，把衣服拉好理正，這才朝江添走來。

「你！你別找他說些有的沒的，你那些話沒人要聽！要聽早聽了，用得著現在？」丁老頭還想去扯他。

季寰宇克制著脾氣，又不容分說地把老頭推回院子裡，把門給他帶上了，「我說了，我就是想跟他聊聊，你回屋歇一會兒行麼？說來說去，這也就是我跟小添之間的事，跟別人也沒關係。」

老頭在裡面罵罵咧咧，季寰宇把外面的門栓帶上了。

他對江添的方向說：「我沒鎖，只是搭一下，一會兒說完了你再給鬆開。」

盛望忽然有點佩服他，這種情況下語氣還能保持這副樣子。雖然能聽出他在煩躁邊緣，但至少目前還是平靜的。

這樣的人如果年輕二十來歲，在學校裡應該挺引人注目的。他想起丁老頭說過，江鷗和他高中認識，後來一直在一起，大學畢業後又順理成章地結了婚。當初的江鷗會喜歡這樣的人，好像也是情理之中。

他跟江添是父子，在丁老頭的那些老照片裡，他們有一點相像，但真正站在面前，盛望又覺得他們並不一樣。

說不上來區別在哪裡，但就是截然不同。

「我們找個地方。」季寰宇摸出手機看了一眼時間，說：「拐角那邊是不是……」

「就在這裡。」江添不耐煩地打斷他：「有什麼話就在這裡說。」

季寰宇看著他嘆了口氣，放下手機說：「行。」

他四下掃了一眼，這塊巷子足夠偏僻，也不會有人來，甚至比某間餐廳、咖啡館或者別的什麼地方還要隱祕。

一塊光天化日下的密地。

「行。那……」他又點了點頭，轉眼看向盛望。

江添冷嗤了一聲。

他覺得季寰宇實在好笑，自己找過來說要聊聊，又每次都作出那副不能讓外人聽見的樣子，何必呢？不矛盾麼？

他臉上的嘲諷過於明顯，季寰宇被那個表情扎了一下，忽然就說不下去了。努力維持的平靜模樣，終於有了一絲裂縫。

他往江添面前走了兩步，又停在半途，忍不住說：「小添，都過去那麼多年了。你媽媽也已經找到合適的人了，我聽說現在過得其實挺好的，比跟著我好多了。你為什麼老記著那點事呢？」

江添瞥開眼，彷彿多看他一眼都很煩躁，「你有資格提我媽？」

「沒有。」季寰宇倒是認得很快，他垂著眼眸，半天沒再吭聲，也不知盯著某處地面在回憶些什麼。良久之後，他說：「我沒資格提她，所以到現在也沒再去見過她……」

「你敢見。」江添腳步動了一下。

季寰宇連忙說：「沒有，我沒有去找過她，回國之後一直避著。但是小添，那真的已經過去很久了。是，我那時候是有點混，哪哪都不如意，跟我年輕時候想的落差太大，我有點……魔怔了。那時候跟你媽媽分居很久了，你小，不大知道，但當時確實已經……」

他斟酌著用詞，不知道是為了給自己辯解，還是怕惹到江添。

他猶豫了一會兒，才繼續說道：「已經沒有太多感情了。不瞞你說，小鷗……你媽媽其實很早就在看離婚協議方面的東西了，我也有那個想法，只是總覺得還能再等等，還能再一起過下去。畢竟我們高中就認識，那麼早就在一起了。」

他看向江添說：「你可能覺得我從頭到尾就是個人渣，我也知道你為什麼不想讓你媽知道，怕她覺得自己十幾年的時間餵了狗。對吧？」

江添沒反駁。

他含糊地苦笑一聲：「不管你信不信吧，至少我當初跟她在一起的時候，是真的挺喜歡她的。也沒想過別的什麼，但是過日子不是談戀愛，煩心的事太多了。當初也有跟你媽吵架的因素，總之亂七八糟的事情太多，我有點頹。我不知道你會不會有那種情況，有時候壓力太大了，會冒出一點很瘋的想法，覺得算了、不過了，然後想幹點很出格的事情。所以……」

所以帶著一個不相干的男人，在那個老屋的房間裡廝混？

江添經常覺得有些人很可笑，自己幹出來的事連自己都羞於啟齒，每次提到，要麼避開第三人，要麼戛然而止。好像只要不說出來，那些事就會慢慢被人淹沒、被淡忘。好像他自己想揭過去，別人就要跟著忘記一樣。

好像別人的感受想法都不算什麼，別人的記憶都是隨便可以抹殺的，別人就……不算人麼？

季寰宇每次都會強調一句，你那時候還小。

是，他那時候年紀確實很小，小到很多事情後來想起來，只有不連貫的片段。就像他回想起那一天，也只記得房間裡煙霧繚繞，嗆得他幾乎睜不開眼。地上到處是菸頭，燒完的、帶著一點紅星的。季寰宇就在繚繞的煙霧裡，跟另一個男人糾纏在一起。

他那天本來就生著病，頭昏腦脹，也許還在發燒。那些畫面甚至不大真實，像塗鴉或者劣質電影裡張牙舞爪的肢體。

他可能說了句什麼，驚到了糾纏的人，然後一片兵荒馬亂。他好像被人甩開了，又或許是有人撞到了他，然後他摔在了地上，可能壓到了沒熄滅的菸頭，後頸一陣燒痛。

起初那年他總在做類似的噩夢。不是嚇人，只是醒來之後要灌下半杯水，才能壓下那股噁心的感覺。

後來，那些畫面一年比一年模糊，他就只記得菸味和那種噁心的感覺了。

趙曦常說他有點早熟，也許是吧。就像他小小年紀就知道季寰宇是個極度好面子的人，喜歡粉飾太平。

都說江鷗跟季寰宇半斤八兩，都不知道照顧他，但他分得清誰是無奈，誰是本性。

他得到的照顧有限，所以悶在心裡的那種也能算數，於是他很護著江鷗。當初他被接走的時候，江鷗摟著他哭了很久很久，說自己好像一直都在做錯事，說自己有點沒用。

因為他，江鷗否定了自己幾年的生活。他不希望她再因為季寰宇，否定掉自己十幾年的生活。所以，他一直在瞞。只要他瞞著，季寰宇也永遠不會說。

所以在後來長久的時間裡，他一邊厭惡，一邊又要在江鷗面前壓住那種厭惡，慢慢的，也就沒有要爆發的衝動了。

罐子悶久了是會鏽的。

有很長一段時間，他排斥一切過於親暱的接觸，理智上知道過猶不及，但那種下意識的東西實在很難糾正。

還好，有趙曦和林北庭。

他從那兩個年長幾歲的朋友身上，看到了不大一樣的東西，然後逼著自己慢慢平和下來、慢慢適應。

直到某一天，他終於可以把季寰宇和其他所有人割裂開來，也把自己跟那些東西割裂開來。就像那兩個朋友說的，並不是所有親密都代表一種感情，不用杯弓蛇影，那樣反而容易弄巧成拙。

其實很有道理。就像他身邊有趙曦、有林北庭、有高天揚……有很多或遠或近的朋友，並沒有誰讓他產生什麼荒謬的念頭。

他跟季寰宇不一樣。

天色越來越暗，他們的輪廓終於變得不那麼清晰。

季寰宇解釋了很久，到最後終於焦躁起來。

他覺得自己其實沒有說錯什麼，但就是怎麼也動搖不了江添的心思。他忍不住又想到了丁老頭的話：當初他被關在門外，現在輪到你了。

他沒做什麼，卻有點筋疲力盡，於是他慢慢沉默下來，而不論他怎麼激動、平和、焦躁、愧疚，江添始終是那副冷冷的樣子。

盛望看著季寰宇，在越來越稠密的話語中，他終於摸到了頭緒。他想起趙曦說的那些話，想起江添所謂的「陰影」。

雖然季寰宇並沒有說什麼具體的事，但他都猜到了。

他又忍不住看向江添，那個瞬間他忽然有種錯覺，覺得江添的厭惡和煩躁都浮在空中，不像當事人，更像一個旁觀者。

就好像，他花了很多很多年的時間，把自己從那些雜亂往事裡強行剝離出來，然後站成了一個不相干的外人，又在多年後的今天，替當年到處借住的自己給對方帶一句話。

他對季寰宇說：「我覺得你很噁心。」

周圍並沒有什麼明亮的路燈，但盛望可以看到那個男人臉色煞白，是真的被這句話扎到了。

他定定地站在原地，丁老頭的叫罵、江添的冷眼……各種壓力和情緒都湧了上來，他又有了當初那種衝動，想做點什麼或者說點什麼。

盛望見他動了一下，下意識往江添面前站了一點。好像生怕他會做出什麼事似的，誰知對方的目光掃過他們兩人，然後對江添說了一句話。

季寰宇說：「小添，你知道麼？有些東西，是會遺傳的。」

巷子陷入一片死寂，盛望懵了好幾秒才反應過來季寰宇這話的意思。他下意識看了江添一眼，然而夜色已深，他看不清江添的表情。

他不知道江添現在是什麼心情。尷尬？憤怒？還是加倍的噁心？但他已經快氣瘋了。

他從來沒見過季寰宇這樣的人，自己一塌糊塗就要把別人也拉下水，自己沒面子就要讓別人也跟著無地自容。

他看著季寰宇逐漸模糊的輪廓，一半的臉陷在陰影裡，忽然覺得當初看老照片的自己真是眼瞎，怎麼會覺得這樣一個人渣小時候跟江添長得像？

盛望拉了一下書包帶，往前走了半步說：「叔叔，你說的事跟我其實沒什麼關係，但我真的很想插句話。」

他從盛明陽那裡學來的能耐，越是氣瘋了，越能在那個瞬間笑臉迎人。他長了一張斯文好學生的臉，季寰宇把他當成江添的某個同學陪襯，儘管知道他語帶嘲諷，也沒太當回事。

「插什麼話？」季寰宇問。

盛望把搭在肩上的書包卸下來，拎著給他看了一眼，說：「我就是想說，你要不是江添他爸，這包現在已經掄你臉上了。」

季寰宇左腳下意識後撤半步，又停住了。他皺著眉垂眸看著盛望，不知是嫌他多管閒事，還是料定一個外人不會冒冒失失插手他跟江添的家事。

誰知面前這個男生又開口了……

他朝江添瞄了一眼，說：「不過我看江添也不打算認你這個爸了，是吧？」

話音剛落，他掄著書包就朝季寰宇砸過來。

「江添過成什麼樣關你他媽的什麼事？他現在有家，操！」

盛望掄完，抓著江添就往丁老頭家走。

季寰宇很久沒跟十七、八歲的男生相處了，不知道有這種說打就打的人。他有點狼狽地摁了摁臉，皺著眉大步追了過去。

盛望聽見腳步聲，正想轉頭去看，卻被江添摁著肩膀排到了背後。

江添右肩一塌，書包帶子掛落到肘彎，他挽起包帶對季寰宇說：「挨一下不過癮是麼？」

季寰宇剎住腳步。

他有多虧欠這個兒子，自己心裡其實再清楚不過，剎住的腳步就是證據。因為他清楚地知道，盛望動手也就是一下，那是氣不過在替人出頭。要是江添動手，這麼多年的帳恐怕要一次算清。

丁老頭看不到戰局，在屋裡哐哐擂門，叫著：「小添？小望！小望！幫我把門開開，我要掄死這個不上道的東西！欺負誰呢，欺負到我門上來了！」

他嗓門大，連帶著巷子裡不知誰家的狗都跟著吠起來，吵鬧成片。有咳嗽聲和人語聲往這邊來了，季寰宇猶豫了一下，終於動了腳。

他從小好強、鑽牛角尖、要面子到近乎極端的程度，每每出現在人前，總是衣冠楚楚風度翩翩的，偏偏總有人……總有人記得他在那些晦暗房間裡的醜態，以至於他永遠沒法真正地光鮮起來。摸爬滾打這麼多年，他依然在某些時刻覺得自己見不得人。見不得人。

江添牽了一下嘴角，像懶得出聲的嗤嘲。他走到老院門邊，把那個搭上的門栓解下來，拽著盛望走了進去。

臉紅脖子粗的丁老頭被盛望架著腋下擋開了，江添把門又重新關上，把那個夜色下的人阻隔在了門外，再沒多看一眼。

又過了很久，盛望從院牆的水泥花格裡朝外張望，門前的小曬場早已沒有人影，只有啞巴叔堆在牆角的廢舊紙盒和塑膠瓶，在風裡發出格格的碰撞聲。

丁老頭這晚有點訕訕的，他總覺得是自己通知不及時的問題，「要是找到空閒提前打個電話，可能小添也不會碰見季寰宇這個狗東西。」

盛望去廚房洗杯子的時候，第N次聽見他這麼嘟噥。嘟噥完，老爺子拿著一把菜刀轉頭問他：「筍乾、蓮藕、栗子，你覺得小添更喜歡哪樣？」

盛望讓開他的刀刃，有點哭笑不得。老人家不擅長哄人，尤其不擅長哄江添，畢竟他從小到大總是拎得很清，很少需要寬慰。老頭能想到的唯一辦法，就是做點好吃的。人已經氣到了，胃不能再虧了。

江添喜歡吃什麼，這是個哲學問題。丁老頭把他當親孫子養了這麼多年，也沒弄明白這件事，因為每次問，他都說「隨便」。

盛望本以為自己也不清楚，誰知他想了想，居然真能從這三樣裡挑出個先後來，分析道：「那還是筍乾吧，脆。他好像更喜歡脆一點的東西，吃得比別的多一點。茄子、絲瓜之類的，他就很少主動去碰。」

老頭衝他比了個拇指，去冰箱裡面掏東西了。

盛望本想來倒兩杯水，受老頭啟發，他在廚房翻箱倒櫃找出一包甘菊來，撒了幾顆在杯子裡，想給江添去去火氣，聊勝於無。

這一晚，一老一小在飯桌上極盡所能，江添卻始終很沉默。

盛望忽然想起當初剛見到江添的時候。他納悶很久，心想這人為什麼整天凍著一張臉，總是不高興。現在終於理解了，如果他攤上那樣的爸，見過那些亂七八糟的事，由那樣的環境長大成人，他也挑揀不出幾件值得高興的東西來。

集訓的行李早就收拾好了，這晚也不用上晚自習，他們在丁老頭這裡待了很久，等回到學校的時候，住宿生的晚自習也已經下了。

三號路上到處是往來的學生，有些「千里迢迢」跑到喜樂來買其他便利商店沒有的幾樣小零食，有些捧著籃球，路過操場的時候還要投兩下過個癮。

江添偶爾會抬頭看向操場那邊，半瞇起眼來，片刻之後又會收回目光。他在走神，不知想著什麼事情。

盛望看了他幾眼，開口道：「哥？」

身邊有幾個學生呼嘯而過，江添似乎沒聽清。

盛望想了想，又叫道：「江添！」

「嗯？」對方終於回神，轉眸看向他。

「遺傳都是扯淡。」盛望說：「只有渾身上下挑不出什麼可說的東西，才會去扯遺傳，就是給你添堵的。別搭理他。」

「再說了，江阿姨渾身上下那麼多優點，夠遺傳了，哪裡輪得到他？你做什麼都是你自己說了算，跟他一點關係都沒有。你跟他不一樣……」

盛望想起那句遺傳背後的意味，安靜了幾秒，說：「放心，不會一樣的。」

江添卻沒應聲。

他們不知不覺走到了宿舍樓，很多人向樓下跑，打水的、買東西的、串門的。他們逆流而上，六樓走廊燈亮了一片，最邊上的宿舍敞著門，史雨和邱文斌大概也剛回來。

快走到宿舍門邊的時候，沉默了一路的江添忽然開口說：「曦哥以前說過一句話。」

「什麼話？」盛望問道。

「讓我別矯枉過正太過極端，那樣容易弄巧成拙。」江添說。

趙曦說：『你越是強迫自己往反方向走，就越會在意背後的那條路。越是想要清除什麼，它的存在感就會越強。』

林北庭說：『將來碰到的人各式各樣，太多了，哪可能走得近一點就有別的想法。』

盛望說：『放心，你們不會一樣的。』

這些他其實都明白，但是……

江添從盛望身上收回目光，卸下書包往宿舍裡走。

熄燈號還沒響，屋裡燈火通明，給晚歸的男生周身裹了一圈毛茸茸的光。

穿過那扇門的時候，他低聲說：「其實早就弄巧成拙了。」

前半句話說給盛望。

因為他看到了盛望出言安慰前那不足兩秒的沉默，看到盛望微垂的目光裡，有一點點躲藏和難過，他好像總能看見這些。每一次停頓、每一次欲言又止，明明不那麼開心還要跟人大笑大鬧，他都看得見。

所以他想讓盛望知道，他早就不鑽牛角尖了，他只厭惡季寰宇，與其他人無關。

至於後半句……

曾經很長一段時間裡，他都覺得自己足夠客觀理性。他和趙曦、林北庭的關係始終很好，跟高天揚他們相處也從無問題，他覺得自己在界限之外找到了最好的平衡點。直到盛望出現，那個支點忽然就立不住了。

他其實早就意識到了，早就清楚對他而言，盛望跟其他人不一樣，他只是一直在跟自己較勁而已。他有時會自省，會想起很多人和事，但他總會避開那個點，刻意忽略某些曖昧或別樣的情緒，好像不去想，那些東西就不存在了。

直到今天在梧桐外見到季寰宇，聽到季寰宇說出那句話的時候，他忽然就想通了。

對方想把他拖進黑暗裡，他就偏要出來。對方想要噁心他，他就偏不讓人如意。

季寰宇想讓他裹足不前，他卻跟自己達成了和解。他不想再較勁了。

他只是喜歡盛望而已，早就喜歡了。

因為趙曦和林北庭的關係，他比一般人更瞭解這條路，他見過當中的分分合合。理智告訴他，不要把另一個人拉進來，那個人很金貴，他希望對方多笑一笑。

但有時候，極偶爾的時候，他會耐不住衝動。

他想說給盛望聽，又希望盛望聽不見他。

宿舍很嘈雜，剛好隔壁寢室一大波人山呼海嘯地衝上來，老毛和童子拽著盛望打招呼，說明天開始集訓，讓他倆加油，給附中長點臉面。

他知道，盛望聽不見。

他可以一個人站在路上，希望盛望止步在路邊，歇一歇腳就離開，最好不要跟他打招呼。

他沒有想像中那麼穩重，他怕自己摁不住。

集訓在另一個市，跟附中隔著江。

據菁姐講，他們特地挑了一座極其偏僻的學校，距離市中心十萬八千里，轉車很麻煩。附中為了減少他們旅途輾轉奔波，特地安排了專車。

楊菁作為附中帶隊老師，負責把他們送過去。

上車點依然是等校車的地方。

「我好不容易撈到一天不用出考卷、改考卷，還得這麼早起來吹冷風，天都沒亮呢！」楊菁在針織衫、漆皮裙外面，裹了一條足夠遮到腳踝的薄呢大衣，在風中跺著腳罵徐大嘴，中老年人自己起得早，安排車都不考慮年輕人要睡覺。

她罵完徐大嘴，又開始罵盛望，因為盛望穿得比她還少。

盛大少爺也很後悔，他今早本來拿的是一件厚實的外套。出了附中不用成天穿校服，他那些簡單又帥氣的衣服終於有了用武之地。但是臨出門前，他腦子一抽，鬼使神差地換了一件薄的。

楊菁翻著手機，說今天大幅度降溫。

盛望一邊凍得耳朵泛紅，一邊敞著拉鍊在他哥面前晃，江添皺著眉瞥了他好幾次，問他「知道今天幾度嗎」，他就是塞著耳機假裝聽不見。

晃到第四圈的時候，江添終於沒忍住，像上回一樣給他把拉鍊拽上了，又摘了他一只耳機說：「凍得爽麼？」

盛望心說：我踏馬當然不爽，我眼淚都要被吹出來了，我這不是想確認你心情恢復沒恢復嗎？萬幸，季寰宇那個人渣留下的不愉快似乎只停留在了昨晚。他哥還會皺眉訓人，沒有排斥也沒有避嫌，還會給他扯拉鍊，說明影響沒有他想像的大。

但他還是有點不放心。

這種擔憂超過了其他情緒，以至於他甚至忘了昨天趙曦說過的話、忘了江添什麼都懂這一點，只顧著確認對方有沒有因為季寰宇留下什麼陰影了。

當然，也有可能他潛意識裡就想忽略那些。

有時候學生的思維很奇怪，好像學校裡發生的每一件事就僅止於學校，出了校門就不一樣了。他們要去集訓了，要去另一座城市，短暫地離開附中。那些在教室角落、宿舍陽臺、操場邊或是樹蔭下暗生的情緒，也可以悄悄放個風，不那麼小心翼翼了。

就當是一場限定時間的假期。

結果假期的開場就不盡如人意——盛望罕見地暈車了，不是上次裝的那種。

車剛過收費站，他就感覺胃裡一陣陣翻騰，車內空氣帶著一點淡淡的皮革味，平時沒太注意，這時候存在感變得極強，拚命往他鼻前鑽。

他本來還在跟菁姐聊天，四處找梗逗江添。這會兒終於老實下來，說了一句「我靠著睡會兒」，便仰在了椅背上，還把裡面套頭運動休閒衫的帽子拉下來掩住了光。

他覺得自己脾氣真怪，上次裝暈車張口就來，這次真難受，卻偏偏強上了，好像開口說一句就顯得自己特別虛弱似的。

江添擅長氣人，不擅長閒聊，盛望一旦閉了嘴，楊菁也沒了聊天的興致，刷刷手機也準備支著頭睡一會兒，車內很快安靜下來。盛望在難受中半睜了一下眼，瞄見江添塞著白色耳機，低頭在手機上飛快地打著字，也不知道在搜索些什麼。

反胃的感覺有點重，盛望沒多看，又匆匆合上了眼。

暈車的時候，每一秒都很漫長，時間感會發生錯亂。他不知道自己仰了多久，忽然感覺身邊的人動了一下，好像往前傾了身。

江添壓低嗓音叫了楊菁一聲，說了一句什麼。

盛望耳膜裡嗡嗡作響，沒太聽清楚。

楊菁的音調就要高一些，說了句：「兩公里吧。」接著是拉鍊聲響，也不知道她在翻找什麼。過了片刻，皮質軟座又輕輕動了一下，身邊的人靠了回來。

下一秒，盛望感覺自己唇邊觸到一樣東西。

江添低低的嗓音在耳邊響起：「張嘴。」

盛望：「啊？」他下意識張了嘴，才跟著睜開眼睛。

江添手裡拿著一包剛拆的話梅，拿出來的那顆已經塞進了盛望嘴裡。

「菁姐給的。」江添說。

楊菁從副駕駛那轉過頭來，說：「暈車幹麼不說呀？一會兒有個休息站，讓司機師傅在那邊停一下，離那邊起碼還有三個小時，你還能挺到目的地啊？」

她那包話梅也不知在哪買的，酸味很重，大概就是為了暈車備著的。反胃的感覺瞬間被壓下去不少，盛望總算有了點精神。

他用舌頭把話梅頂到腮幫邊，衝菁姐說：「平時不暈。」

江添瞥了他一眼，「明明上次就暈過。」

盛望：「……噢。」

楊菁樂了，司機師傅沒憋住，問道：「我開車很衝嗎？」

盛望說：「沒，您開得挺穩的，就是今天起太早了，腦供血不足。」

楊菁找到了契機，又開始罵徐大嘴，並且毫不畏懼地給對方發了一條長語音，痛斥這種不讓人睡好覺的行為。

她機關槍似的在前面懟領導，司機師傅在旁邊聽得直樂。盛望擼下帽子又靠上了椅背，準備再閉目養神一會兒，但他沒閉嚴實，透過淺淺的眼縫看著他哥發呆。

江添依然拿著話梅袋，不知是沒找到地方放，還是怕盛望一會兒要吃。他另一隻手懸著，食指拇指微曲，可能是沾了話梅的粉末。

車上備著紙巾，但擱在前排的擋風玻璃邊，菁姐正忙，一時間顧不上後面。

盛望眯著眼看戲，在心裡憋笑，每每看見江添這種帶著無奈的樣子，他就很愉悅，連暈車都好了大半。

控訴中的女士是聾的，江添叫了楊菁兩聲又放棄了，他乾脆地靠上椅背，從話梅袋子裡又拿了一顆出來自己吃了，然後抿掉了手指上餘留的粉末。

盛望忽然就樂不出來了。他默默閉上眼，心說：我……靠……

過了片刻，楊菁終於拋開了徐大嘴，扭頭過來拿話梅袋。

她納悶地問道：「盛望，車裡冷嗎？」

盛望睜開眼：「嗯？」

楊菁說：「你耳朵怎麼又凍紅了？」

盛望：「……」他咬了咬牙說：「冷，能開空調嗎？」

司機師傅二話不說開了熱風，盛望覺得自己暈車又嚴重了。

這一趟車程三個半小時，他們中途停了一次休息站，在那吃了點東西，轉悠著透了會兒風，再上車時，盛望已經完全好了。

臨近中午的時候，他們終於在目的地停了車。

盛望下車的時候感慨道：「這哪是有點偏僻，這就是深山老林吧？幹麼搞這麼個地方啊？」

楊菁說：「為了把你們圈起來唄。」

「我們又不是來勞改的。」

「早幾年沒這麼偏，各個科目的冬令營、夏令營都安排在市區內的學校，你知道你們這幫熊人有多難管嗎？仗著不在自己學校，什麼都幹得出來。我記得有一年，一晚上逮住十二個翻牆上網去的。人家還不方便直接點名，天天往集訓辦公室送夜不歸宿的通報單。」

盛望和江添對視一眼，感覺那些學長、學姐們沒挨的罵，都要在他們身上兌現了。

「行吧。」他認命地說著，跟著楊菁去辦公室報到。

這學校比他想像的還大，被那座小山包分成了前後兩塊區域，後面是主校區，前面的小一點。校領導非常慷慨，把山前這塊地全部劃給了集訓營。

「上課就在前面的實驗樓，住宿呢，借的是那棟教職員宿舍，條件肯定比不上旅館了，也是上下床，但是比正常學生宿舍好很多，兩人一間。」負責後勤的老師給了盛望和江添兩張門卡，說：「宿舍都是按學校分配的，你們倒是挺巧的，剛好兩個人。晚上沒有熄燈制度，用電和熱水也沒有限制，但是……」

他一副心有餘悸的模樣，強調道：「前車之鑑，我還是要說一句，守點校規好吧？你們不是來度假的。」

盛望想起自己來之前的念頭，忽然有點心虛。

這個學校的教師宿舍確實比一般學生宿舍條件好很多，除了獨立衛生間，還帶有小廚房、迷你冰箱，和消過毒的洗衣機，就連所謂的上下床也比學生宿舍的「豪華」一點，起碼夠寬，去上鋪走的是木質小樓梯，不用踩著鐵槓爬。

楊菁盡職盡責地把兩個學生送到宿舍，她在屋裡轉了一圈又來到陽臺，準確來說是露臺，因為是給老師們住的，並不那麼嚴防死守，甚至還放了一對咖啡座，好像誰會坐在這裡吹冷風似的。

陽臺正對著小山包連綿的秋葉林，楊菁「嘖」了一聲，嘟噥說：「還挺有情調。」

盛望正在拆行李，聞言問她：「比我們學校的教師公寓好嗎？」

楊菁點評道：「房子比我們那裡小，我那裡有臥室、有客廳，不過風景還不錯，總得有個長處嘛，老師也不容易，天天改你們那些考卷，一不小心就氣抑鬱了。」

盛望毫不謙虛地說：「反正英語不是我氣的。」

「先別開屏，房卡給我。」江添把拿空的箱子放好，衝他伸出手說。

「哦。」盛望老老實實掏口袋。

楊菁看得有點好笑，又忍不住問江添：「房卡不是一人一張麼，你拿他的幹什麼？」

江添抽走卡，薄薄的眼皮撩起來，很是譏諷：「妳讓他自己說。」

盛望木著臉道：「報告菁姐，截至今日，我弄丟過三次校卡、兩回宿舍鑰匙、三把尺，多少枝筆來著？」

楊菁：「……你頭怎麼沒丟過？」

盛望想了想，又辯解道：「不過最近已經改了，這段時間都沒丟過什麼。」

江添手指一頓，垂著眼默然片刻，安靜地把卡收進了書包裡側口袋。

他們門沒關，外面忽然一陣喧嘩，一大波男生從樓下湧上來，半是起鬨半在笑。

「鬧什麼呢？」楊菁走到門外，盛望和江添都跟了過去。

就見旁邊幾間宿舍的男生全趴在走廊上，頭湊頭在那研究集訓期間的排課表，還有零星幾個人順著樓梯上來，嘴裡還在感嘆著：「臥槽，牛逼了這安排。」

參加這種集訓，學生多多少少會有點抱團——同一間學校喜歡待在一起。像這種規模的，一看就是一中來的。

歷年英語集訓，一中都占著大半壁江山，這群學生來這跟回家似的，自由又放飛，頗有點東道主的派頭。

盛望聽他們議論了一會兒才知道，這群男生之所以這麼起鬨，是因為所有集訓學生不論男女都住在這棟樓，男生在這層，女生就在下一層。

果不其然，樓下很快傳來一片驚呼，姑娘們也反應過來了。

「真的假的，學校瘋了？」盛望訝異地說。

楊菁搖搖頭說：「你聽他們起鬨呢，每層樓有鐵柵欄門的，現在為了方便搬行李才開著，等你們開始上課了，那些門都定時鎖的。我剛剛看到安排就問過後勤了，門禁時候會查寢。一中代代相傳，還能不知道這些。」

「那他們亂叫什麼。」盛望哭笑不得。

「不知道。」楊菁沒好氣地說。

青春期就是充滿了一驚一乍，一大群人聚在一起，見到一點跟平日不一樣的東西，都容易哄鬧起來。沒多會兒那群男生就追打開了，一群人把某個男生擠得貼在牆上，跟高天揚、宋思銳那幫二百五別無二樣。

楊菁用手指虛點著兩人說：「警告你們啊，別集訓一趟回來沾了一中的傻氣。還有，樓下是男是女、有沒有鐵門都跟你們無關，別瞎招惹，聽見沒？」

話音落下，兩雙眼睛默然無語地看著她。楊菁想了想，覺得這倆確實不像會瞎撩女生的人，又改口道：「女生主動的也不行，不准搭理。」

兩雙眼睛依然默然無語地看著她，楊菁：「……」

「算了，當我沒說。」楊菁碰到這倆就胃疼，她擺了擺手道：「反正心無旁騖，給我把複賽拿下來，別人比賽我還要做個賽前輔導，你倆這心理素質就算了。我就一個要求，不准提前交卷，再讓我知道，你倆就等著吧。」

安頓好他們，楊菁便跟著專車走了。

盛望琢磨著她的話，覺得她那些擔心都有點多餘。他怎麼可能招惹誰，真招惹也不惹樓下的。

至於那些女生，人家壓根不認識他倆，主哪門子的動。

但很快他就發現自己可能弄錯了，還真有認識的。

〔Chapter 9〕

哥，你心跳跟我一樣快

報到這天下午沒有正式的課，只有一個集訓營開營儀式，實質上跟開學班會差不多，也就是發點講義、教材，說點動員的話。

實驗樓前面有間影印室，江添去影印他們要上交的學員資訊，盛望帶著他的書包先去教室占個位置，結果一進教室就聽到了江添的名字。

盛望朝聊天的那群人瞄了一眼，在教室最後一排找了個靠窗的雙人桌，前面的聊天內容清晰地傳到了他的耳朵裡。

他聽了一會兒才弄明白，原來一中那幫人裡有兩個是江添的初中同學，一男一女。

那個女生坐在桌上，紮著鬆鬆的馬尾，穿著寬大外套，挽著另一個女生的手臂跟人笑成一團，所有的玩笑都是她起的頭，看起來比A班辣椒還潑辣。

她大概比較好說話，一中那群人都在拿她起鬨，說什麼「老同桌見面可以敘個舊」，什麼「過會兒江添來了，我就拽著妳坐他前面去」。

帶頭起鬨的那個男生皮膚黝黑，穿了件亮銀色的運動夾克，正是江添的那個男生同學。

盛望默默朝前面的空位覷了一眼，拉開椅子坐下給江添發微信。

貼紙：一中有你老同學。

他發的時候覺得自己語氣很正常，發完再看，又感覺有點怪怪的，於是撤回了。

結果下一秒，江添的回覆過來了。

森林中的影帝：哪個？

盛望：「……」

你不是在影印麼？盯著微信幹什麼？盛望在心裡吐槽道。

江添沒看見也就算了，他這麼一回覆，上面那行「你撤回了一條消息」就顯得不大自然。

其實江添上的初中本就很有名，這種競賽上碰到老同學也並不稀奇。

他哥那麼優秀，老同學裡有喜歡他的，再正常不過，盛望對這個其實沒什麼感覺，但幾條微信一發，看起來倒像是有點什麼了。

盛望看著聊天框啞然失笑，乾脆多說了幾句。

貼紙：不知道名字

貼紙：一個男生、一個女生

貼紙：好像是你初中同學

森林中的影帝：沒注意

貼紙：等你來教室應該就知道了

盛望發完這句，一中那群人的聊天話題已經換了，這次倒是跟競賽有點關係。

「據說這次集訓要用到初賽成績啊？」

「那我虧死了，我初賽考得一塌糊塗。」有人懊惱地說。

「滾滾滾，別裝好嗎？你特麼前十說自己一塌糊塗？我跟你平分，我怎麼不覺得一塌糊塗呢？」這是那位亮銀說的。

「就是，你前後幾個都是並列，相當於考了第六名，你要是都一塌糊塗了，我們怎麼辦？」

「別提了，第五名附中的，十一名江添，我們被夾在中間了，這叫前有狼，後有虎。」

亮銀又道：「怕個鳥，複賽有演講、有問答，占了一半分，別的不說，我們學校口語優勢還是很大的，到時候雜七雜八分一加，不就把人甩了麼。」

「江添口語不好啊？」有人問。

亮銀乾笑一聲：「他就算了，他口語比我好。」

「那你講個屎啊！」

「可以超第五啊！」亮銀洋洋得意地說：「附中那幫人你又不是沒在其他競賽上見過，不是二逼就是呆逼，他們以前英語不入前四十的，我估計啊，第五名大概是個往死裡啃書、刷題的，目測是後者。」

盛望：「……」

「你差不多一點，教室有人呢。」有同學提醒。

一中那群男生、女生都下意識轉頭掃視一圈教室，女生們掃過盛望的時候停了一會兒，笑著轉過去小聲議論著。

除了盛望之外，教室裡還有其他幾個零星散落的學生，一看就是其他省重點來的。

亮銀擺了擺手說：「你傻啊，人家跟江添是同學，當然一起來。江添沒進教室呢，怕什麼。」

「噢，也對啊。」其他人想了想覺得也有道理，跟著點頭。

結果這話剛說完，江添拿著幾份影印好的資料進了教室。

託那兩位老同學的福，他在一中強化班的受關注度不比附中低。他一進門，那群聊天的人就齊齊轉過頭來。

亮銀起鬨似的推了一下那個女生，然後舉起手叫道：「江添！」

江添腳步停了一下，看向他，「你也來了？」

「對啊，走狗屎運占了個名額，還有葛薈也來了。」亮銀看向他的手，納悶地說：「你包都不帶，就拿了資料啊？」

「包在那裡。」江添指了一下，然後朝盛望走來。

一中那幫人先是一愣，然後跟著他緩緩轉向盛望，臉就全綠了。

那群女生先哄笑起來，亮銀皮膚由黑轉紅，尷尬瘋了。

他灰溜溜地小跑過來，在兩人前面的空位上坐下，衝盛望乾笑兩聲說：「那個，我剛剛胡說八道的時候你幹麼不攔一下？」

盛望想了想說：「我要立刻攔的話，你可能更尷尬。」

亮銀：「……」

「我嘴巴一向比較賤，就當不打不相識，行不行？」亮銀自我介紹道：「我叫卞晨。」

這位不打不相識的卞晨說傻不傻，說精也不算精，這張嘴卻是真的欠。

他可能懷了些許愧疚心，一個下午都在跟盛望套近乎瞎聊天，結果專挑雷區蹚，越說盛望臉越木，這梁子就算結下了。

老師說，這次的課程有一半時間是在進行口語訓練，訓練方式帶有一定競爭性，學員兩兩一組，演講、問答之類都以 **PK** 方式練習，贏的記分為一，輸的記為〇，集訓兩週下來，成績匯總之後計入複試總分裡。

分組就按照初賽成績分，四十個人按單雙數來，比如排名第五的盛望要跟第六名一組，這次並列第六的好幾個人，就按照首字母來，排最前面的剛好是卞晨。

分完組之後，老師給每人發了營服和教材，這一天的事情就算結束了。

後勤給他們發過校園地圖，盛望和江添根據圖示，挑了條近路去食堂吃了晚飯。

返回教師宿舍的路上，他們又碰到了一中那幫人，幾個姑娘紛紛拱著那個叫葛蕾的女生，潮水般嗡嗡低語了一陣，又嬉笑著走遠了，並沒有人敢真的起什麼鬨。

後來回了宿舍，樓下的女生看到他和江添伏在陽臺邊說話，又一窩蜂地探頭出來看，看完便縮了回去，連嬉笑說話都是壓低了聲音的。

明明下午起鬨得那麼凶，真正到了江添面前，一個個又變得靦腆起來。就連曾經跟江添坐過一年同桌的葛薈，今天跟他的交流也僅止於打了聲招呼。

好像總是這樣，女生們蜂擁而來，又因為江添冷冷淡淡的模樣望而卻步，盛望見得太多了。樓下最後一個女生也縮了回去，盛望垂眸掃了一眼又收回目光，玩笑道：「陽臺全空了，出來的都被你凍跑了，一個沒剩。」

江添剛洗完澡，脖頸上搭著白色毛巾，微潮的頭髮被晚風吹起來。他拇指在手機上翻著日曆和天氣，然後按熄螢幕說：「風凍跑的，關我什麼事。」

盛望「嘖」了一聲。

盛明陽正給他發著微信，問他生日還有兩天就到了，打算怎麼過，要是集訓營這邊沒有什麼限制的話，他跟江鷗想趕過來帶他們好好吃一頓。

盛望在手機上飛速敲著字，說這裡有限制，家長來不了。

敲完按了發送鍵才又開口道：「老高說得對。」

「什麼老高說得對？」江添疑惑地問。

「之前運動會，有個九班的女生託老高給你遞情書，老高直接拒了，跟那個女生說了一句話。」盛望說。

「什麼話？」

「他說，『我添哥看著像是會喜歡人的樣子嗎？』」

盛望模仿著高天揚的語氣，說完自己先笑了。

他抓著手機，懶懶地看著對面的矮山。

秋葉林在夜色下是一片濃重的黑，起伏連綿，因為燈光太少的緣故，可以看到一些星星，或明或暗。

盛望收了一下嘴角，又玩笑似的說：「確實不像會喜歡什麼人的樣子。」

餘光裡，江添擦頭髮的動作頓了一下。

過了片刻，他才抓了兩下亂髮道：「也不一定。」

其實盛望說完那句話就後悔了。

人有時候衝動起來，自己都攔不住，他不知道自己說這話的目的是什麼，也沒想好自己更想聽見怎樣的答案。

他以為江添根本不會搭理這種玩笑，結果江添卻開了口。

很難描述那一瞬間的感受，盛望大腦空白了兩秒，轉頭問：「誰？」

江添沒吭聲，像某種沉默的反省或懊悔，大概剛剛也只是他的一時衝動。他垂下手，眼也不抬地把白色毛巾在掌中纏了一圈，說：「什麼誰？」

「不是說也不一定麼？」盛望直起身來。

他現在的狀態就像剛灌了三大杯冰啤，整個心口都是涼的，血和大腦卻熱得像微醺，他不知道江添會給出什麼回答，也說不清自己是在期待還是在難過。

江添看了他一眼，有一瞬間幾乎要說點什麼了，但最終他只是轉過身去，把手上纏成一團的毛巾丟進了洗衣機。

「隨口反駁而已，沒誰。」他扶著陽臺門對盛望說：「進去睡覺，起風了。」

盛望沒有立刻應聲。

那幾秒鐘的安靜有些微妙，像極了某種曖昧的僵持。

又過了一會兒，盛望才抬腳往屋裡走，從江添面前經過的時候，他抱怨道：「敷衍，跟我還搞保密這一套。」他走了兩步，又回頭道：「是我認識的麼？」

江添跟在後面把門關嚴，聞言沒好氣地說：「沒完了你？」

「行吧、行吧，睡覺。」盛望把洗澡後披的外套掛在衣架上，踩著木質小樓梯去了上鋪，很快鑽進了被窩裡。

江添朝上面看了一眼，灰色的條紋被子鼓起一個包，頂頭是盛望的後腦杓。他走到牆邊關了燈，屋裡頓時陷入漆黑，只有上鋪那個鼓包邊緣亮著一團手機螢幕的螢光。

「要給你照著點麼？」鼓包問。

「看得見。」江添說。

「噢。」

雖然是江添催的睡覺，但他其實並無睏意。他枕在床頭刷了一會兒手機——跟趙曦說了幾句事情，回覆了高天揚刷屏式的消息，翻了一下相冊，然後再次切進微信。

他本想繼續跟趙曦說事，卻發現聊天框最頂上的那個人悄悄換了頭像。

江添愣了一下，點進盛望的信息頁，發現他還發了一條朋友圈……

被好奇心扼住了咽喉。@某某

下面配圖是一個被手捏扁的小紅罐牛奶。

他新換的頭像就是這張圖，暱稱改成了「可回收」。

這條朋友圈下面已經有一排留言了。

高天揚：啥啊？八卦沒聽完啊還是做題卡一半？

宋思銳回覆高天揚：傻逼麼，想想也是前者

高天揚回覆宋思銳：你才傻逼

高天揚：哪個貨這麼坑你盛哥？這種八卦講一半的人必須依法取締掉。

宋思銳：這種八卦講一半的人必須依法取締掉

吳凱：這種八卦講一半的人必須依法取締掉

李譽：我現在也被好奇扼住了咽喉

張青藍：我現在也被好奇扼住了咽喉

A班人回覆朋友圈喜歡排隊當複讀機，一排就是長龍，那真是傻逼得相當有氣勢。直到隊伍末尾，才出現一個破壞隊形的人。

他說：線上蹲一個某某。

某某：……

他抬手扣了一下頭頂的床板，就像在敲誰的臥室門。他其實是想再說一遍「真的沒有誰」，結果開口卻成了：「幹麼突然換頭像。」

盛望在上面嗡嗡地說：「別敲，睡著了。」

江添一臉無語。

手機介面又切回了某人的信息頁，頭像比朋友圈的大了不少。被捏扁的小紅罐半彎著腰，卡通畫笑著的臉有點變形，嘴角下拉。

如果沒有那條朋友圈，單從頭像其實很難判斷他究竟是在開玩笑，還是心情不那麼好。

江添看了片刻，拇指在螢幕上抹了一下，像隔著圖摸一下某人的頭。

上鋪的人翻了個身，又過了許久，呼吸聲慢慢變得輕緩勻長，應該是真的睡著了。

宿舍一片沉靜，江添聽著那道很輕的呼吸重新點開朋友圈。他想說點什麼，又不知能說什麼，最後只發了一串標點。

他的刪節號沉在最底下，跟班上其他人的起鬨玩笑複讀機都不一樣，隔著長長的隊伍，跟最頂上的「@某某」遙相呼應，簡簡單單的兩個字忽然就變得曖昧起來。

集訓營的課安排得並不很滿，上午是語法知識點方面的訓練，下午是口語類，晚上沒有安排強制性的內容，自習室全天開放，宿舍也沒有休息限制。

競賽本就是錦上添花，願不願意添、想添多少花，並沒有人管你，至少不會像班主任那樣管你，全憑自覺。

和其他學校相比，一中的學生更肆無忌憚一些。他們第一天還比較老實，安安分分地在山前活動，吃完飯就乖乖回宿舍，然後第二天就變了。

一到課間，那群人就趴在桌上開始商量晚上去哪兒浪。

帶頭的卞晨嗓門賊大，託他的福，全班人都知道了這座學校其實也沒那麼荒，有一些商店，都集中在山後那個小區的南門。不過店面性質非常單一，除了吃喝還是吃喝，中間夾雜著一兩間網咖和桌遊店。

「好像有一家密室逃脫，據說新開的，去年還沒有，設施應該還可以。」一中一個女生說。

「要不明天去探探？」卞晨提議。

他昨天湊到後排跟盛望賠禮道歉後沒再換位置，拽著另一個同學在盛望及江添前面安頓下來，成了固定座位。

他慫恿完一中的同學，又回過頭來問後桌兩人：「怎麼樣，一起去唄？」

「明天有事。」盛望拒絕得很乾脆。

「什麼事啊？」卞晨問完又轉向另一個，「江添你呢？」

盛望默默轉頭盯著他哥，他哥朝他這邊一偏頭說：「我跟他一起。」

卞晨朝旁邊聳了聳肩，好幾桌女生半失望、半靦腆地收回目光。

「明天什麼事，要緊麼？」卞晨試圖努力一下，看完盛望又去看江添，「啊？江哥，好歹老同學呢。」

江添沒有什麼鬆動的意思。他知道盛望的生日在後天，照理說明天其實真沒什麼事，但他看得出來，盛望對於一起玩一點興趣都沒有，他自己跟卞晨也沒什麼交情。初中同班都沒說過多少話，更何況高中不同校呢。

「你們幹麼不今天去？」盛望順口問道。

「今天怎麼去？」卞晨拎起桌上的兩張紙抖了抖，說：「大哥，剛發的這些東西你都忘啦？你今晚不用準備啊？」

他手裡的紙是下午第一節口語課發的，今天沒有安排什麼兩兩競爭的內容，只做了點基礎性的訓練，講了些演講需要注意的東西，然後安排了一個主題，讓所有學生圍繞這個主題弄一篇演講資料，明天開始，就真的要按組 **PK** 了。

卞晨開玩笑似的問道：「咱倆明天下午就是對手了，你要不給我透個底，我先有個心理準備。你口語怎麼樣？」

盛望想了想說：「挺好的。」

卞晨：「……」

他都準備好先自謙一下再捧高對方了，畢竟客氣一點能讓人輕敵。萬萬沒想到他還沒捧呢，對方就已經飄得很高了。

江添在旁邊笑了一聲，卞晨這才從懵逼中回過神來，心說：我就問問而已，你特麼還吹上了。

在一中學生面前說自己口語好的真沒幾個，盛望讓他開了眼。

喜歡自誇的人都沒什麼B數。卞晨心想，明天穩了。

但是這種可以事先準備的演講，其實浮動性有點大，畢竟演講稿本身還是要考筆下功夫。有的人也許口語一般，但稿子寫得好，也能賺點分。卞晨不想給對手賺這種分的機會。

他筆試也就比盛望低一分，這種差距實在說明不了什麼。他打算今晚好好磨一篇稿子出來，明天口語再震一震對方，爭取個壓倒性的勝利。

這種考試第一印象很重要。如果開頭就是碾壓式的，那後面那麼多天，他根本不用擔心對方翻盤，兩週 **PK** 分就妥妥到手了。

競爭就是這樣，考場外可以當朋友，但拿分的時候還是要囟悍一點。卞晨對自己說。

結果第二天，他就想給自己一嘴巴。

演講 **PK** 按倒序上場，從三十九、四十名那組開始。一共五位老師打分，總分是十，按平均分算勝負。這群老師一個比一個嚴，在第十四、十五名那組上臺之前，那麼多學員裡居然沒有一個上八分的。

十五名是江添那個初中同學葛薈，跟前面那些相比，她發音算是很漂亮了，但跟稿子一綜合，最後也只有八點六分，算是第一個勉強上八分的。

教室內當場便是一片譁然，尤其是一中那幫人。他們昨天還覺得自己妥妥能拿九呢，結果等了半天，第一個高分被附中拿到了。

江添的分數其實很極端。

有一位老師明確說非常喜歡他的發音和那種冷調的風格，給全場至今為止的最高分九點七。另一位老師則完全相反，覺得他在聲情並茂這點上值一個負分，稿子倒是很出色，最後勉強給了八點六。不過五位老師綜合下來，他還是拿了九點三分。

盛望趁著他還沒回座位，在微信裡給他發了一串表情包：普天同慶的、鑼鼓喧天的、搖滾甩頭的……最後手抖發了個兩隻貓的，其中一隻摟著另一隻又親又啃。

他愣了一下，下意識抬起頭，結果對上了江添的視線。

對方剛巧從臺上下來，正往座位這邊走。

盛望摩挲了一下螢幕，垂眼把最後一個表情撤回了。他撤完覺得這樣有點欲蓋彌彰，又乾脆把上面的也撤了。

於是江添坐下來看了眼微信，某人的聊天框裡，一排九個「對方撤回一條信息」，整整齊齊。

「……」江添面無表情地盯了螢幕一會兒，實在沒忍住，轉頭去看盛望。

這人仗著自己把信息全撤回了，肆無忌憚地晾著螢幕，一點兒不怕被看，於是江添看到了自己詭異的備註名。

「森林中的影帝？」江添皺起眉。

盛望心說：我靠，忘了這茬兒了。

盛望覷了一眼身邊人的臉色，立刻哄道：「改改改，現在就改。我就是隨便寫的，盛明陽還叫養生百科呢。」

他說著便點進江添的信息頁，把備註名刪空，在裡面輸入「江添」。

結果對方無動於衷，表情沒有變好一點。

盛望跟他對視一眼，又把這兩個字刪掉，輸入「哥」，對方表情開始變得複雜，依然沒有高興的樣子。

盛望第三次刪掉這欄。

他手指懸在鍵盤上方，停了好久才抿了一下唇角，鬼使神差地輸了「某某」。他本意是藉昨晚的朋友圈開個玩笑，但輸完之後又覺得，這個稱呼帶著一種隱祕的意味，像梧桐外那條一直都在又無人往來的深巷。

講臺上正在演講的學生正說到尾聲，音調高了起來。

盛望倏然回神，準備把這個備註刪掉，卻見江添垂著的眸子動了一下，把視線轉回到了講臺上，像一種無聲的默許。

盛望心尖重重跳了一下，也跟著匆忙抬眼看向前方。

許久之後，他在介面上按下確認，收起了手機。

後面幾場演講盛望一個字都沒聽進去，直到一中的人突然爆發出一陣口哨和掌聲，他才反應過來卞晨講完了，該他上臺了。

卞晨掀起了今天下午第二個小高潮，他的分數不像江添那樣極端，每位老師的評價都趨近一致，說他稿子不錯，表達也不錯，很有感染力，最後得分也是九點三分。

能跟江添平分就夠他爽的了，畢竟人家長年穩坐聯考第一，而且初中三年，他對江添的口語水準一清二楚，早就有心理準備。

他後面還有五個人，一中的那幾個他很清楚，要論口語，尤其是演講，他要是敢在班裡說第二，沒人敢說第一，所以他估摸著最高分也就這樣了。他跟江添並列，還算不錯。

他還覺得，如果自己昨晚再晚睡一點，把稿子再磨精一點，今天分數說不定能上九點五分，那就一騎絕塵了。

直到盛望上講臺的時候，他都還在盤算自己九點五分的可能性。結果等盛望講完，他就什麼心思也沒有了，滿腦子只剩下兩個字——要完。

怪不得人家昨天敢說自己「挺好的」，這特麼要還算「不大好」，那教室裡就找不出好的了。

五位評分老師一個接一個地誇，然後跟盛望聊了幾句，卞晨這才知道，人家很小就跟老外混一塊玩兒了。

他還在盤算怎麼樣能拿到九點五分，盛望已經一騎絕塵拿了九點七分。他昨晚的話一語成讖，考場外可以做朋友，考場上某些人拿起分來真的很凶。他剛好是被凶的那個……

第一印象很重要，開頭就是碾壓式的，後面十來天他基本可以不用指望了。

同桌拍了拍卞晨的肩，卞晨說：「搞個鳥，我不考了……」

下課之後，一中那群人蜂擁而至，拖著卞晨往南門去了，說要給他換換心情。

盛望倒是心情不錯。他拎著包看了一眼尚早的天色，對江添說：「我今天想出去吃。」

盛望原以為所謂的「有幾家商店」真的只是幾家，結果到了山後校門口一看，那是一條長街。學校周圍的地勢並不平直，長街順著緩坡蜿蜒而下，繞了學校小半圈，末尾隱於山側圍牆後，一眼很難望到頭。

這附近唯一繁華的地方，也是這座學校的人唯一能活動的地方，所以時至傍晚，這裡非但不冷清，還熱鬧非凡。

不過正常上課的學生夜裡還有晚自習，就算出來也只來得及吃頓晚飯。

盛望和江添來得不巧，碰上了高峰期，所有能吃飯的店都被填得滿滿當當。

盛望轉了兩圈忍不住說：「食堂是有多難吃，把人憋成這樣？」

學校給他們開了個單獨窗口，正常學生用卡，他們用餐券，那個窗口飯菜口味一般，勝在不用排隊。他們昨天還嘀咕說，普通窗口種類豐富，估計味道能好點。現在看來半斤八兩，於是學生逮住時間就來門口打牙祭。

江添摸出手機看了眼時間，五點四十分放學，這會兒學生才剛進店，等他們吃完騰出位置，起碼要到六點半了。

他問盛望：「有想去的地方沒？」

這裡街只有一條，花樣來來回回就那麼些，要是盛望一個人來，他其實哪家都沒興趣，但有江添在旁邊就截然不同了。

他前後掃了一圈，說：「我哪兒都想去。」

江添：「……」

盛望說：「怎麼辦？」

「挑一個。」

「選擇障礙，挑不出來。」

「……」

盛望眼裡明明白白寫著促狹，「你不是我哥麼，有義務幫忙拿主意。」

江添蹙著眉尖無語地看著他，片刻之後點了一下頭，伸出手淡聲道：「刀給我，幫你分。想去幾家？」

盛望：「……我靠，嚇唬誰呢。你捨得嗎？」

他本來只是話趕話順嘴一說，兄弟也好，朋友也好，這話都很稀鬆平常，偏偏到了特別的人面前就有了莫名的意味。

江添頓了一下。

他們還在並肩順著緩坡往上走，步子不緊不慢像散心。

江添右手還攤著，瘦長的手指微曲。

盛望的餘光就落在那裡，他看見江添手指蜷了一下，收回去插進了長褲口袋裡。有幾秒的時間江添沒吭聲，像是在思考捨不捨得的問題，又像是在消化那幾分說不清道不明的曖昧。

過了片刻，他才開口說：「那還是算了。」

又過一會兒，盛望才輕低地「噢」了一聲。

於是風從兩人之間溜過去，絲絲縷縷繞著彎兒。

街邊的晚燈逐一亮了起來，兩人忽然變得很安靜，盛望走了幾步，佯裝自然地張望那些店。一眾花哨的招牌裡，有一家店的風格實在很特別。

那棟商店一層在地上，一層矮於路面，有個木質樓梯直通下去。店門兩邊種著幾株欒樹，枝葉趴在屋頂，樹冠上半是粉橘，下半是青綠，在浮動的夜色下霧濛濛連成一片。

左邊樹上掛著一串白森森的紙皮燈籠，燈籠下有個箭頭指向樓下。右邊繞著現代感很強的藍白燈圈，有個箭頭指向樓上。

商店牆上是螢光材料畫出來的塗鴉，寫著「密室逃脫」四個字。

不過真正吸引盛望目光的還是門口的人。一群男女生聚在樓梯口，顯然剛從底下那層上來，其中幾個人拍著胸口，一副魂不附體的模樣。

「嚇死人了。」有個女生說。

「我今晚要做噩夢了。」另一個人附和道：「其實本身還好，就是機關太靈了，布置得也太認真了，就很嚇人。卞晨呢？卞晨你還好吧？我看你臉都白了。」

幾個男生哈哈笑起來，調侃道：「他那臉還有嚇白的時候？」

「滾你媽的，你才嚇不白。」卞晨的聲音在人群中很好辨認，他罵完又覺得這話不對，在更大的哄笑中吼道：「誰他媽說我是嚇出來的，那裡面太悶了好吧！二逼你有臉笑我？剛剛誰叫得比女生還慘？」

「你。」那個被懟的男生毫不客氣地說。

卞晨爆了句粗，兩人在樓梯上就追打起來。

有女生問道：「還玩嗎？」

剛剛還在相互嘲笑的男生異口同聲說：「玩個鳥！」

女生哄笑起來，「一個個膽子小還死不承認。但是現在吃飯也沒位置啊，要不去樓上玩現代未來版本的密室？或者玩會兒桌遊？」

「桌遊吧，走走走。」他們說著便往樓上跑。

「那你們上去吧，我們再下去看看。」有個女生說。她還有點意猶未盡，拉著另外兩個想玩的男生下了樓，三人又進了店。

盛望盯著店面思考了一會兒，轉頭看江添，滿臉寫著「我想玩」。

江添看了看樓下恐怖風格的裝修，又看了看盛望躍躍欲試的表情，似乎想提醒他一句什麼，但最終還是點了點頭說：「走吧。」

密室老闆是個年輕人，為了配合主題，把自己打扮得鬼裡鬼氣。

盛望和江添進去的時候，那三個一中的還在糾結玩哪個。

那個女生指著一間二至三人的密室說：「要不玩這個？」

其中一個男生吐槽說：「小密室沒意思，要玩，玩五人以上的。」

「但我們人不夠啊。」

「老闆，三個人能玩五人密室嗎？」那個男生問。

老闆點了點頭，「可以，但有點難，你要不問問他們兩個肯不肯一起？」

「誰啊？」他們疑惑地轉過頭，看到了盛望和江添。

「欸？是你們啊！剛好、剛好……」嫌棄小密室的那個男生頓時來了勁頭。他跟江添、盛望其實都不熟，但有人總比沒人好，於是招呼道：「我們這裡差點人，一起麼？」

盛望當然不想跟別人一起，不過他還沒來得及有所表示，就聽見江添對那人說：「不用了。」

他敲了敲櫃檯，問老闆說：「兩人密室還有空麼？」

老闆指著一個鬼校主題的說：「有，這個空著。」

「哎，江哥，玩什麼兩人啊？」一中那個男生說：「那都是小情侶玩的，沒意思啊。」

說者無心，聽者有意。

他就這麼隨口一抱怨，盛望卸包的動作僵了一下，他下意識朝江添看了一眼，卻見江添對那人說：「哦。」

那之後，一中的人說了什麼，老闆又說了什麼，盛望都沒注意聽，也壓根聽不進去。他知道江添對於這種不熟裝熟的人向來不感冒，說那個「哦」，大概只是為了堵對方的話，但他心臟還是猛地跳了一下。

他忽然想起小時候盛明陽說的話，他說：「別人家的小孩都有點人來瘋，我家這個怎麼就沒有瘋過，懶蛋似的。」

他一度覺得這話沒錯，他確實不會因為誰在看他或者誰在身邊就格外亢奮，直到今天他才發現，原來只是一直沒碰對人。

他這晚就有點「人來瘋」，玩密室的過程中，大腦始終處於一種微妙的興奮狀態，儘管臉上看不大出來。

進密室前，老闆好像說過一句「這個小密室比幾個大密室都恐怖」。不知道別人什麼感覺，反正盛望從頭到尾沒感覺到任何恐怖，這跟膽子大不大毫無關係，只因為他的注意力壓根不在這些東西上。

他跟江添在解密上沒卡過殼，一路行雲流水。從昏暗教室開門，到頂燈壞了的走廊，再到床底寫滿血字的女生寢室，最後到走廊深處的衛生間。

衛生間裡有個帶機關的鏡子，解謎的最後需要他們打開水龍頭洗臉，鏡子會出現女鬼的臉，暗示她在哪個隔間。然後對著隔間門敲三下，頭頂的一塊天花板就會移開，一個披頭散髮的人形模特兒會從裡面掉下來，懸在一根麻繩上。

「失蹤女生」的故事就到此結束，然後牆上的暗門會慢慢升起來，這就是密室出口了。

結果盛望敲開隔間門的時候，掉落的人形模特兒彈到了牆，假髮不小心掉了下來，就剩個光頭掛在麻繩上。於是那道暗門升起來的時候，兩人彎腰從裡面出來，盛望直接笑趴在了櫃檯上，江添也沒忍住。

鬼裡鬼氣的老闆都看木了。他見過客人說「沒那麼恐怖」的、見過嚇哭了的、見過邊走邊討論機關回味劇情的，就是沒見過快笑死的。

「你們真的是按了機關出來的？不是拿腳開的門？」老闆忍不住問道。

盛望笑得脖子都泛了血色，軟在櫃檯上根本接不了話。

江添掃碼付了錢，對老闆說：「假髮記得上膠。」

說完他拍了拍盛望道：「別笑了，去吃飯。」

直到在一家杭幫菜餐廳裡坐下，盛望才緩過來。他長長吁了一口氣，用手搧著風說：「給我笑熱了。」

江添拿著手機點菜，然後把手機遞給他說：「看下想吃什麼。」

盛望眼睛還彎著，在燈光下顯得極亮。

他說：「晚飯我請，不許搶，其他時候都可以，今天不行。」

「今天怎麼了？」江添問。

「過生日。」盛望說：「江湖習俗，我請你。」

江添愣了一下，沒顧得上反駁他胡說八道的江湖習俗。他下意識點開日曆又看了一眼，皺眉道：「你不是十二月四號的生日麼？今天三號。」

「我知道啊。」盛望掃著桌上的點菜碼，說：「理論上是明天，但我不喜歡那天過生日。」

「為什麼？」

盛望抬起頭，發現江添有點懵，這種表情在他哥臉上出現簡直罕見，以至於他也跟著愣了一下，問道：「你幹麼這副表情？」

江添這才斂了神色，說：「沒什麼。」

盛望盯著他看了一會兒，忽然傾身說：「哥。」

江添眸光一動，抬眼看著他

盛望瞇起眼說：「難道你打算明天給我過生日？還是說……你給我準備了什麼禮物？」

「沒有。」江添說。

「哦。」盛望靠回了椅背，拿著手機點菜。

「為什麼不喜歡當天過生日？」盛望聽見江添忽然開口。

「其實也沒什麼，就是小時候是爸媽給我一起過的，印象有點深。後來我媽不在了，生日總是少一個人，有點冷清。」盛望認真地選著菜，說：「過生日嘛，吃吃喝喝還是開心一點比較好。如果明天過……我可能會想我媽。」

他勾完幾個，把手機遞給江添說：「陪我今天過了吧，行麼？」

也許是燈光映照的緣故，江添眉心很輕地皺著，目光卻又意外溫和。他說：「好。」

就為了這句話，江添這晚幾乎有求必應，就連噎人都克制了不少。這樣的他簡直難得一見，盛望覺得不趁機逗一下，簡直白費了這個日子。

這家餐廳最招牌的其實並不是菜，而是米酒，盛在特製的碗盅裡，取了藝名叫「白玉漿」。盛望要了一大碗，大馬金刀地往江添面前一擱，說：「你看我撒酒瘋都看幾回了，我還沒見過你醉了什麼樣，是不是有點不公平。」

他指著那一碗白玉漿說：「你老實告訴我你喝多少會醉，這麼多夠嗎？」

江添：「……不知道。」

盛望：「嗯？」

他差點兒當場讓服務生再來一碗，還好被江添攔住了。

兩大碗米酒下肚，醉不醉難說，反正洗手間肯定要跑很多趟。

最後還是服務生聽不下去了，提醒說：「我們家米酒後勁很足，剛喝下去可能沒什麼感覺，勁上來了還是很容易醉的。」

彼時盛望剛喝完一杯，因為確實很好喝，正想再來一點。他一聽「後勁很大」，二話不說把杯子推到了對面，說：「送你，剩下的也都歸你，我不喝了。」

為了等這個所謂的後勁，盛望故意磨磨唧唧，一頓晚飯吃了近兩個小時。結果臨到結帳，江添依然很清醒。

這家店剛開沒多久，還在辦活動，送了盛望一個小禮物——粗麻繩拴著兩個陶製酒壺，裝了招牌白玉漿。

他們從店裡出來已經快十點了。

少年人體火本來就旺，盛望雖然只喝了一杯米酒，身上還是蒸出了一層薄汗。秋末冬初的晚風一吹，倒是舒服不少。

他勾著麻繩，把酒拎高到面前，比劃了一下壺身大小，問江添：「你現在沒醉吧？」

「嗯。」江添應道。

「那要是再加上這兩壺呢？」盛望問。

「應該也醉不了。」江添說。

盛望「嘖」了一聲，垂下手說：「算了，我放棄了。」

「也不用。」江添說。

「嗯？」盛望一愣，轉頭看向他。

夜風吹開了他額前的頭髮，眉眼鼻梁的輪廓被街邊的晚燈勾勒得異常清晰，清雋帥氣。他眼裡映著那些黃白成片的光亮，朝盛望覷了一眼，說：「可以明年生日再試。」

「有道理。」盛望忽然高興起來。不知道是因為提前計劃了明年生日還是別的什麼。他晃了晃手裡的酒，陶壺輕輕磕碰在一起發出響聲。

剛說完，他又立刻道：「不對！差點被你繞進去。除了生日，我還不能試你了？」

江添說：「平時就算了吧。」

「憑什麼？」

「你萬一先把自己放倒了，最後倒楣的還是我。」江添說。

「靠。」盛望被噎得無話反駁，伸手就要去勒他。

江添讓得特別利索，還提醒說：「別亂甩，酒在你那裡。」

兩人半走半鬧地回了學校，路上江添時不時掏出手機跟人發幾條微信，收到第五回的時候，他們剛巧走到宿舍樓下。

江添說：「你先上去。」

「那你呢？」盛望問。

「我去拿個東西。」

直到回到宿舍，盛望都有點納悶。他先靠著陽臺玩了好一會兒手機，又洗了個澡，去走廊等了一會兒，始終沒見到江添的影子，也不知道他去哪裡拿什麼東西。

那家杭幫菜餐廳的服務生沒說錯，米酒喝著沒有感覺，後勁卻很足，他在宿舍裡轉了一會兒，酒勁慢慢爬了上來。

盛望開始睏了，但他有點不甘心睡覺。

這是他自己認定的生日，早幾天前就計劃要跟江添一起過。這一天下來，他大笑過、玩鬧過，興奮中還夾雜著微妙的悸動和曖昧，明明已經做了很多事，卻好像還缺了東西。

現在一天快要結束了，夜色深重，四周圍沉寂一片，他卻忽然有點空落落的，不知是意猶未盡還是別的什麼。

江添回來的時候已經十一點半了，整座校園陷落在深濃的寂靜裡，直到繞過小山，才在秋葉林的邊緣聽到幾個男女生說笑的聲音，應該是一中那幫人，似乎有卞晨的聲音，但他沒太注意，只是跑著經過他們，然後大步上了樓梯。身後隱約有女生的低呼和竊竊私語，也有人叫了他一聲，但他聽到的時候，人已經繞到樓上了。

他在宿舍面前刹住腳步，被風撩起的頭髮落下來，他手上拿著一個厚厚的紙袋，站在門外平復著呼吸。

走廊裡大多宿舍都黑著燈，除了樓下那幾個剛回來的人，大部分應該已經睡了。

江添刷開房門，本想跟屋裡的人打聲招呼，卻發現屋內一片安靜，上鋪的被子有點凌亂，盛望已經睡著了。從他彆扭的姿勢來看，應該是在等的過程中犯了睏，不小心歪在了枕頭上。

江添愣了一下。

他在門口站了一會兒，垂眼看著手裡的紙包。許久之後，才扯著嘴角笑了一下，不知道是自嘲還是別的什麼。

他其實準備了禮物，但是緊趕慢趕，好像還是遲到了。

盛望睡得有點沉，臉半埋在被子裡，頭髮微亂，散落在枕頭上。他似乎有點熱，額頭有輕微的汗濕。

江添走到床邊，把那個紙包擱在下鋪。

他站在床邊看了許久，拇指抹了一下盛望額角的汗，對方毫無所覺。

他抬頭看了一眼過於明亮的冷光，走到牆邊把燈關了，宿舍瞬間陷入黑暗中。

他給自己留了一個手機燈，在那團有限的螢光下，把陶壺米酒擱進冰箱，拿了衣服洗了澡，然後擦著頭髮回到了下鋪。

宿舍樓的隔音很好，那群晚歸的學生回來也沒有發出什麼聲響，到處都一片安靜。

江添靠在床頭，把毛巾搭在脖頸上，髮梢的水珠滴落下來，又無聲無息地洇進毛巾裡。他拿起枕頭旁邊的紙包，沉默地看了一會兒，又擱下了。

陽臺外，銀白色的光翻越欄杆流瀉進來。從他的角度可以看到遠處山影的輪廓，同樣安靜沉默，長久地站在夜色裡。

上鋪的人似乎在深眠中翻了個身，床鋪輕輕晃了一下，盛望的手臂從床邊垂落下來，瘦白的手指微彎著，修長乾淨。

江添抬眼看過去。

他依然靠在床頭欄杆上，一條腿伸直、一條腿曲著，他帶回來的那個禮物就擱在腿上，不大起眼，像他一直以來藏在隱祕之處悶而不發的心思。

但這一刻，也許是夜深人靜的緣故，那份心思有點蠢蠢欲動。

之前灌下的米酒在兩個多小時後的現在終於有了反應，他有點累，但毫無睡意。

手機螢幕上，標著時鐘的 **APP** 在慢慢轉著指標，離零點越來越近。

從十、九、八、七，不緊不慢走到了四、三、二、一。

十二月四號了，是個晴天，這一刻的月色很美，他喜歡的這個人十七歲。

這個瞬間萬籟俱寂，無人知曉，於是他牽住了盛望垂落下來的手，低聲說：「生日快樂。」

——生日快樂，望仔。

他牽了很久，直到被他牽著的手忽然蜷了一下，他才倏然回神。

接著，盛望略帶啞意的嗓音響了起來。

他說：「我聽見了。」

江添的手下意識撤開一些，體溫順著指尖往下滑了毫釐，又被盛望反手扣住了。

——我聽見了你說的生日快樂，也知道你在夜色裡伸出過手。

盛望啞聲說：「我抓到你了。」

——我已經抓到你了，所以你不能假裝什麼也沒發生過。

木質樓梯發出吱呀輕響，腳步聲有點急，最後兩階幾乎是一步跨下來的。

盛望反應過來的時候，自己已經從上鋪匆匆下來了。他還沒想好要問什麼、要說什麼，就已經站在那個人面前了。

江添沒再背靠著床欄。他坐在床上，右手架在曲起的膝蓋上，肩背微弓，月光斜穿過床鋪，擦著他落下一片銀白亮色，他卻坐在影子中。

那隻牽過盛望的手垂落在身邊，長指半彎。他垂著眼，目光就落在掌心的那片虛空裡，沉默著出神。直到盛望的影子歪歪扭扭投落在那片床單上，他才抬起眼。

盛望忽然就張不開口了。

他看著江添的眼睛，心跳得很快，胸口滿得要炸了，腦中卻一片空白。

他們同時陷入安靜裡，剛剛手指糾纏的那份親暱在這一瞬間瘋狂生長，野蠻而無聲，頃刻填滿了整個房間。

沒人看得見，只有他們自己心裡知道。

他們自己心裡再清楚不過。

江添低沉的嗓音在夜色裡有些模糊：「什麼時候醒的？」

盛望胸口起伏，明明只是下了五六級臺階，從床上跑到床下，他卻像走了三千里。

他說：「早就醒了。」你抓住我的一瞬間，我就醒了。

「為什麼不出聲？」江添說。

盛望說：「你覺得呢？」

江添眸光動了一下，輕得像呼吸或心跳引起的震顫。

盛望看著他，不知為什麼有點忍受不了這種突然的沉默，啞聲說：「我以為你說出去一下是指幾分鐘或者十幾分鐘，就到處轉著等你，結果左等右等也沒見你回來，就爬上去想玩會兒手機。」

他自嘲地笑了一下，說：「沒想到那酒後勁太足，不小心睡著了。」他靜了片刻，「其實一直都沒睡實。」

說的時候沒覺得，彷彿只是隨意找了個話題。說完他才反應過來，這些話帶著幾分抱怨，就像故意說出來讓江添心軟一樣。就好像如果不說點什麼，這一晚就要戛然而止似的。

理智對他說，別開這個口更好，這晚的事其實就該那樣戛然而止。

但他還是沒忍住，又問了一句：「你不是說拿一下東西麼，為什麼去了那麼久？」

江添看了一眼自己腿上擱著的紙包，說：「因為本來要明天才能拿到。」

盛望愣了一下，「禮物麼？你不是說沒有？」

「騙你的。」江添說：「怎麼可能沒有。」他捏著那個紙包的邊角，很輕地蹙了一下眉：「但是我不大擅長。」

「什麼？」

「不大擅長給人準備禮物。」

「不用擅長。」盛望垂著眼拿過那個紙包，撕包裝的時候說：「你送什麼我大概都會高興。」

紙包得很厚，大概怕撞皺了邊角，或是淋雨受潮。盛望拆了兩層，終於從剝開的地方窺見了禮物一角。

那好像是個皮質的封面。

他差點以為又是一本筆記，全拆完才發現，那是一本相簿。現在照片都存在手機雲端硬碟裡，他自己根本沒用過這樣的東西。

但他記得，曾經在某個閒聊的間隙裡，他好像對江添說過，他很喜歡看丁老頭的那本舊相簿。手機會壞，雲端硬碟東西太多太雜，那些記錄了某個時間點的照片淹沒在浩如煙海的資料裡，如果不是碰巧要找東西，他根本想不起來去看，以至於他有時會覺得過去十六年的時光模糊不清，他已經不大記得自己去過哪裡，又曾在哪久住過。

宿舍裡只有月光，江添起身走過來擰開了桌邊的檯燈。

盛望藉著光看到了相簿全貌。

這個相簿有點特別，封面是一張速寫，畫的是他頭像常用的小紅罐，像是給他特製的。

他牽著嘴角笑了一下，然後翻開了第一頁。他其實沒想好相冊裡面會放著什麼照片，但看到第一張的時候還是愣了一下。

這是一張老照片了，也許是受到照相器材的限制，清晰度不如現在那麼高，但街邊樹木和行人都有光的輪廓。

對，照片裡沒有某個特定的人，而是一條熱鬧的街。盛望剛開始有些茫然，但很快他便注意到了角落裡的路牌——那是白馬弄堂那座老宅外的大街，他的家門口。照片右上角，有人在邊緣處寫了一個年分。

盛望模模糊糊意識到了什麼，又翻開了第二頁。那是一座商場，在某個十字路口的交界處，車流在那裡交匯，陽光照在玻璃上，明晃晃地連成了片。同樣，這張照片右上角也寫著一個數字，在第一張的後一年。

他忽然想起某個等車的清晨、某個往政教處走的傍晚，還有其他一些瞬間他無意中對江添聊起的話……

「我小時候特別能折騰，經常大清早把人鬧起來。」

「然後呢？」

「然後來這條街上視察民情，一定要從街這頭走到街那頭，看到大家生活安定，我才能回去睡回籠覺。」

「為什麼是這條街？」

「因為熱鬧。」

「看見那個十字路口沒？以前這裡是不是有間商場？小時候聽我媽說過，外公還沒去世的時候，我天天撒潑打滾鬧著要去逛街。」

「逛得明白麼？」

「兩歲啊，當然逛不明白，就是去微服私訪，天生皇帝命，沒辦法。不過商場已經沒了，也不知道哪年拆的。」

「去年拆的。」

「那我轉回來得真不巧，要是早一年，還能來回味一下。」

盛望一頁一頁往後翻，右上角的數字一年一年變化著。他在照片裡看到了很多條路，家附近的、小學附近的、初中門外的。然後他到了另一個省市，又看到了初三常溜去吃東西的那個校門、高一那間學校的花街。

最後一張拍於今年，照片是附中西門，可以看到學校門額上的大字，穿過門是一條橫街，街邊有條窄道，有個賣煎餅的小車長年停在那裡，那是梧桐外那些長巷的入口。

照片的另一邊，是他最常去的便利商店，寫著大大的兩個字——喜樂。

這一年對他而言最特別的地方，就都在這張照片裡了。

通往喜樂的路上，有個男生單肩搭著書包的背影，他抬著右手，像在招呼身後的人。

那是盛望自己。

從出生第一年到第十六年，他走過的路都在這本相簿裡。他自己已經弄不清了，沒想到有人悄悄地幫他找全，然後封存在這裡。

這裡面每一條路都人聲鼎沸、熱鬧非凡，每一年都是陽光燦爛的日子。

盛望垂眸看著最後一張，很久都沒抬頭。

他背手關掉了檯燈，整間宿舍又重新陷入夜色裡，照片變得模糊不清，他飛快眨了好幾下眼睛。又過了很久，他才轉頭問江添：「從哪裡弄來的這些照片？」

他聲音比之前還啞，帶了極為輕微的鼻音。

江添靠在桌沿，就在盛望身邊，肩膀碰著肩膀。他眼睛裡有月亮的顏色，清亮一片，但一垂眸就全部掩進了深處，「找的，曦哥幫了點忙。」

盛望又問：「最後一張什麼時候拍的？」

江添說：「不記得了，很早。」

盛望點了一下頭。過了片刻，他說：「為什麼跟在後面拍我？」

江添沒說話。

盛望：「幹麼對我這麼好？」

江添沉默很久，眉心蹙了一下又鬆開，說：「我是你哥。」

盛望又點了一下頭，這次他安靜了很久，久到江添撐在桌沿的手用力攥了起來，骨節泛了白，他才開口說：「那你之前來抓我的手，也是因為你是我哥麼？」

江添沒再給出新的解釋，反而長久地沉默起來。

剛剛那個相簿看得盛望情緒有點重，酒勁又翻了上來。他覺得自己其實很冷靜，但話卻一句比一句衝動。

江添每一次被問得啞口無言，他的心跳就會更快一點。

也許是肩抵著肩距離實在很近，又或者只是錯覺，他覺得江添的心跳似乎也很重，跟沉默的模樣截然相反，像平靜海面下翻湧的波瀾。

他聽了一會兒，轉頭看著江添說：「哥，你心跳跟我一樣快。」

江添很輕地閉了一下眼，像是想把曖昧和衝動阻隔在外，但當他再睜開，眼裡的情緒卻變得更濃重了。

「別叫這個。」他轉過來看向盛望。

因為對視著的緣故，距離顯得更加近在咫尺。盛望鼻息變得有點亂，忽然就沒了節奏。他看見江添目光往下瞥了一瞬，落在他鼻尖以下，但又克制地收斂回去。

盛望很輕地眨了一下眼，低聲說：「你剛剛自己說的，所有都是因為你是我哥，為什麼現在又不讓叫了？」

江添終於還是把目光轉了回來，他看著盛望，微垂的眸光裡有糾纏難抑的情緒。過了不知多久，他才開口道：「因為我會覺得我瘋了。」

說完，他偏頭靠了過來。

月光透過窗玻璃，在桌角地面積成一片，像被切割的幾何圖形。

窗外不知哪間宿舍的人還沒睡，也許是夜談，也許是玩鬧，模糊的笑聲響在夜色裡。

屋內兩個男生並肩靠在桌邊，手指撐攥著桌沿，交錯的鼻息帶著輕顫和試探，他們吻著對方，青澀而迷亂，熾烈又安靜。

少年心動是仲夏夜的荒原，割不完，燒不盡。

長風一吹，野草就連了天。

PART 4

櫻桃

——我和我喜歡的你

因為太喜歡你，所以我如臨深淵、如履薄冰

〔Chapter 1〕

那張桌子
曾見證過少年之間的
悸動和親密無間

盛望心跳得快要炸了。

他感覺自己是個熱氣球，被人悄悄點了火，脖子以上燒得暈頭轉向，手腳卻是飄著的。

等他倏然驚醒落回地面，天已經亮了。

他瞪著白茫茫的天花板發了好半天呆，忽然有些弄不清。他不確定自己究竟有沒有睡覺，甚至不確定「昨天」這個概念是不是真實存在。

他在枕頭邊摸了半天找到手機，按亮螢幕。鎖定螢幕上寫著今天是十二月四日，晴，每個字都清晰至極。

他又去摸枕頭右邊，摸到了相簿皮質的封面，這才確定自己真的不是在做夢。

陽光被門窗攔截了一半，斜照在上鋪床沿。盛望折騰半天，終於放心似的仰倒回枕頭上，幾秒後，又忽然拽著被子蓋住了頭。

他在黑暗與悶熱中想，草，他跟他哥接吻了。

光是想到這個詞，他的心跳就開始加速。

昨天是怎麼爬回上鋪，怎麼鑽進被窩的，盛望一概都不記得了，人在緊張的時候記憶是混亂的，就像忽然喪失時間概念，不知前後、不知長短。

——我有說什麼嗎？

好像沒有，所有說辭都忘得一乾二淨，彷彿被鋸了嘴。

——那江添呢？

好像也沒有。

盛望努力回想，卻只記得江添靠過來的時候，呼吸很輕地落在他嘴角，還記得江添的嘴唇很軟，有一點涼。

——我……日。

盛望攤開的手耷拉在床邊，大有一種就此撒手人寰的架式。

悶了一會兒後，他又摟著被子滾了一圈，臉朝下深埋在枕頭裡。

他可能想把自己捂死，但沒成功，最終放棄似的起來了。

那床被子被丟到一邊，頭髮在輾轉反側中弄得很亂，盛望抓了兩下，跪坐起來，想越過床沿看一眼下鋪的人，卻感覺右邊膝蓋一陣鈍痛。

他嘶聲吸了一口氣，納悶地捲起褲子，發現膝蓋和小腿上有兩塊瘀青。他愣了一會兒，終於想起自己昨晚親完之後故作鎮定，想要一派老成地爬回上鋪，結果連撞了兩次樓梯角。

相比而言，江添就冷靜得多，他……他人呢？

盛望趴在床欄，發現下鋪空空如也，被子乾乾淨淨疊放在床腳，床上的人早已無影無蹤。

他放下捲著的褲腳，下了兩級樓梯就乾脆撐著扶手跳下地。

他在宿舍裡轉了兩圈，真的沒有找到江添。

現在才七點，離集訓第一節課還有一個小時，怎麼人就不見了？

盛望從上鋪拿了手機，想也不想就給江添打過去了，然而剛按下撥打，他又有點後悔。比起說話，他倆現在可能更適合打字發微信。他剛想明白這一點，電話就被接通了。

手機兩端的人近乎默契地安靜好一會兒。

盛望聽著江添很輕的呼吸聲，又想起了昨天落在嘴角的鼻息。他舔了一下那處唇沿，拿起桌上的杯子喝了點水，江添低低沉沉的嗓音終於貼著耳邊響起來：「喂。」

盛望握著水杯的手指縮了一下，把杯子擱下了。

「你在哪裡？」他問。

「食堂。」江添回答：「起來了？」

「剛醒。」盛望在他床邊坐下，又道：「嚇我一跳，我以為你……」他卡了一下殼，含糊地省略掉「親完」兩個字：「……就跑了呢。」

手機那頭的人似乎也卡了一下。接著，江添的嗓音又傳過來：「沒有。」

盛望點了點頭，點完才意識到手機那邊的人看不見。

手機裡隱約傳來了一聲哨音，很遠，像體育課上老師吹的集合哨。

盛望狐疑地問：「你真在食堂？」

……當然不在。

這座學校五點四十分就吹了起床號，六點十分普通學生開始晨跑，六點半大部隊湧出操場，說笑著紛紛進了教學樓，那時候天光才真正亮起來。

這會兒來了一撥體育生，在跑道邊上抬腿邊拉伸。訓練老師在操場另一頭吹了一聲哨，他們陸陸續續往那邊走去，江添就坐在操場這一側的看臺頂排。

他當然沒有外表看上去那麼淡定，否則昨晚就不會稀裡糊塗把人放回上鋪，什麼話都忘了說。

他在接近天亮的那段時間囫圇睡了幾十分鐘，起床便來到操場，吹著清晨的風冷靜一下，直到接到盛望電話。

他從看臺座位上站起身，順著大臺階往下走，邊走邊對手機那頭的人說：「想吃什麼，我買好等你。」

這個季節的天特別高遠。

盛望把衣領拉到頭，下巴埋進領口往食堂走。

這一天陽光格外好，明明沒下雨，路邊的草木卻異常乾淨，即便是落在地上的枯葉，也有一層燦爛的邊。

空氣寒涼卻清新，盛望吸進胸腔，周身上下透出一種懶洋洋的愉悅來，好像什麼都不用做就可以很高興。

食堂只開著一個特別窗口，偌大的地方只有參加集訓的幾十個人零星散布著，他一眼就看到了江添。

盛望小跑過去在江添對面坐下，結果一個沒注意，右膝蓋又撞到了桌槓，頓時「嘶」了一聲。

「怎麼了？」江添低頭往桌下看。

盛望胡亂揉了兩下，說：「沒，撞到青的地方了。」

「哪來青的地方？」江添看著他揉的地方，有些疑惑。

「昨晚磕到樓梯角了。」

「……」

至於為什麼會磕到樓梯角，那就不用多說了。

盛望揉著痛處的手忽然變得非常機械，江添的目光還停在那裡，過了片刻默默抬起眼來。兩人對視一眼，悶頭吃起了早飯。

他們心裡藏著祕事，沒注意到周圍，等到隱約聽見聊笑一抬頭，才發現旁邊幾張空桌都被女生占了。

右邊兩個女生應該是剛坐下，被旁邊的同學調笑說：「欸，妳們要不要這麼明顯？」

「幹什麼？」一個女生紅著耳朵反駁道：「你煩死了。」

「好好好，吃飯、吃飯。」那個男生應道：「一會兒演講稿借我看看唄？我跟麻子都覺得這題目不大好做。」

女生朝江添和盛望這桌瞥了一眼，說：「我們寫得也不好……」

趁著話趕話，江添又剛好抬著頭，那個女生滿臉通紅地轉頭問他：「江添，口語課的演講稿和昨天老師留的幾個問題答案，能借我們看看麼？」

江添表情出現了一秒的空白。

盛望一口粥嗆在喉嚨裡，咳得脖子都紅了。

問話的女生也沒想到會問出這種效果，嚇了一跳，趕緊手忙腳亂翻紙巾遞給盛望。

「謝了。」盛望悶頭趴在桌上緩著氣，瘦白的手夾了紙巾衝她搖了搖。

那個女生小心翼翼地問：「怎麼突然嗆到了？」

江添起身去自動販售機買了一瓶水，用瓶底碰了碰盛望的手，擱在他那邊，這才對女生說：「跟別人借吧。」

「啊？」女生愣住。

江添說：「我沒寫。」

女生：「啊？」

盛望從肘彎抬起頭，血色正從他脖頸往下退。他擰開江添買來的水灌了兩口，餘光瞥到那倆女生又轉向他。

他嚥下水，一臉尷尬地笑笑說：「我也沒寫。」

女生：「啊？你們是不打算寫嗎？還是……」

盛望乾笑一聲說：「忘了。」

演講課的主要負責老師非常嚴格，甚至有點凶。女生想了想那位老師的臉，忍不住問道：「昨晚那麼多時間呢……你們一個字都沒寫？」

盛望正準備再灌兩口水，聞言及時剎住動作，免得第二次被嗆死。他和江添對視一眼又移開視線，說：「嗯，一個字沒寫，午休補吧。」

一聽說江添、盛望沒寫作業，卞晨瞬間就活了。倒不是幸災樂禍，而是覺得今天自己總算可以拿個 **PK** 分了。

他昨天回去得也很遲，但怎麼也沒敢忘記演講這回事，所以開夜車開到了三點多，磨好了一份自己很滿意的稿子。

午休時間也就一小時，要寫好一份演講稿，同時查好老師昨天留的問題，還要對今天的即興演講做準備……除非吃了興奮劑，不然肯定沒可能。

卞晨期待了大半天，終於等到了下午的演講課，臨上課前他還跟同桌說：「等著，爸爸我今天註定 SLAY 全場。」

結果很快他就發現，他想多了。

那倆王八蛋大概真的吃了興奮劑，不但寫完了稿子，還發揮得特別好，從前桌幾個女生的反應來看，估計是帥瘋了。

卞晨沒好氣地想，跟公孔雀開屏似的，也不知道開給誰看呢！

第一天只有正常演講的情況下，他跟盛望的差距還不算太大。

今天加上了即興問答和演講，那個分差就很讓人絕望，以至於後半截課他整個人都不在狀態，半死不活地癱在桌上，感覺自己在夢遊。

他不知道的是，後桌那倆春風得意的人其實也不大在狀態，尤其是盛望。

他做完即興演講從講臺上下來的時候，剛好收到了一些老同學的微信消息，紛紛祝他生日快樂。他一一回覆完其他人，跟八角螃蟹多聊了一會兒。

螃蟹是個異常八卦的人，這點比高天陽有過之而無不及，從他之前關注附中表白牆就可以看出來，但他跟高天揚還有一點不同，高天揚心眼比炮粗，螃蟹卻不同，他在八卦的時候格外敏銳。

他跟盛望胡天海地扯了一會兒淡，忽然賤兮兮地說：盛哥，我發現個事。

可回收：什麼事？

八角螃蟹：為了避免你把我當成變態，我要先解釋一下。

可回收：？

八角螃蟹：我們最近也開競賽課了，那些題目噁心得我頭禿，每次做不出來，我想找你問問，但是！

八角螃蟹：我這麼貼心，知道你們考卷比我還噁心，所以最後都忍住了。

八角螃蟹：雖然！

八角螃蟹：我最終並沒有發任何題目給你，但我曾無數次點開你的聊天框

可回收：……

可回收：你再這麼噁心兮兮地說話，我就刪好友了

八角螃蟹：別啊

八角螃蟹：磕頭

八角螃蟹：我鋪墊完了

八角螃蟹：我就是想說，盛哥你這幾個月頭像暱稱換得有點頻繁哈

可回收：……

盛望盯著介面，隱約猜到對面那個二百五要說什麼。

果不其然，聊天框裡接連蹦出好幾條新消息。

八角螃蟹：我琢磨著

八角螃蟹：盛哥你是不是有情況了

八角螃蟹：〔蒼蠅搓手〕

八角螃蟹：〔瞇眼一笑〕

八角螃蟹：你看你一個「罐裝」頂了多久？從我認識你開始就一直是罐裝，到你轉學走也沒見你升級過。

可回收：…………………

八角螃蟹：你最近換的夠以前好幾年了

八角螃蟹：你是不是談戀愛啦？

盛望眉尖一跳。他盯著那幾個字看了半天，然後轉頭看了江添一眼。

對方注意到他的視線，微微低頭說：「幹麼？」

盛望藉著臺上男生慷慨激昂的嗓門作掩護，說：「跟以前哥們聊微信。」

不知出於什麼心理，他把手機螢幕翻給對方看了一眼。

江添視線下瞥，那個角度應該是一眼就看到「談戀愛」那句，他定了幾秒，抬眼看向盛望。

臺上老師在打分，教室裡大半學生都很緊張。唯獨最後這個靠窗的角落，被某種難以描摹的東西填充得滿滿當當。

那個男生從臺上走下來，老師簡單講了幾句，下一個女生跟著上了臺。

盛望飛快朝那邊瞄了一眼，垂下眼睛給螃蟹打字回覆。

可回收：你提醒我了

八角螃蟹：？

可回收：我該換新頭像了。

八角螃蟹：？

江添看著他回了這些。

看演講的評分老師又走下了講臺，在教室後排隨便找了空位坐下。

江添不得已收回視線，毫無興致地看了一會兒即興演講。過了片刻，他又垂下眼，從包裡摸出手機，點開盛望的微信刷新一看，這人把頭像換成了旺旺大禮包，暱稱改成了兩個字：店慶。

江添：「……」

盛望改完頭像暱稱就又去玩螃蟹了，把對方急得吱哇亂叫狂甩表情包，這才心滿意足地收了手。彼時離下課已經沒幾分鐘了，他隨便翻了幾下朋友圈，看誰的狀態都覺得挺有意思的，最後又不知不覺點進了「某某」那個聊天框。

真人就坐在他旁邊，他卻在這看對方的信息介面。

相比他而言，江添的頭像和暱稱就穩定得多，萬年不變的團長、萬年不變的句號。雖然可以預料到朋友圈也是萬年不變的空白，但他還是點了進去，結果就看到了變化。

之前江添的朋友圈封面就是最原始的那個，什麼也沒動。

今天卻換了，改成了一張照片。

照片拍於天將亮未亮的時候，晨光熹微，從露臺照進來，把宿舍切割成了明暗兩塊。那張空空的桌子就位於明暗之間，一半在光裡、一半在夜裡。

沒人知道在幾小時之前，它曾見證過少年之間的悸動和親密無間。
盛望盯著那張照片，脖子一點點漫上血色。靠……
江添昨晚拍這個的時候喝沒喝多不知道，反正他這酒是醒不了了。

盛望和江添看微信正心不在焉，自然沒有注意到講臺上的動靜，也沒有聽到老師說「晚上去宿舍看看你們」那句話。
下課的時候，老師在教室前門貼了一張大表格。表格橫列標注著日期，一天一格細分了兩週的集訓時間，豎列是按組排的，兩人一組，一共二十組。
一開始同學還納悶貼這表格幹麼，紛紛圍過去，結果就見演講老師掏出這兩天的分數單，拿著筆在表格裡記分。
PK 贏了的，當天那格記一分，輸了的記零分。盛望、江添連贏兩天，各自有了兩個一，卞晨和江添那位倒楣的對手則連輸兩天，各自有了兩個零。
這個年紀的人多少都有點爭強好勝，臉皮也薄。這個表格對一群習慣被誇的好學生來說，簡直是公開處刑，鬥志一下子就上來了，於是當天傍晚溜出去玩的學員人數驟減。即便出去了，也都在七八點就乖乖回了宿舍。
這天的走廊格外熱鬧。
一中那幫男生為了方便串門，各個宿舍都大敞著，一副開門迎客的模樣。
盛望和江添吃完晚飯回來，走廊裡人多得像趕集。好幾個男生抱著衣服、毛巾在幾間宿舍之間來回竄，還有人高聲問道：「二子，你他媽怎麼連個沐浴露都沒有？」

「剛好用完忘了買。」走廊一個男生衝浴室的小窗啐道：「就你那老樹皮還要沐浴露呢？肥皂搓搓得了。」

「滾你媽的。」

「你洗不洗？不洗出來換別人。」

「洗洗洗。」

盛望一臉納悶，差點兒以為自己來到了公共澡堂，「你們幹麼呢？」

「看不出來嗎？借衛生間洗澡啊。」卞晨還沉浸在下午的PK裡，說話帶著情緒。這人有什麼都放臉上，看久了倒也算一種直爽。

他旁邊的男生指了指樓梯旁的公告欄說：「你們上來的時候沒看通知嗎？」

「通知？」盛望還真沒注意。

江添退回去看了一眼，說：「要停水。」

「好像是管道改造還是什麼，反正今天晚上停水。」有人解釋說：「通知寫的是八點開始，但剛剛就有兩間宿舍出水小到沒法洗澡了。」

卞晨糾正道：「現在三個了。」

「哦對，從那頭開始的。」男生指著走廊另一邊，「樓下女生那邊倒還正常，估計我們樓層高一點，水壓不大夠？反正可能不到八點就沒水了，還有二十來分鐘，你們要洗澡的話最好抓緊。」

說話間，一間宿舍裡傳來嚎叫：「操，水沒了。我沐浴露還沒洗呢！」

隔壁立刻應道：「要不你來這邊？我這裡還有，咱倆擠擠也行。」

「擠你大爺，我光著呢，怎麼過去？」

「捂著來唄，傻逼！」

「我……去你媽的。」

走廊上的人愣了一下，瞬間笑瘋了，鬼吼鬼叫地起鬨說：「捂著來！捂著來！」

沒過兩分鐘，一個穿著褲衩渾身濕噠噠的男生光著膀子從一間宿舍衝出來，又忙不迭往另一間宿舍奔。

因為沐浴露太滑的緣故，在門檻上踉蹌了一下，然後一群男生狂笑著衝過去拽他褲衩邊。

「我草，畜生！」那個男生揪著褲腰掙扎開，吼道：「你媽的給我等著，一會兒我逮住一個扯一個！」

盛望不是沒見過宿舍生活，但真沒見過這麼奔放的。他目瞪口呆被辣了半天眼睛，推著江添趕緊回宿舍。

進門的時候咕噥了一句：「我這小心翼翼的，他們倒是一點顧忌都沒有。」

江添正低頭打字，在微信上謝謝趙曦幫忙。他聽到這話沒有反應過來，順口問道：「什麼小心翼翼？」

「……」盛望背手關了門，默不作聲地看著他。

江添轉過頭來，半垂著眼想了片刻終於明白過來。他眼皮一抬，目光掃過盛望的眼睛，又很輕地往下面落了一點。

盛望感覺門都被自己的背抵熱了。他剛想說點什麼，手機在口袋裡忽然震了一下。他掏出來一看，是盛明陽發來的微信。

養生百科：下課了沒？方不方便接電話？

盛望心頭一跳。

他當然知道這只是巧合，但在這種時候看到他爸的信息，總有種難以抑制的心虛。

江添沒看清寄件者，他只是剛回神似的從盛望唇角撇開視線，過了一秒才又轉回來說：「還有二十分鐘，你先洗。」

「我回個電話，你先。」盛望說。

「電話？」江添問。

盛望連忙按熄螢幕，抓著手機的手垂下去。這動作狀似無意，其實帶了幾分掩藏的意味：「以前同學，問我下課沒，估計來祝我生日快樂的。」

江添點了點頭。他把手機扔在枕頭邊，從櫃子裡拿了乾淨衣服進了衛生間，先試了一下水溫，又出來提醒盛望說：「別打太久，熱水不多了。」

「知道。」

盛望在宿舍轉了一圈，最後還是去了陽臺。他手肘架在欄杆上，盯著盛明陽的那條微信看了半天，直到剛剛被驚到的心跳恢復正常，這才打字道：特別不方便。

發過去沒兩秒，手機就震了起來。

盛望咬著舌尖等了幾下才按了接通，說：「我不是說不方便嗎？」

盛明陽話語裡帶著笑：「你那點反話我還能看不懂？下課啦？」

「剛下。」

「真剛下？」盛明陽說：「都七點多了。」

「那你問我下沒下課。」盛望說。

盛明陽在那邊咕噥了一句「臭小子」，說：「行，爸爸平時客套話說慣了，沒調過來。虛心認錯還不行麼？」

「行。」盛望說。

「晚飯吃了麼？」盛明陽說：「這話不客套了吧？」

「剛吃完。」盛望也說：「這次是真的。」

盛明陽笑起來，「吃了點什麼，那邊伙食還行麼？」

「食堂一般，但是門外有不少店，味道還挺好。」

「所以今天跟小添出去吃的？」

聽到小添兩個字，盛望那種心虛感又來了。他弓著肩低頭壓了一下關節，才用隨意的語氣說：「沒啊，就在食堂吃的。」

「過生日居然沒出去？」盛明陽有點意外，「欸，對了，小添是不是不知道你今天生日？」

旁邊傳來江鷗的聲音：「他知道啊，我早之前跟他說過，他說他知道，政教處還是哪個主任那邊看到過小望的學生資訊。他當哥哥的，居然沒點表示？我問問小望……」

一聽江鷗要來接電話，盛望嚇了一跳，連忙補充道：「過了，昨天就提前過了。我倆昨天晚上在外面吃了頓大的。」

不知道為什麼，比起盛明陽，江鷗的聲音更讓他心虛。好在補充完這句，江鷗那邊放下心來，沒再多說什麼。

「那你要謝謝小添。」盛明陽說：「不是每個哥哥都記得給自己弟弟過生日的。」

他不知不覺又帶上了商務腔，盛望胡亂點了頭說：「謝過了。」

盛明陽又叮囑他也要記得江添生日，然後簡單聊了幾句，這才在盛望的催促下掛了電話。

他掛在欄杆上發了一會兒呆，忽而生出幾分罪惡感，忽而又生出幾分叛逆，直到身後陽臺門被推開，那些混亂衝突的念頭才有了一個短暫的終結。

江添正抓著毛巾擦頭髮，因為水洗過的關係，五官輪廓在燈下乾淨得發光。盛望一看到他，所有亂七八糟的糾結心思就都扔到了腦後，從清早延續下來的愉悅感又慢慢探出頭來。

「打完了？」江添問。

「嗯。」盛望穿過陽臺門，抓著手機眯起一隻眼睛朝上鋪瞄準了一下，然後投籃似的拋出去，不偏不倚，剛好砸落在床尾厚軟的被子裡。所有震動聲瞬間悶了下去，就像把一切外來干擾都阻隔在了身外。

「我去洗澡。」盛望拿著衣服進了衛生間。

空間裡的水汽沒有以前那麼足，也許是天冷的緣故，甚至也不大潮熱。盛望本想著他在後面洗，萬一水不夠，倒楣只是他一個。沒想到熱水比他想像的多，速度快一點完全夠用。等到水流慢慢變小變涼，他剛好洗完了。

盛望把小窗推開散霧氣，擦著頭髮往外走，江添已經坐在桌前寫明天要用的演講稿了。有了前一天的教訓，他們沒敢再忘作業，下課的時候老老實實抄了演講主題和課後問答。

盛望把毛巾順手搭在脖子上，去拎書包。

他從包裡掏了本子和筆，拉開桌邊另一張椅子坐下來。結果手臂剛伏上桌沿，腦子裡就開始閃回昨晚的片段——他手指攥著桌角，微微側著頭。後來不知什麼時候鬆了開來，蜷著指節有點沒著落，再後來就抓住了江添的胳膊……

這桌子有毒。盛望幾乎剛坐下去就匆匆站了起來，他抓著本子和筆轉了兩圈，在江添的注目中爬上了去上鋪的樓梯。

「去那裡幹麼？」江添問。

盛望在木樓梯半腰坐下來，用一種靜坐參佛的語氣說：「我樂意。」

江添挑了一下眉，也沒多說什麼。點了點頭低頭看書去了，耳朵裡還塞著白色的無線耳機。他低頭的時候，肩背的筋骨弧度會變得很明顯，像一張漂亮鋒利的弓。肩很寬，腰很窄，有著這個年紀特有的感覺，薄卻並不瘦弱。

盛望寫演講稿從來不寫整篇，都是寫關鍵字，這樣速度快，還能即時做調整，沒有那種死記硬背的生澀感。

他在筆記本上記著零碎片語，寫著寫著，又忍不住抬頭看向他哥的背影。

過了片刻，他抿了一下唇，鬼使神差又抓著本子和筆站起來了。

他走回桌邊，悶不吭聲地拉開那張椅子，在江添身邊坐下。

他剛放下東西，身邊的人忽然開口問道：「怎麼又回來了？」

盛望正攥著筆寫單詞，聞言朝他看了一眼又收回目光，繼續寫了幾個字母後說：「我樂意。」

宿舍裡很安靜，只有他筆尖掃過頁面的沙沙聲。他的胳膊抵著江添的胳膊，皮膚觸碰著對方的皮膚，體溫毫無阻攔地相互傳遞著。

他寫完這個片語，終於在滿溢的曖昧感中停下筆。他看見江添摘了一只耳機側頭過來，目光從半睜的眸子裡投下。

呼吸交錯落在唇縫間，快要觸上的時候，外面忽然響起了篤篤篤的敲門聲。

盛望：「……」踏馬的哪個傻逼這時候來？

盛望撲著翅膀氣勢洶洶走到門邊，手都握上門把手了才意識到自己太傻了，應該管他三七二十一先啃他哥一口再說。

這麼一想，他感覺自己虧大發了。

傻逼還在敲門，他繃著要吃人的臉把門拉開，剛想問「幹麼」，就發現「傻逼」是集訓營的老師，一行五人由後勤老師帶隊，笑咪咪地站在門口。

盛望：「……」

「喲，你這是什麼表情？不舒服啊？」老師對成績突出的學生總有幾分偏愛，這幾個老師都挺喜歡盛望的，下了課堂說話也沒那麼嚴肅。

盛望乖乖放下屠刀，找了個藉口：「我胃痛。」

「怎麼好好的胃痛？吃壞東西了還是受涼了？」老師問。

盛望硬著頭皮掏出了許久不用的「手無縛雞之力」人設，說：「沒有，就是體質差。」

倒是後勤老師說：「估計還是受涼了，這學校也是搞笑呢，那個破管道早不改晚不改，非挑在集訓的時候改，別說他們了，我剛剛洗澡都差點澆上冷水。」

語法老師說：「哦，我上午下課，中午就把澡給洗了，還真沒注意。這天要是洗點冷水澡，那不得了。」

「就是說啊，肯定要生病。」

他們陸陸續續進門，跟江添打了招呼，在宿舍裡四處看著。

「老師你們怎麼突然來宿舍了？」盛望問，

演講課的老師「呵」了一聲，說：「上課開小差被我逮住了吧？一看就沒認真聽講，我下午說了晚上我們要來。前兩天在忙各種準備工作，今天晚上才有了點空閒，說過來看看你們住得好不好的，也沒想到剛好碰上停水，這話我們都說不出口了。」

他說完一指江添說：「你看江添認真聽講了，他就知道我們要來，沒問這種問題。」

盛望：「……」他知道個屁。

江添剛擱下筆從桌邊站起來，看到盛望那副冤得要死的表情，沒忍住有點想笑。那一瞬間的表情被演講老師抓個正著，他說：「你看你現在不是情緒挺生動的嘛！」

江添：「啊？」

「這兩天跟你說了也有八百回了。你稿子寫得非常漂亮，用詞很準確也很鋒利。」老師說：「就是情緒渲染上面有點問題。你看，一個成功的演講者能讓人群情激憤，也能讓人熱淚盈眶，講完之後，聽眾心裡應該是心潮澎湃的，或者感慨萬千的……」

老師自己說到了興頭上，洋洋灑灑講了大半天，簡直就是個即興的關於「如何讓冷臉學生熱情起來」的演講。

說完，他意猶未盡地擰開手裡的礦泉水喝了兩口，問江添：「有心潮澎湃的感覺麼？」

江添：「……」

他沉吟兩秒正要開口，老師抬起了手說：「行了、行了，不用說了，看你表情就夠了。」他轉頭衝幾個同事說：「我明天就辭職。」

那幾位老師快笑死了。

演講老師又正色道：「好了，不開玩笑，認真說，集訓期間的演講 **PK** 還是很重要的。你想，高手之間過招，多一分少一分影響都很大，**PK** 分折算一下劃進總分裡，是個很可觀的數字了。」

「我們今天來其實也有這個目的，就是趁著集訓還有不少天，先給所有學生提個醒。競賽最終結果是一方面，我們本意還是希望優秀的學生能補足短處，變得更優秀。每個人有每個人的性格，擅長的、不擅長的各不相同。我沒打算強求你一定要多麼聲情並茂，單論競賽，你現在的東西已經完全夠用了，但我還是希望你能再努力提升一下。」

老師指了指盛望說：「你看，室友就是現成的資源，完全可以一個人講，另一個當聽眾。你就看看能不能打動他，讓他心潮澎湃，讓他哭，對吧？」

這群老師倒是真的很惜才，明明下了課，還是忍不住掏了許多經驗、技巧出來，一間宿舍一間宿舍地聊過去。最後集體開了個小會，說了點最終比賽要注意的東西，這才徹底散了。

夜已經很深了，走廊裡人聲如海潮般退盡，又被宿舍門隔絕在外。

盛望打了兩個哈欠，睏勁有點上來了。

這幫學生都有點毛病，喜歡跟自己較勁，明明想睡覺還要抓著手機玩會兒遊戲，明明眼睛都睜不動了，還要跟人胡天海地聊微信。好像不把自己耗到不知不覺睡過去，都白費了這大好時光。只有課間十分鐘，睡得最為心安理得。

盛望刷完牙，在宿舍裡轉了兩圈，順手撈起江添的演講稿，在去往上鋪的樓梯上坐下了。

江添在洗手臺那邊，嘩嘩的水聲合著電動牙刷嗡嗡輕鳴傳過來。

盛望腳踩著下一級臺階，一邊聽著另一個人的動靜，一邊撚著拉鍊頭低頭看稿子。

江添從那邊過來了。他又簡單潑了一把臉，額前的髮梢上沾著細小的水珠。

盛望坐得有點高，他又微低著頭，從樓梯這個角度，只能看到他筆挺的鼻梁和平直的唇線。

盛大少爺盯著看了幾秒，又默默挪開了眼。這個年紀的躁動一旦找到了出口，就恨不得天天踩在門檻上，一邊蠢蠢欲動、一邊默默反省……

他蠢蠢欲動的時候，視線總會瞄到江添鼻尖以下，有時候自己都反應不過來。不知道江添有沒有注意到，也不知道注意到了會有什麼感想。然後他又默默反省，覺得自己像個小流氓。

「幹麼又坐樓梯上？」江添順手抽了一張紙巾。

他一開口，盛望就有種心猿意馬被捉個正著的感覺，於是抻直一條腿，換了個坦然點的姿勢。

他抖了抖手裡的本子，理直氣壯說：「我在看你的演講稿。剛剛老師不是說寫得相當漂亮麼，我拜讀一下。」

江添又想起老師的調侃，有點無奈，「讀完了？讀完還我。」

「沒有。」盛望剛剛一個字都沒看進去，他隨手翻了兩頁說：「看不如聽來得快。要不你直接講吧。」

「別想了。」江添一點不給面子。

「老師說了，你不能白費了我這個免費聽眾。」

「瞎了算了。」

「你快點，這麼配合的聽眾上哪兒找。」盛望逗他逗得上癮，老闆似的往後一靠，攤開手說：「來，聲情並茂一點，弄哭我。」

「……」

宿舍裡出現了片刻安靜，江添晃掉髮梢的水，眨了一下眼睛然後抬起眸。

盛望說完就覺得這話不大對，他撞上江添的視線，又立刻說：「不是，我是說用你的演講來弄……」他話說一半便閉了嘴，覺得還不如不說。

從盛明陽那裡學來的場面話在這種情況下統統不管用，他突然變得笨嘴拙舌起來。

大少爺默默收了囂張的腳，悶頭在樓梯上自閉了幾秒，然後轉身就往上鋪溜。動作倒是很淡定，但背影充斥著「我他媽又丟人了」的意味。

江添視線落點還在樓梯上，許久之後眨了一下眼才回過神來，上鋪的人已經把自己活埋了。他下意識走回洗手臺邊，打開水龍頭才想起自己已經洗漱完了。於是他一臉冷靜地洗了第二遍手，抽了第二張紙巾擦乾淨，這才關了燈回到床邊。

拉開被子坐上床的時候，一綹夜風從陽臺門窗縫隙裡溜進來，他感覺有點冷，但並沒有放在心上，結果第二天就遭了報應。

盛望七點十五被鬧鐘叫起來，迷迷瞪瞪睜開眼才發現，江添的演講稿還在他手裡。這天氣溫又降了一些，清早有點涼。他拽了件外套披上，從上鋪下來，想把稿子還回去，結果卻發現下鋪的人面朝牆壁居然還在睡。

江添一貫起得早，睡到這個點有些反常。

盛望撐著床伸頭往裡看，輕聲問：「醒了沒？」

江添蹙了一下眉，低低應了一聲：「嗯。」

又過了好一會，他才睜開眼翻身坐起來問：「幾點了？」

盛望沒有看時間，反而盯著他的臉色看了一會兒，問：「你是不是不舒服？」

身體舒不舒服江添自己心裡最清楚，他其實五點多鐘醒過來一回，嗓子乾得厲害，渾身一陣陣發冷，於是去廚房那邊倒了一杯熱水喝下去。

本以為捂著睡一覺就好了，沒想到早上起來反而更嚴重了，就連眼睛都乾得發痛。

盛望第一次看到江添這副模樣，皮膚從冷白變成蒼白，頭髮凌亂地散在額前，低頭的時候半遮住了眼睛。透過亂髮的間隙，可以看到他緊擰的眉心。

盛望觀察一下，懷疑江添發燒了，但宿舍裡沒有溫度計，於是他傾身靠過去，想抵著對方額頭對比一下溫度。

江添大概感覺到了他的動作，半睜開眼來，遲疑一瞬後下意識讓了開來。

他嗓音沙啞地說：「離遠點，傳染。」

「傳什麼染，我試試你燒沒燒。」盛望固執地靠上他的額頭，感覺到了一片燙意。

「怎麼突然燒這麼厲害？」盛望直起身，匆匆去拿後勤老師發的校園地圖，焦急翻找醫務室的位置。

江添在床頭坐了一會兒，說：「可能昨天起太早了。」

「那也不至於啊。」盛望說著，忽然想起昨晚那幾位老師隨口一提的話，又想起他洗澡前衛生間裡淡薄一片的水汽，翻頁的動作倏地頓住。

他看向江添眼底燒出來的一片微紅，問道：「哥，你昨天洗澡是不是沒用熱水？」

江添沒抬眼，自顧自地揉著太陽穴，乾裂嘴唇微微動了一下：「用了。」

騙子。盛望想。

老師說，一個成功的演講者能用言語讓人感慨萬千、讓人心潮澎湃、讓人笑、讓人哭、讓人心裡脹滿了東西，卻又說不出話來。

可是江添不一樣。他一個字都不用說，就全做到了。

〔Chapter 2〕

對外我一直都說
你是我哥，
對內能換點別的麼？

作為一個病人，江添真的毫無自覺性。

盛望找好醫務室，去廚房新倒了一壺水插上電，免得藥買回來了卻只有冷水可以喝。結果出來一看，江添已經起床了。

他的書包倒在床上，拉鍊口大敞，裡面塞著被盛望霸占了一夜的演講稿。他一手抓著書包拎帶，坐在床沿低頭緩和著暈眩。

他大概聽到了盛望的腳步聲，啞聲說：「給我五分鐘。」

「什麼五分鐘？」盛望愣了一下，「你起來幹麼？」

江添說：「上課。」

盛望：「嗯？」

「假都給你請好了，上什麼課，躺著。」盛望大步走過去想把書包拿走，江添讓了一下。

他睜開眼說：「沒那麼誇張。」

「你人在我手裡，有沒有那麼誇張我說了算。」盛望把當初江添的話原樣還了回去，他抓著書包另一根帶子，虎視眈眈，「你躺不躺？不躺，我扒你外套了。」

江添有點無語地看著盛望，目光從散亂的額髮裡透出來。也許是臉色蒼白的緣故，他的眼珠比平日更黑，帶著幾分病氣。

又過了片刻，他終於覺得這種對峙冒著傻氣，收回目光撒開了手。

盛望當即把書包塞去了上鋪。

「你先躺一會兒，熱水在燒了，估計得要個幾分鐘……」盛望套上外套，從櫃子裡翻了個運動小包出來斜背在背後。

他還沒交代完，就被江添打斷了：「你去上課？」

「啊？」盛望愣了一下，「不是，我也請假了。」

「那去哪裡？」

盛望晃了晃手裡的校園指示圖，「去醫務室給你拿藥。」

江添從他身上收回視線，偏頭咳嗽了幾聲說：「不用藥，喝點熱水就行。」

「我燒的是自來水，又不是十全大補水。」盛望把領子翻起來掩住下半邊臉，「你要這樣，我現在就想辦法傳染過來，然後咱倆對著喝熱水，看誰先靠意志力戰勝病魔。」

江添：「……」

看著他終於老老實實躺回床上，盛望滿意地出了門。

學校醫務室靠著學生宿舍，離山前的教師公寓有點遠。他一路跑著過去的。醫務室沒那麼多繁雜的流程，代人拿藥也沒關係。

值班的有兩位老師，其中一位問他：「什麼情況，怎麼發的燒？」

「應該是洗到了冷水澡。」

「這種天洗冷水澡？」

盛望垂下眼，沉默幾秒才點了頭，「嗯。」

倒是對桌那位值班老師說：「哎，你還真別說，今天這是第三個來拿藥的了。前面教師公寓昨晚不是停水了麼，真有洗到冷水澡的，不過那兩個沒發燒，就是嗓子疼。」

「哦，我說呢。我以為又是哪個學生受不了，來騙病假的。」老師抱歉地衝盛望笑笑，交代說：「我去給你拿藥，等一下啊。」

大概是怕學生亂吃，校醫院給的藥量並不多，但額外塞了一根體溫計。盛望收好藥，老師剛想再叮囑一句「要是怕好得慢可以來打點滴」，就看見他背上包一步三個臺階已經下去了，然後三兩步便跑過了拐角。

盛望匆匆奔回宿舍，一開門，某個沒有老實躺著的人被抓個正著。

江添站在洗臉臺邊，他大概剛洗漱完，手裡還拎著毛巾，身上有清晰的薄荷味。

「人贓並獲，你還有什麼要狡辯的？」盛望跑得有點熱，他把藥和粥擱在桌上，擼了袖子轉身就來逮人。

江添無話可說，一聲不吭從那邊出來了。他站在桌前，從打包袋裡拿出兩盒粥，把其中一盒推給盛望。

「老師說這藥一次兩顆。」盛望拆著藥盒，忽然狐疑地看向他哥，板著臉問：「你洗臉用的冷水還是熱水？」

江添分筷子的手一頓，淡淡道：「熱的。」

盛望伸手過去碰了一下，一片冰涼。

江添：「……」

盛望：「你當我是智障麼？」

江添眼也不抬，把勺塞他手裡，「吃你的飯。」

吃個屁，真會轉移話題。盛望心想。但他只要聽到江添低啞疲憊的嗓音，就壓根繃不起臉來。

盛大少爺自己生病格外講究，但這樣照顧別人還是第一次。病的人是江添，他就恨不得把所有能用的退燒辦法都用上，難免有點手忙腳亂。

他盯著江添喝了粥，吃了藥，第二次老老實實躺回床上，這才坐在床邊換鞋。

他剛站起來，手腕就被人拽住了。

「又幹什麼？」江添問。

「去樓下買點東西。」盛望說。

江添滾燙的手指鬆了一些，順著手腕滑落下來。他掀開被說：「我跟你一起下去。」

「你下去幹什麼？」盛望眼疾手快捂住被子邊，「我就買點棉花棒或者棉片，剛剛看到洗手臺旁邊架子上有酒精，塗一塗能快點退燒。」

江添皺了一下眉，「沒那麼麻煩，吃藥就夠了。」

「以前孫阿姨會給我塗點在額頭和手臂上。」盛望說。

「我不用。」

「你散熱格外快麼？」

「對。」

之後盛望幾次想要再做點什麼，都被江添一票否決了，張口就是「不用」、「不要」、「別去」。這人平時就又冷又硬，生了病簡直變本加厲。

起初盛望以為他是倔，死要面子不肯承認生病了，或者就算生病了，也要顯得身體特別好，喝喝水就康復了。

後來他靠著流理臺等新一壺水燒開，順便搜索周圍有什麼適合病人吃的店，不知不覺在廚房待得有點久。

這期間江添兩次下床過來，一次拿著杯子說要倒水，一次說碰到床欄裡側沾了灰，來洗手。

盛望納悶很久也沒想通這灰是怎麼沾上的，於是拎著新燒好的水回到床邊繼續盯人。這次他坐了很久，江添都沒再要過水喝，也沒再下過床。

直到某人扛不住藥效終於睡實過去，盛望才在某個瞬間忽然意識到，他哥可能不是要面子，而是生病了有點黏人。

其實不怪他後知後覺，而是沒人會把「黏人」這個詞跟江添聯繫起來，可是一旦聯繫起來，就會有種奇妙的效果。

盛望離開凳子撐著床沿悄悄探頭，江添面朝牆壁側睡著，嘴唇抿成一條直線，好像又恢復了平日那副生人勿近的模樣。

盛望在心裡默默盤算：有機會在江添生病的時候照顧他的，除了丁老頭就是江鷗吧？不知道江添對著他們會不會這樣。

直覺告訴他不會，但他又認為自己的直覺不夠謙虛。

謙虛一點，他可以排前三。

大少爺瞬間高興起來，長腿撐得椅子一晃一晃的。不過他沒能高興太久，因為某人睡著了也並不老實。

發燒的人忽而冷，忽而熱，退燒的過程中很容易覺得悶。

盛望生病的時候，睡著了也會把自己裹得嚴嚴實實，江添就是他的反義詞。

這人睡著睡著，被子就從下巴退到胸口。有時候悶熱得眉心直皺，他會把上半截被子直接翻下去，壓在胳膊下。

一小時裡，他掀了六回，盛望給他捂了六回，期間還差點把他給捂醒了。

最後盛望一臉頭疼地站在床邊，低聲說：「是你逼我的啊。」

他從櫃子裡又抱了一床毛毯出來，給某人在被子之外又加了一層封印，掖得嚴嚴實實……然後自己爬了上去。

他拽了上鋪的枕頭當腰墊，背靠牆壁橫坐在床上，抻直了兩條腿，隔著被子壓在江添小腿上，假裝自己是個秤砣。

自此以後，江添睡得異常老實，連翻身都沒翻過。

他這個位置格外好，陽光正好籠罩在這裡，曬得人懶洋洋的。他講義看得昏昏欲睡，便從上鋪床頭摸了那本相冊來翻。

來來回回不過十幾張照片，他卻能翻上好久，久到江添一覺睡醒，移坐到了他旁邊。

「還難受得厲害麼？」盛望用手貼了一下他的額頭，又把手邊的電子溫度計遞給他，「好像沒早上燙了。」

江添跟他並肩坐著，皮膚的熱度隔著布料傳遞過來。

他把溫度計在耳邊靠了一下，說：「好多了。」

溫度計滴地響了一聲，他垂眸看了一眼顯示度數，把顯示遞給盛望看。不到三十八度，是比早上好不少。

「餓麼？」盛望問。

江添搖了搖頭。

盛望說：「那我去給你倒點水。」

他剛要起身，就被江添按住了。他說：「不想喝。」

鑑於之前關於「黏人」的認知，盛望自動把這話翻譯成「陪我坐一會兒」，於是他老實坐下來，沒再忙著下床。

江添垂眼看著他翻開的相冊，問道：「幹麼一直看這頁。」

盛望指著最後那張有他背影的照片說：「感覺少了一張。」

江添愣了一下，問：「少了哪張？」

盛望拿起旁邊的手機舉了起來，抓拍到了江添看向手機的那一瞬。

照片裡，兩個男生並肩靠坐著，初冬明亮和煦的陽光落在他們身上，溫柔地掩住了那幾分病氣。盛望彎著眼睛在笑，意氣飛揚。

江添剛巧抬眸，薄薄的眼皮在陽光下幾乎是透的。安靜卻鮮活。

「好了。」盛望悶頭調出照片，衝江添晃了晃說：「現在齊了。」

「剛好這下面還有一格可以塞照片，晚上找個店把它列印出來。」他說著便想把腿盤起來換個姿勢，結果剛曲起一條腿，表情就變得一言難盡起來。

「我靠，嘶——」

江添瞥眼看向他，「幹麼？」

「腿麻了。」

江添看他哭笑不得的模樣，問道：「哪條腿麻？」

「兩條。」盛望頭抵著那條曲起的，「全麻了。」

江添無語地搖了一下頭，伸手去捏他另一條腿的肌肉，「你坐了多久？」

「兩個多小時。」盛望甕聲甕氣地說。

「不知道換一下姿勢？」

「忘了。」

盛望頭抵在膝蓋上，任江添捏著伸直的那條腿。過了好一會兒，他忽然曲了一下膝，伸手按住了江添的手腕說：「別捏了。」

江添頓了一下，偏頭問道：「好了？」

「不是。」盛望答了一句便沒再吭聲，好幾秒才抬起頭來。他鬆開了手，腿上屬於江添的體溫停留了片刻，收了回去。

之後的很長一段時間裡，屋裡沒人說話。

盛望曲起腿，手肘架在膝蓋上。他在擂鼓般的心跳中垂下眼，等周遭的曖昧和躁動慢慢消退。某個瞬間，他模模糊糊意識到他跟江添的狀態其實有點怪，明明彼此心知肚明，卻好像依然有點曖昧不清，以至於他總覺得那層親密是浮在空中的，一直沒能落到地上來。

他悶著頭安靜了好一會兒，忽然撥了一下江添的手指，說：「哥，我們現在這樣算什麼？」

江添視線落在自己被撥弄的手指上，安靜了好一會兒。

「為什麼會問這個？」他抬眼看向盛望。

「不知道。」盛望後腦杓抵靠在牆上，下巴微微抬著，目光便順勢垂落下來，看著塵埃在光裡懸浮，他伸手朝那些東西撈了一下，卻抓了個空。

「就覺得有點飄，上不去，下不來，兩頭搆不著。」他又懶懶地垂下手來，搭在膝蓋上，「這麼講好像很矯情，畢竟……」親都親了。

他頓了幾秒，跳過了他們心知肚明的東西，又抿了一下微乾的嘴唇，說：「反正……挺奇怪的。你不覺得麼？」

又過了一會兒，江添的目光才從他身上移開。

雖然盛望說得模模糊糊，但江添知道意思，他一直都知道、一直都很清楚。他只是沒想到盛望會問。準確而言，是沒想到會這麼早問。

他以為在這件事情上他們是默契的，已經達成了一種心照不宣，就像之前的無數個瞬間一樣。但他同時又知道這種所謂的「心照不宣」，其實根本無法長久維持下去，註定會被打破，註定會有人忍不住。

畢竟沒有什麼東西能長久地悶在黑暗裡。要麼爆發，要麼消亡。

所以這個問題來得突然，卻又理所當然。江添其實也早就想好了答案。他早在潛意識裡預演過很多遍，當盛望提起這個問題的時候，他會說：再等等。

等到集訓結束，等到離開這座封閉式的學校，離開烏托邦和永無鄉。等到周圍重新站滿了人，充斥著想聽或不想聽的吵鬧，如果你依然想問這句話，我可以把答案說給你聽。

如果不想問也沒關係，只要沒有鄭重其事的開始，就不需要刻意說一聲結束。退路一直都給你留在那裡，毫無阻攔和顧慮，沒有誰會難堪，連臺階都不需要鋪。

這是衝動包裹下最理性的辦法了。

但是陽光太亮了，照得身邊的人太暖和了。只要看到盛望含著光的眼睛，看到他矜驕著期待又忐忑的樣子，江添就說不出「再等等」這句話。

所有潛意識的準備都被全盤打亂，他回過神來，問盛望：「你是不是不高興？」

「不是。」盛望搖了一下頭，「挺高興的。」

他頓了頓，索性拋掉面子補了一句：「特別高興。」

然後他聽見江添說：「那就好。」

盛望怔了一瞬，忽然明白那種上下不著的懸浮感來自於哪裡了。就是這句話，就是這句「那就好」。他潛意識裡其實始終在擔心這一點。

江添稜角鋒利，有時候會給人一種錯覺，好像他在某些情況下也是有少年衝動的。但盛望知道，那其實不是衝動，是傲。

盛望清楚地知道江添有多冷靜。連季寰宇那樣的人、那樣的事橫在前面，他都能把陰影圈在一個最小範圍裡，跟自己和周圍其他人達成和解，所以可想而知。

他很傲，但從不衝動，更別提在感情上了。

於是這幾天，在春風得意的間隙裡，盛望偶爾會想：他們兩個為什麼會突然走到這一步？他當然知道自己是為什麼，但他不知道江添。

是因為自己不加掩飾麼？有時候期待得太明顯、有時候失望得太明顯，他在這忽而前進，忽而後退，忙得團團轉，所以他哥看不下去了，走過來拉了他一把。

他只是潛意識裡擔心，那些曖昧和親暱不是因為耐不住的悸動，只是他跑得太急太近了，江添怕他失望難堪。

如果真是這樣，那就有點強人所難了。

開心亢奮都讓他一個人占了，太霸道也太不公平了。這本該是兩個人平分的。

盛望沉吟良久，笑笑說：「那你做那些事都是想讓我高興麼？」

「哪些事？」江添說。

「挺多的。」盛望一個個數著，語氣有點懶，像是並不過心的閒聊：「看著我瞎改你的備註名、陪我提前過生日、容忍我灌你的酒、到處找照片做相冊，還有……」

他搭在膝蓋上的那隻手玩笑似的配合著，數一個便曲起一根手指。數到最後一根時，他停了好一會兒，才說：「還有接吻。」

房間裡安靜了很久，久到盛望忍不住看向江添，才聽見對方開了口。

也許是在配合他的閒聊，江添也彎著手指數了起來。

他說：「備註名是，提前過生日是，灌酒是，找照片做相冊也是。最後一個不是。」

盛望很輕地點了一下頭，舔了舔發乾的下唇。

他其實很少會緊張，不論什麼場合，面前站著或坐著多少人，他都很難感到緊張。唯獨在江添面前，那些與生自來的得意與矜驕會短暫地消失一會兒。

「那最後一個因為什麼？」

他等著答案，拇指無意識地摩挲著食指關節，直到磨得那處皮膚一片通紅，才聽見江添啞聲說：「衝動。」

「定力不足。」

「情不自禁。」

盛望按著關節的手指頓住，良久之後終於放鬆下來。就好像他抱了滿懷的歡喜乾站很久，終於被人捧走了一半，於是他終於卸下負重，純粹地高興起來。

他問江添：「你也會衝動麼？」

江添：「會。」

「哪些時候？」盛望又問。

「很多。」江添說：「意志力不強的時候。」

盛望「噢」了一聲，忽然說：「那你現在意志力強麼？」

江添看了他一眼又收回視線，片刻後說：「不強。」

「那問你個問題。」

「說。」

「對外我一直都說你是我哥。」盛望猶豫幾秒，看向他，「對內能換點別的麼？」

「怎麼樣叫對內？」

「關上門的時候。」因為壓得很低，盛望的聲音也有點啞：「沒有其他人在的時候。」

「你想換成什麼？」江添問。

「可以換成什麼？」

也許是因為那句明確的「意志力不強」，盛望好像忽然沒了束縛，變得肆無忌憚起來。他抬著下巴想了想，轉頭問道：「換成男朋友行麼？」

江添後腦抵靠著牆，半垂的眸子很輕地眨了一下。他剛要張口，盛望又補充道：「你要是說不行，我就上嘴了，親到你說可以為止。」

江添的目光從眼尾瞥掃過來，倏忽一落又收回去，說：「那就不行。」

盛望腦子裡轟地著了一片火，燒得人耳朵發紅。他眨了一下眼，轉頭吻了上去。

江添非常克制，任盛望青澀又毛躁地觸碰著，直到對方試探著舔了一下他的唇縫，他才偏開頭避讓開。

盛望瞇著眼，看見江添凸起的喉結滑了一下。

片刻後，江添才轉過頭來說：「你真的想傳染是吧？」

「誰讓你說不可以。」盛望有點意猶未盡，蜻蜓點水還是不夠親暱。

「現在可以了。」江添說。

「哦，那慶祝一下。」盛望得逞地笑起來，然後舔了舔下唇又去鬧他。也不知道亂七八糟親了幾下，江添終於被鬧得有點耐不住了。

他微微讓開一些，右手順著盛望臉側和下頷骨滑落下來，抵著下頷的拇指撥了一下，讓盛望側過頭去，然後吻在對方頸側。克制又情不自禁。

盛望不輕不重地抓了一下他的頭髮，呼吸都在顫。

他知道這樣不傳染，但是……我靠。

少年意亂情迷時候的意志力都是擺設，最終結果就是江添的發燒在當晚退淨，但不幸又轉化成了更為拖沓的感冒，而盛望在第二天早上連打三個噴嚏後也光榮就義，加入了感冒大軍。

好處是破罐子破摔，不用怕傳染了，壞處是兩個人嗓子都啞了，還伴隨著咳嗽，十分影響演講的發揮。

儘管評分老師都知道他們原本的水準，也知道生病是意志力以外的因素，打分的時候應該稍稍考慮一下，但最終效果畢竟擺在那裡，也不能閉著眼睛包容所有問題，所以盛望和江添斷斷續續感冒了一個多禮拜，PK 分數也上上下下起伏了那麼久。

這期間最矛盾的就是卞晨了，他十天裡狂掃了七次 PK 分，一邊激動高興，一邊又覺得有點趁人之危。反倒是盛望自己看得很開，對他說：「有得必有失，應該的。剛好提醒我，正式決賽要加倍努力。」

後面半句很有道理，前面「有得必有失」和「應該的」，就超出卞晨理解範圍了，屬於玄學。反正他沒看出盛望「得」在哪裡，又為什麼說自己「應該的」。

不知不覺集訓已經走到了尾巴，正式決賽的考場並不在這所學校。集訓營的老師安排好了行程，四十個學生都要北上。

臨出發前，盛望終於得空去了一次山後的長街頂頭，那家因為裝修歇業好幾天的店煥然一新。他把手機裡那張合照導了出來，一共洗印了兩張。

其中一張給了江添，另一張他要放進那本相冊裡。

他剛滿十七歲，一共有十八張照片，最後這張是一場意外，也是最大的驚喜。

相冊每頁都是灑金硬紙做底，上下兩塊透明膜。他把這張合照塞進透明膜之前，忽然生出一些想法。

他問江添：「照片右上角的年分是你寫的麼？」

「印的。」江添說：「這個紙面哪那麼好寫。」

「行吧。」盛望又問：「那我要是想寫點字呢？」

江添想了想說：「寫反面吧。」

「反面往裡一塞就看不見了。」盛望說。

「你要寫什麼？」

江添這麼一問，盛望愣了一下又失笑道：「哦對，我傻了，本來也不是寫給別人看的。」

他抓了一枝筆，把照片翻過去，迎光看了一下人影輪廓，在他自己背後寫了一個字——我。

然後在江添背後寫上了剩下的字——我喜歡的你。

我和我喜歡的你。

江添就站在旁邊，看著他認認真真寫下這句話，忽然覺得自己之前那些掙扎、反覆以及所謂的理智都太傻了，傻得像他又不大像他，倒不如放肆一點。

因為太喜歡你，所以我如臨深淵、如履薄冰，以至於差點忘了，我十七歲，這個年紀裡，整個世界都是我的。不需要猶豫，也用不著權衡。

我無堅不摧，也無所不能。

（未完待續）

i小說 031

某某2

國家圖書館出版品預行編目（CIP）資料

某某 / 木蘇里著；. -- 初版. -- 臺北市：
愛呦文創有限公司, 2021.07
冊；　公分. --（i小說；31）
ISBN 978-986-99224-6-3（第2冊：平裝）. --

857.7　　　110006419

愛呦文創

作　　者　木蘇里
封面繪圖　Zorya
責任編輯　高章敏
特約編輯　茉莉茶
文字校對　劉綺文
行銷企劃　羅婷婷

發 行 人　高章敏
出　　版　愛呦文創有限公司
地　　址　10691台北市忠孝東路四段59號10-2樓
電　　話　（886）2-25287229
郵電信箱　iyao.service@gmail.com
愛呦粉絲團　https://www.facebook.com/iyao.book

總 經 銷　聯合發行股份有限公司
電　　話　（886）2-29178022
地　　址　231新北市新店區寶橋路235巷6弄6號2樓

美術設計　徐珮綺
內頁排版　陳佩君
印　　刷　沐春行銷創意有限公司
初版一刷　2021年7月
初版十刷　2024年2月
定　　價　360元
I S B N　978-986-99224-6-3

愛呦文創